Marie C. Cain

YOU ONLY
DIE ONCE

Du willst einfach nicht sterben

Roman

1

YOLO

You only live once

Das aktuell wohl beliebteste Lebensmotto unserer Generation.

Meine Arbeitskollegin Anna hat sich die vier Buchstaben ausgedruckt und an den unteren Bildschirmrand ihres Computers geklebt. Wiederum eine andere Freundin ließ es sich sogar entlang ihrer Rippen tätowieren.

YOLO

Eine indirekte Aufforderung, jeden Moment auszukosten, zu tun und zu lassen worauf man Lust hat. Das Carpe Diem der neuen Generation.

Ich konnte mit solchen vermeidlich lebensverändernden Sprüchen noch nie viel anfangen. Mich nervten sie regelrecht. Wenn ich jeden Tag das tun könnte was ich wollte, läge ich jetzt am Strand auf den Bahamas und würde meinen eisgekühlten Cocktail mit dem kleinen rosa Schirmchen umrühren. Doch die Wirklichkeit sah nun mal anders aus und so stolperte ich gerade im Niemandsland über eine Baumwurzel, um schnellen Schrittes meinem Interviewpartner zu folgen, statt Cocktails am Strand zu schlürfen.

Also befand ich mich derzeit in Rumänien, mitten im Wald auf einem alten verlassenen Friedhof, dessen Grabsteine schon völlig von Efeu und Moos überdeckt waren. Einzelne Mauerreste, die früher einmal das

Eingangstor des Friedhofes bildeten, ließen als einzige noch erahnen, dass hier alte Grabstätten zu finden waren. Mein Interviewpartner, ein Pastor aus der nächstgelegenen Gemeinde, lief unbeirrt durch das Waldgelände, voller Stolz, nun alles, was er über den Friedhof wusste, vortragen zu dürfen. Den Artikel, für den ich vergessene alte Grabstätten in Osteuropa aufsuchte, schrieb ich für die Lokalzeitung unsere Stadt Folksville im Staat Idaho, für die ich arbeitete. Es war nicht schwer zu erahnen, dass die Themen der Lokalzeitung nicht gerade die Anzahl der Abonnenten in die Höhe trieben, die Zeitung mit dem Namen „Folksville Post" sprach eher einen ausgewählten Leserkreis an, der sich für lokale Themen interessierte. Da die Gründer unserer Stadt aus Osteuropa eingewandert waren, brachten wir immer wieder kleine Stories und Berichte über die Länder unserer Vorfahren. Der Job war nicht besonders gut bezahlt, aber man bekam viel von der Welt, besonders Europa, zu sehen.

Als das Interview beendet war, fragte der Pastor mich, ob ich mit meinem Auto hinter seinem Wagen herfahren wollte, schließlich sei das nächste Dorf gute 15 Minuten entfernt und man könne sich hier im abgelegenen Wald leicht verfahren. Sein Englisch war erstaunlich gut, aber das war mir bereits in vielen osteuropäischen Ländern aufgefallen. Rumänien war meine letzte Station, bevor es wieder nach Hause ging.

Ich lehnte dankend ab, denn es wurde allmählich dunkel und ich brauchte noch ein paar gute Bilder für meinen Bericht, die dem Friedhof die richtige Atmosphäre verleihen sollten. Die Leser mochten es, wenn man den Wäldern und Friedhöfen aus Osteuropa eine düstere Stimmung vermochte, besonders denen aus Rumänien. Welcher Mensch verbindet Rumänien nicht automatisch mit Transsilvanien und den entsprechenden Mythen und Schaudergeschichten. Was wäre ich also für eine Reporterin, wenn ich mir diese mystische Empfindung auf den Fotos für meinen Artikel nicht zum Vorteil machen würde? Also wartete ich, bis der Friedhof in dämmriges Licht getaucht war, packte meine hochauflösende Kamera aus und begann, die alten Mauerreste in dem von der Feuchtigkeit aufsteigenden Nebel abzulichten. Die Kulisse eignete sich hervorragend! Der weiße Nebel, der sich wie eine unheimliche Kreatur an den modrigen Mauerresten hochzog, war ein noch besseres Naturschauspiel, als ich es mir vorgestellt hatte. Die schaurige Atmosphäre kam auf den Bildern perfekt zur Geltung!

Als es mittlerweile dunkel und alle Bilder im Kasten waren, steckte ich die Kamera zurück in meine Tasche und kramte die Taschenlampe heraus, um den Weg zurück zum Auto anzubrechen. Ich wusste genau, dass ich das Auto nur ein paar Gehminuten entfernt am Waldrand geparkt hatte. Doch der Nebel, der sich immer mehr verdichtete, verhinderte, dass ich trotz Taschenlampe den Weg zum Auto zurückfand. Vorsichtig tastete ich mich Schritt für Schritt durch das Geäst und stolperte dabei gefühlt über jede Wurzel, die aus dem Boden ragte. Nach einer kurzen Weile war ich mir nicht einmal mehr sicher, ob ich überhaupt in die richtige Richtung lief, oder mich noch tiefer in den Wald hinein verirrt hatte.

Na super! Ein junges, wehrloses Mädchen ganz alleine im dunklen Wald - der perfekte Anfang für einen Horrorfilm, in der im nächsten Moment ein Mörder mit seiner Axt hinterm Busch hervorspringt und mich in kleine Teile zerstückelt! Zu dem Zeitpunkt war mir keineswegs bewusst, wie nah ich an der Wahrheit dran war.

Je länger ich nach dem Weg suchte, desto mehr packte mich die unheimliche Stimmung. Ich liebte Wälder, ich war früher oft mit meinen Großeltern zusammen im Wald gewesen und verband den wunderschönen Geruch der Tannen und die beruhigende Stille mit unglaublich schönen Erinnerungen an meine Kindheit. Deswegen hatte ich bisher auch nie Angst alleine im Wald verspürt. Im Gegenteil, ich fühlte mich dort wohler als in jeder Großstadt.

Doch hier und heute war irgendwie alles anders. Das sonst so wohlige Gefühl, das sich in mir auftat, wenn ich die geheimnisvolle Atmosphäre eines jenen Waldes in meinen Bildern eingefangen hatte, blieb völlig aus. Obwohl der weiße Nebel als Kontrast zu den dunklen, riesigen Tannen ein wunderschönes Naturschauspiel abgab, kroch die nasse Kälte nun durch meine Kleidung und verschaffte mir am ganzen Körper Gänsehaut. Als wenn mich der dichte Nebel zunehmend einkesseln wollte. *Irrsinn, Mirjam! Das passiert doch alles nur in deinem Kopf!*

Doch es war nicht nur die Feuchtigkeit des Nebels, die sich unaufhaltsam den Weg durch meine Kleidung bahnte und sich nun wie ein finsterer Schleier auf meine zitternde Haut legte. Ich wusste nicht, was plötzlich los war, doch mein Körper reagierte auf irgendetwas, dass meine Augen nicht wahrnehmen konnten. Jeder einzelne Teil meines Körpers kribbelte immer stärker, während sich das Zittern in alle Glieder ausbreitete.

Mir war klar, dass meine Phantasie mit mir durchging, als ich, überall wo ich hinschaute, schwarze Schatten sah, die aus dem Nebel hervortraten und mich hämisch zu verfolgen schienen. Aus allen Richtungen hörte man ein leises Knistern. Immer wieder ließ ich meinen hysterischen Blick über die Schulter wandern, als wenn ich die hämischen Schatten auf frischer Tat ertappen wollte, wie sie versuchten mich von hinten zu packen und in die dichte Nebelwand zu ziehen.

„Miri, es ist alles gut, du warst schon oft alleine für deine Stories an abgelegenen Orten", flüsterte ich mit bibbernder Stimme, während ich die Taschenlampe dicht an meinen Oberkörper heranzog und mit beiden Händen fest umklammerte. Mein kühler Atem stieß in die Dunkelheit hinein und verschwand Sekunden später im Nebel, der mittlerweile so nah war, dass ich in ihn hineingreifen konnte. Meine selbst zugesprochenen Beruhigungs-Versuche erfüllten keineswegs ihren Zweck. Im Gegenteil, mein Herz raste wie verrückt. Was war bloß anders an diesem Ort? Warum verspürte ich hier eine solche Angst? Was es auch war, ich musste hier schleunigst weg!

Ich wusste nicht, wann ich begonnen hatte zu laufen, doch nun rannte ich so schnell es mir der unebene Untergrund ermöglichte. Als mir klar wurde, dass ich keine Ahnung hatte, ob ich nun in die richtige Richtung lief oder mich tatsächlich verirrt hatte, blieb ich keuchend stehen. Orientierungslos schaute ich mich um, doch nichts kam mir auch nur ansatzweise bekannt vor. War ich wirklich zu dumm den Weg zum Auto wiederzufinden? Das konnte überhaupt nicht sein, ich hatte ihn mir doch genau eingeprägt. Es war, als wenn irgendetwas dafür sorgte, dass ich immer tiefer in den Wald hineinlief, anstatt herauszufinden.

Hilflos drehte ich mich wieder und wieder in alle Richtungen, auf der Suche nach Rettung, nach dem Weg, der mich aus meiner Verzweiflung befreien und mich sicher hier rausbringen würde. Nichts war mehr zu erkennen, der Waldboden, die hohen Tannen, nichts.

Und plötzlich wurde es mucksmäuschenstill.

Kein Knistern, kein Knacken um mich herum, es war unerträglich still. Kalter Schweiß lief meiner zitternden Stirn herunter. Ich nahm den Ärmel meiner Jacke, auf der sich ein feuchter Schleier gelegt hatte, und wischte die Schweißtropfen von meiner Stirn, während meine Augen unruhig umherwanderten.

„Scheiße, was war das?", schrie ich, als es direkt neben mir leise knackte. Wie gelähmt zuckte ich zusammen, unfähig mich von der Stelle zu rühren. Meine Beine waren wie am Erdboden festgewachsen. Dann endlich lief ich los. Ich rannte und rannte, immer tiefer in die weiße Nebelwand hinein.

In diesem Moment packte mich etwas an den Beinen und riss mich zu Boden. Ich schlug voller Wucht mit dem Kopf auf und rutschte mit dem Gesicht über den feuchten Waldboden. Kleine Steine und Äste schrammten an meiner Wange entlang und rissen kleine Wunden in meine Haut. Alles geschah so unfassbar schnell, dass ich nicht einmal versuchen konnte den Aufprall mit meinen Händen abzufangen. Ich spürte, wie sich kleine Steinchen in die Wunden setzten und das Brennen der aufgerissenen Haut noch schmerzhafter machten. Auch meine Knie begannen zu brennen, als sich die warme Nässe des Blutes auf beiden Seiten meiner Jeans ausbreitete.

Plötzlich legte sich ein Schatten über mich. Eine große, schwarz gekleidete Gestalt beugte sich direkt über mich herüber, ich konnte seine feuchte Kleidung und den warmen Atem auf meiner Haut spüren. Ich fing wie am Spieß an zu schreien, doch eine kräftige Hand drückte mein Gesicht fester in den Waldboden. Sie war kalt und feucht wie der Nebel. Also versuchte ich mich irgendwie aus diesem festen Griff zu befreien, nach der Hand, die mein Gesicht ohne jegliche Anstrengung in den Boden drückte, zu greifen, danach zu beißen, zu kratzen, mich irgendwie herauszuwinden. Doch es war vergebens. Ich wusste nicht was ich tun sollte, wusste nicht woran ich denken sollte, die höllische Angst lähmte meinen Verstand. Wie eine hilflose Maus, die in den Pranken einer Raubkatze festsaß, wartete ich auf mein Ende.

Die andere Hand packte grob meine Handgelenke und zog sie mit einer ruckartigen Bewegung über meinen Kopf. Dabei war der Griff so fest, dass ich meine Hände kaum noch spüren konnte. Meine Fingerspitzen wurden eiskalt. Sein Atem berührte stoßweise meinen Hals, als er seinen Kopf herunterbeugte. Zwei Atemzüge. Eins... zwei... Die warme Luft seines Atems strich meine Haut entlang bis in mein Gesicht. Dann biss er zu.

Brutal bohrten sich seine Zähne durch meine Haut. Ein erbarmungsloser Schmerz brannte sich in Sekundenschnelle durch all meine Glieder. Wie ein tödliches Gift, das den Körper von innen verätzte. Meine Adern begannen zu pulsieren, stärker und stärker, während jeder Teil meines Körpers unaufhaltsam zuckte. Mein Mund stand weit offen und versuchte vergeblich einen Schrei hervorzustoßen, doch kein Laut hallte in die unendliche Stille des Waldes. Ich wusste nicht wie lange dieser Moment andauerte, doch es fühlte sich wie eine nie enden wollende Zeit an. Als wenn jegliches Leben mit aller Gewalt aus meinen Adern gesaugt wurde. Mein Körper kämpfte dagegen an, krümmte und wand sich, versuchte sich irgendwie diesen grausamen Schmerzen zu entziehen. Doch der Kampf war verloren.

Auf einmal war jeglicher Schmerz wie erloschen. Diese bittere Kälte, die von meinen Armen und Beinen immer weiter bis zum Herzen vordrang, war das letzte, das ich spürte, bis es ganz still wurde. Mein Körper gab auf sich zu wehren, als ich regungslos zusammensackte.

2

Ich vernahm den Geruch von feuchtem Waldboden, bevor ich meine Augen öffnete. Blinzelnd schaute ich mich um. Der feuchte Nebel hatte sich auf meine Kleidung gelegt und mich wie ein Schleier umschlossen, während ich zusammengekauert auf dem Boden lag. Der Wald, der immer noch in komplette Dunkelheit getaucht war, hüllte sich in Todesstille. Kein einziges Geräusch gab mir ein beruhigendes Zeichen. Es war einfach unerträglich still.

Kraftlos richtete ich mich auf meine Knie und stützte meine Hände auf dem Waldboden ab. Dabei knickten meine Ellbogen vor Schwäche ein und ich sackte auf meine Unterarme. Mir wurde spei übel. Ich versuchte mich auf eine Stelle am Boden zu konzentrieren, doch diese begann sich immer wieder zu drehen, bis ich mich schließlich übergeben musste. Mein Bauch krampfte zusammen, als ich mich völlig erschöpft auf den Waldboden zurücksacken ließ. Mein Körper fühlte sich völlig leer an. Wie nach der Narkose einer langen, schweren OP, aus der man vollkommen geschwächt aufwacht und für den Moment nicht weiß, wo man ist und was gerade passiert ist. Stück für Stück versuchte ich mich aufzurichten, doch meine Beine zitterten so sehr bei dem Versuch aufzustehen, dass ich mich wieder auf meine Knie sacken ließ. Für einen Moment verharrte ich in dieser Stellung und sammelte Kraft für einen weiteren Versuch. Nach und nach begann auch mein Verstand wieder zu arbeiten. Wie aufblitzende Erinnerungsfetzen schossen vereinzelnd Bilder vor meinen Augen entlang. Bilder, die keinen Sinn ergaben. Die wahllos aneinandergereiht waren. Nebel, Schatten, Reißzähne, Kälte, Tod... In wirrer Reihenfolge immer wieder und wieder. Die Bilder rasten in immer kürzeren Intervallen an meinen Augen vorbei. Ich sah meinen Körper von oben herab, regungslos auf dem Waldboden liegen. Blass. Starr. Sah ein Wesen, ein Dämon, eine Teufelsfratze, das über mir schwebte und mir jegliches Leben aus meinem Körper saugte... Sofort schloss ich die Augen, doch es hörte nicht auf. Und dann befreite mich ein klarer Gedanke aus der nicht enden wollenden Spirale heraus: *Hau ab!* Es dauerte eine Weile, bis ich in der Lage war aufrecht zu stehen und dabei das Gleichgewicht zu halten. Doch der Drang, hier so schnell wie möglich zu verschwinden, gab mir schließlich die Kraft loszulaufen.

Ich rannte taumelnd auf meinen Mietwagen zu. Plötzlich fanden meine Füße wie von alleine aus dem Wald heraus. Als wäre der Weg von Anfang an klar und deutlich vor mir gewesen. Wie war das nur möglich? Keuchend ließ ich mich gegen die Fahrertür fallen, während ich mit zitternden Händen hektisch in meiner Jackentasche nach dem Entriegelungsschlüssel wühlte. Als das erlösende Geräusch der Verriegelung erklang, stürzte ich hinein und verriegelte die Autotür von innen. Sofort klappte ich den Spiegel herunter und suchte hastig meinen Hals ab.

Das konnte doch nicht sein! Es war nichts zu sehen! Wo waren die Einstichwunden an meinem Hals? Das ganze Blut? Verwirrt tastete ich meinen Hals und Nacken ab, doch es war nichts zu spüren. Lediglich mein Gesicht war mit Dreck und Schrammen übersäht, die ich mir beim

Aufprall auf den Waldboden zugezogen hatte. Ich schaute an mir herunter und suchte meine Kleidung nach Blut ab. Nichts. Sollte das alles gar nicht passiert sein? Hatte ich mir das wirklich alles nur eingebildet?

Langsam ließ ich mich in den Sitz zurücksinken, schloss die Augen und atmete tief durch. Unmöglich, das hatte ich mir nicht eingebildet. Alleine bei der Erinnerung an den Überfall, an diese grausame Gestalt und die unerträglichen Schmerzen krümmte sich mein Körper sofort wieder zusammen. Und dann diese Kälte... Die Kälte, die sich angefühlt hatte, als wäre jegliches Leben aus meinem Körper ausgelöscht worden. Diese Leere, die sich erbarmungslos durch meine Adern ausgebreitet hatte, als sei ich für den Moment tot gewesen. Ein heftiger Schauer lief mir den Rücken herunter. Das war alles zu real, das konnte ich mir nicht eingebildet haben! Ich musste hier verschwinden – sofort! Panisch startete ich den Motor und fuhr mit durchdrehenden Reifen aus dem Wald hinaus zum Hotel.

3

Am nächsten Tag erreichte ich erst abends mein zu Hause. Der Flug hatte elf Stunden gedauert und ich war froh, als ich endlich wieder mein trautes Heim betreten konnte. Ich wohnte in einem alten, kleinen Holzhaus am Rande des Waldes, etwas abgelegen von der Stadt Folksville, in der auch meine Eltern wohnten und der Sitz unserer Lokalzeitung war.

Meine Mutter hatte das Haus nach dem Tod meiner Großeltern geerbt und an mich vermietet. Es war verdammt cool mit meinen 25 Jahren ein Haus für sich alleine zu haben. Es war zwar alt und musste dringend renoviert werden, jedoch war es für mich alleine mehr als ausreichend.

Im unteren Stockwerk befand sich vom Flur aus ein kleines Wohnzimmer, in dem zwei uralte Eichenholz-Vitrinen, vollgestellt mit wertvollem Silberbesteck und verzierten Porzellantassen, den Raum noch kleiner wirken ließen, als er ohnehin schon war. Ein neues hellgraues Ecksofa rahmte den alten Kastanien-Couchtisch ein und verdeckte den Großteil des persischen Teppichs, den mein Großvater mal vor langer Zeit von einer Asien-Reise mitgebracht hatte. Der Teppich war bestimmt einiges wert, aber ich sah in ihm nur einen veralteten und verblassten weinroten Teppich mit viel zu vielen kleinen Verzierungen an den Seiten, der über die Jahre diverse verschiedenster Flecken über sich ergehen lassen musste. Das einzige Prunkstück des Wohnzimmers war der nigelnagelneue 55 Zoll-Fernseher, den ich mir vor einigen Jahren mal gegönnt hatte.

Die cremefarbene, geräumige Küche mit nachträglich eingebautem Tresen, der in schwarzem Hochglanz als unübersehbarer Eyecatcher inmitten des Raumes prunkte, sowie einem riesigen Aluminiumkühlschrank am rechten Ende der Küchenzeile, wurde nach dem Tod meiner Großeltern komplett erneuert und war das moderne Herzstück des Hauses. Auch wenn ich nicht gerne kochte, hielt ich mich liebend gerne dort auf. Küche und Wohnzimmer trennte ein kleiner Flur, der zum Hauseingang führte. Durch die Küche hindurch rahmte eine große, doppelflüglige Terrassentür den Weg zu dem riesigen Garten ein.

Oben befand sich das gemütliche, recht großzügig geschnittene Schlafzimmer, bestehend aus dem alten Holz-Kleiderschrank, der dank meiner Leidenschaft fürs Shoppen aus allen Nähten platzte, einem recht großen Wand-Fernseher und dem Boxspring-Doppelbett, das ich erst vor einiger Zeit gegen das ehemalige, in die Jahre gekommene, Doppelbett meiner Großeltern ausgetauscht hatte. Ansonsten befand sich hier oben, abgesehen von dem engen Flur, den ein großer antiker Wandspiegel zierte, das kleine Badezimmer im Stil der 70er Jahre. Die grauenvollen hellgrünen Wandfliesen würden wohl als nächstes das Zeitliche segnen, das hatte ich mir zumindest als nächstes Projekt vorgenommen. Aber immerhin zierte das Bad eine große freistehende Badewanne. Die alten Eichen-Holzdielen, die in allen Stockwerken verlegt waren, und nicht selten beim Herüberlaufen laut knarrten, hatten allerdings schon wieder Stil. Sie verliehen dem Haus einen gewissen urigen Charme.

Das Schlafzimmer nutzte ich gleichzeitig als Arbeitszimmer, da ich von dem großen Fenster aus tief in den Wald hineinblicken konnte. Ich liebte diesen Ausblick, wenn ich im Schneidersitz auf dem Bett saß, Artikel für die Arbeit zusammenfasste oder bearbeitete und dabei zu den verschiedensten Jahreszeiten das Toben im Wald beobachten konnte. Ganz oben befand sich ein eingestaubter alter Dachboden, auf dem immer noch das ganze Zeug meiner Großeltern herumstand. Ich war bisher bloß einmal oben gewesen, um dort nach dem Auszug aus meinem Elternhaus ein paar Kartons zu verstauen, die ich seitdem nie wieder angerührt hatte.

Die Lage des Hauses war sicherlich nicht jedermanns Sache, da man, egal wo man von dort aus hinwollte, auf ein Auto angewiesen war. Selbst wenn man zur nächsten Bahnstation gelangen wollte, ganz zu schweigen von den nächstgelegenen Nachbarn. Meine Großmutter liebte die Ruhe und Einsamkeit hier draußen immer sehr. Sie ging oft im Wald Kräuter sammeln, aus denen sie mir und meinen Eltern Tee kochte oder die Kräuter als Heilmittel für diverse Wehwehchen benutzte. Meine Mom und ich nannten sie immer liebevoll unsere Kräuter-Omi. Ich sehe sie noch heute vor mir, wie sie mit ihren grauen, zu einem Dutt hochgesteckten, Haaren und ihren langen Kleidern im Wald stand und mir erklärte, welche Beeren ich pflücken und essen durfte, und welche nicht. Wir haben uns dann nach dem Pflücken einiger Brombeeren auf einen Baumstamm gesetzt und die Beeren gegessen.

Ich liebte das Haus, weil die Erinnerungen an meine Großeltern in jedem alten Möbelstück steckten. Vieles war noch so wie früher. Meine Mom brachte es nicht übers Herz die ganzen alten Holzmöbel und Spiegel heraus zu räumen, zu verkaufen oder gar wegzuschmeißen. Doch nach und nach hatte ich einige alte Möbel ausgetauscht. Abgesehen vom Bett musste die 50er-Jahre-Couch im Wohnzimmer nun einfach das zeitliche segnen und wurde von mir gegen die modernere hellgraue Kunstledercouch eingetauscht. Außerdem mussten dringend die beiden winzigen Röhrenfernseher im Wohnzimmer und Schlafzimmer den modernen Smart-TVs weichen. Auch wenn ich nicht viel Geld hatte, diese Investitionen waren lebensnotwendig!

Doch so schön die Erinnerungen des alten Hauses an meine Großeltern auch waren, die Einsamkeit, die man hier draußen so abgelegen verspürte, bereitete mir gelegentlich auch ein gewisses Unwohlsein. Nicht selten schreckte ich nachts auf, wenn der Wind durch das offene Fenster im Schlafzimmer Blätter von den vielen hohen Bäumen hereinwirbelte, die im Garten des Hauses standen. Ich würde meinen Eltern nie erzählen, dass ich mich ab und an in dem alten Holzhaus fürchtete, dafür waren sie zu stolz gewesen es mir zur Miete zur Verfügung zu stellen. Meine Mutter und mein Vater wohnten zusammen in einer großen modernen 3-Zimmer-Wohnung mitten im Stadtkern von Folksville. Für sie wäre das Herausziehen aus der Stadt in dieses abgelegene Haus nie infrage gekommen. Schließlich brauchte man mit dem Auto ungefähr 10 Minuten zur Bahnstation St. Peters Station, um ca. eine halbe Stunde in die Innenstadt zu fahren. Doch so gruselig die abgelegene Lage des alten Hauses auch war, es hatte auch etwas Gutes:

Es eignete sich hervorragend für Halloween-Partys!

Ich verzog bei dem Gedanken an die letzte Party angewidert das Gesicht. *Brad…*

Brad ging schon als Kind mit mir in denselben Jahrgang und verführte bereits während der Schulzeit diverse junge naive Mädchen. Er war ein großer, gutaussehender dunkelblonder junger Mann, der es verstand, mit seiner arroganten und forschen Art jegliche Mädchen in seinen Bann zu ziehen. Wenn er Erfolg hatte, prahlte er nur zu gerne über seine Errungenschaften im Freundeskreis herum. Er hatte es sich seit meiner Party zum Ziel gemacht, auch mich als Trophäe in seiner Sammlung aufzählen zu können. Da ich allerdings zu meiner Schulzeit schon einige Fehltritte begangen hatte und fest entschlossen war, nie wieder auf solche Typen reinzufallen, konzentrierte ich mich seit jeher auf die Männer, die an tiefgründigen Beziehungen interessiert waren. Mit dieser Schiene fuhr ich bis dato auch ganz gut, doch je mehr ich Brad deutlich machte, dass seine Masche mich nur anwiderte, desto mehr reizte es ihn, mich zu erobern.

Diese Mann-Frau-Beziehungen waren schon merkwürdig.

Man sagt, wir, die junge Generation, seien die *Generation Beziehungsunfähig*. Aber waren wir das wirklich?

Schließlich läuft doch in unserer Generation das gleiche ab wie schon vor tausenden von Jahren:

Sie will ihn nicht, dann will er sie umso mehr, und umgekehrt. Beruhte nicht alles irgendwie auf ein Spiel? Eine Art Macht-Spielchen? Du darfst dich nicht gleich melden, solltest nicht sofort auf seine Nachricht antworten, um dich interessanter zu machen. Du darfst erst ab dem dritten Date mit ihm ins Bett, sonst denkt er, du bist leicht zu haben. Mach dich rar, damit er um dich kämpft. Es gibt Millionen solcher Beispiele.

Aber das war doch alles nicht neu.

Was in unserer Generation nur neu hinzugekommen ist, ist die Freiheit, die man früher nicht in den Maßen genießen konnte, bzw. durfte. Wir sind nicht die Generation Beziehungsunfähig, wir sind die *Generation Freiheit*.

Doch mehr Freiheit heißt gleichzeitig auch mehr Unentschlossenheit. Wenn uns jungen Menschen alle Türen offenstehen, dann wollen wir auch durch alle hindurch. Warum sich bis in den Tod an einen Partner binden, wenn es doch so viel zu entdecken gibt. Unserer Generation standen tatsächlich alle Türen offen. Und doch bleibt die größte Suche unseres Lebens die Suche nach der oder dem Richtigen, dem Seelenverwandten, egal wieviel Freiheit der Menschheit noch geschenkt werden würde.

Auch ich musste zugeben, dass ich von der Freiheit fasziniert war, die dieser Generation geschenkt wurde. Doch was stellte ich mit meiner Freiheit an? Ich stürzte mich kompromisslos in meine Arbeit. Es war bereits Mai und ich hatte seit einem dreiviertel Jahr noch keinen einzigen Tag Urlaub genommen. Ich nutzte meine Freiheit, die unserer Generation offenstand, um nichts Besseres zu tun, als jede freie Sekunde für meinen schlecht bezahlten Job zu vergeuden.

Meine Kollegin und alte Schulfreundin Anna war da ganz anders. Sie war tagtäglich auf der Suche nach Mr. Right. Diverse gescheiterte Versuche hielten sie davon auch nicht ab. Ich bewunderte ihre endlose Leidenschaft auf der Suche nach der großen Liebe. Doch eines musste man Anna lassen: Auch wenn sie ein hoffnungsloser Romantiker, und somit eigentlich das perfekte Opfer für Typen wie Brad war, war sie ihm bisher noch nicht verfallen. Und das lag gewiss nicht daran, dass er es noch nicht versucht hatte. An meiner Halloween-Party letzten Jahres kam Brad erst zu mir, drückte mir einen Gin-Tonic in die Hand und säuselte mir angetrunken ins Ohr: „Heute Nacht schlafe ich hier". Nachdem ich mich augenrollend aus dem Staub gemacht hatte, steuerte er geradewegs auf Anna zu, die mit ihren hellblonden, glatten, schulterlangen Haaren, der schneeweißen Porzellanhaut, ihrem treuen, unschuldigen Blick und dem süßen Lächeln genau in sein Beuteschema fiel, und brachte nun *ihr* einige Drinks. Ich hatte kurzzeitig die Befürchtung, er würde sie rumkriegen, doch sie ergriff nach einer Weile die Flucht und konzentrierte sich auf ihren eigentlichen Schwarm, der ebenfalls auf der Party war.

Brad verschwand den Abend triumphierend mit irgendeinem lallenden Mädchen, das er heldenhaft ins Taxi trug.

4

Nachdem ich meinen Koffer ausgepackt hatte, nahm ich ein ausgiebiges Bad. Die Schrammen in meinem Gesicht und an den Knien brannten, als sie mit dem heißen Wasser in Berührung kamen. Als meine Haut schon ganz schrumpelig wurde, stieg ich hinaus und wickelte mich in ein großes weißes Handtuch ein. Ich stellte mich vor den Badezimmerspiegel und bürstete ich mein langes, lockiges braunes Haar. Als die Bürste die Stelle am Kopf berührte, mit der ich auf den Waldboden aufgeschlagen war, zuckte ich zusammen.

„Autsch!" Schmerzverzerrt verzog ich das Gesicht. Urplötzlich, als wenn der Schmerz mich in die grausame letzte Nacht zurückversetzt, schossen wieder diese furchteinflößenden, zusammen-hangslosen Bilder an mir vorbei. Die unheimliche Nässe des Nebels, die an mir wie Hände hochkrabbelt und nach mir greift. Schwarze Umrisse, die aus dem weißen Nebel hervortreten und zu einer dämonischen Kreatur verschmelzen. Eine Kreatur, die aussieht wie... der Tod!

Wie erstarrt starrte ich durch mein Spiegelbild hindurch. Ich war völlig in diesen surrealen Erinnerungsfetzen gefangen. Auf einmal bildeten sich in meinem Spiegelbild zwei blasse, kreisrunde Stellen am Rande meines Halses, die sich immer deutlicher abzeichneten. Was zum Teufel passierte gerade? Ein kleiner Blutstropfen trat aus einem der kreisrunden Stellen heraus und lief in Zeitlupe meinen Hals herunter. Paralysiert verfolgte mein Blick dem Blutstropfen im Spiegel. Ein eisiger Schauer legte sich über meine Haut, als mein Finger wie in Trance meinen Hals entlang strich und den Weg des Blutstropfens abfing. Als die Bürste, die sich dabei aus meinem Griff löste, im Waschbecken aufschlug, zuckte ich erschrocken zusammen. Beim nächsten Blick in den Spiegel waren sowohl das Blut, als auch die kreisrunden Stellen am Hals verschwunden…

Was war das gerade? Ich musste mich erst wieder sammeln, bevor ich einen klaren Gedanken fassen konnte. Das musste der Schock von letzter Nacht sein, was auch immer letzte Nacht passiert ist… Ja, so musste es sein!

Diese Nacht plagte mich ein schrecklicher Albtraum. Ich sah mich aus der Vogelperspektive im Bett liegen. Mein Körper zitterte erst leicht, dann immer stärker. Im selben Moment erstreckte sich ein riesiger schwarzer Schatten über mir. Da war sie wieder, diese dämonische Kreatur! Zähne, lange spitze Zähne blitzten in der Dunkelheit auf. Und dann dieser Schmerz, der unaufhaltsam all meine Glieder durchdrang.

Ich schreckte hoch und rang nach Luft. Es war mitten in der Nacht und das Schlafzimmer in völlige Dunkelheit getaucht. Die beiden Gardinen, die noch aus den Zeiten meiner Großeltern über dem Fenster befestigt waren, wehten in dem hereinschneidenden Wind des offenen Fensters. Schlagartig überkam mich ein Anfall von Übelkeit. Ich rannte ins Badezimmer, klappte den Toilettendeckel hoch und musste mich zweimal übergeben. Völlig kraftlos ließ ich mich neben der Toilette auf die kalten Fussbodenfliesen sinken und schloss die Augen.

Als mich am Morgen mein dröhnender Kopf wach werden ließ, schaute ich mich verdutzt um, warum ich um Himmels Willen neben der Toilette liege, bis mir die Ereignisse der letzten Nacht in Erinnerung traten. Dieser Albtraum, der mich in dieser Nacht heimgesucht hatte, war so real gewesen... Mühevoll stützte ich mich am Rand der Toilette ab und hangelte mich mit einer Hand zum Waschbecken vor. Mit der anderen Hand hielt ich mir den Bauch vor Übelkeit. Wieder quälten mich diese üblen Krämpfe im Magen. Ich spritzte mir kaltes Wasser ins Gesicht, doch es brachte keine Besserung. Welcher Tag war heute überhaupt? Und wie spät war es? Ich hatte jegliches Zeitgefühl verloren, ich wusste nicht einmal wie lange ich geschlafen hatte. Schritt für Schritt taumelte ich ins Schlafzimmer und schaute auf mein Handy.

Samstag, 4. Mai, 12:03 Uhr

Erstaunlich, ich hatte über 14 Stunden geschlafen und fühlte mich trotzdem völlig erschöpft. Vielleicht brütete ich etwas aus? Eine Magen-Darm-Grippe oder so etwas. Ich fasste mir wehleidig an die Stirn, tatsächlich fühlte sie sich etwas warm an. Langsam taumelte ich die Treppe hinunter in die Küche und machte mir ein Müsli, schaltete im Wohnzimmer den Fernseher ein und kuschelte mich mit einer mollig warmen Decke auf das Sofa. Nach wenigen Minuten fielen mir bereits wieder die Augen zu.

Als ich aufwachte, ging die Sonne bereits unter. Bibbernd vor Kälte zog ich die Decke über meine Schultern. Meine Güte, was hatte ich mir bloß eingefangen? Mühsam quälte ich mich von der Couch hoch, um ein Fieberthermometer zu suchen, konnte aber keines finden. „Wie kann man nur so unordentlich sein, Mirjam Selford", schimpfte ich laut über mich selber. Ich gab schließlich auf, schleppte mich erschöpft die Treppe hoch und krabbelte frierend ins Bett.

Diese Nacht hatte ich einen weiteren Albtraum. Ich befand mich stehend auf dem Dach meines Hauses. Es fegte ein eisiger Wind hier oben. Plötzlich hob der Wind mich über das Dach. Ich schwebte regelrecht ein paar Meter über den alten, von Moos bedeckten Dachziegeln. Dann trug der Wind mich weiter in Richtung Garten, vorbei an den hohen Eichen, bis ich auf einmal blitzartig Richtung Boden preschte und ungebremst auf den Boden aufklatschte.

Ich schreckte hoch und schmiss keuchend die Bettdecke von mir. Mein Herz pochte wie verrückt, ich war klitschnass geschwitzt. All meine Glieder schmerzten unerträglich. Wahnsinn, so einen schlimmen Fieber-Traum hatte ich noch nie gehabt. Bibbernd rieb ich meine Arme und Beine, bis meine Finger so sehr vor Kälte zitterten, dass ich mich schließlich aus dem Bett quälte, um das Fenster zu schließen. Zurück im Bett schlang ich meine Arme fest um meinen Körper.

Ich dachte zurück an das Erlebnis auf dem rumänischen Friedhof. Hatte ich dort bereits solch einen Fiebertraum erlitten? Vielleicht war das der Grund für mein Zusammenbrechen im Wald. Das würde auch die Schrammen im Gesicht erklären und warum außer ihnen keine weiteren Verletzungen, wie Einstichwunden am Hals, zu sehen waren. Ja, das klang absolut plausibel. Dieser Gedanke ließ mich etwas beruhigter weiterschlafen.

5

Am nächsten Tag ging es mir noch nicht besser. Ich meldete mich für Montag krank und versicherte, am Dienstag wiederzukommen. Anschließend schrieb ich den ersten Entwurf für meinen Artikel über die Grabstätten in Osteuropa uns schickte ihn per Mail zu meiner Kollegin Anna. Das Fertigstellen des Entwurfes dauerte den ganzen Nachmittag, da meine Konzentration aufgrund der Magen-Darm-Grippe immer wieder nachließ. Als ich fertig war, kochte ich mir eine heiße Brühe, hockte mich auf die Couch vor den Fernseher und ging abends nach oben. Bevor ich ins Bett ging, öffnete ich wie fast jeden Abend das Schlafzimmerfenster, schaltete den Fernseher ein, der an der Wand gegenüber meines Bettes hing, um die Serie über eine komplizierte Dreiecksbeziehung in der Renaissancezeit zu Ende zu schauen, die ich unten begonnen hatte, und legte mich anschließend ins Bett.

In der Nacht wachte ich von einem schrecklichen Gekreische auf. Im Fernseher lief ein uralter, schlecht gemachter Horrorfilm aus den 70ern. Das Licht des Bildschirmes flimmerte im Rhythmus der Filmszenen auf. Als ich mich aufrichtete, um nach der Fernbedienung zu greifen, spürte ich, wie eine leichte Gänsehaut meinen Körper überzog. Dabei war mir nicht einmal kalt. Im Gegenteil, lauwarme Nachtluft strömte durch das Fenster hinein und umspielte sacht mein Gesicht.

Verschlafen tastete ich mein Bett nach der Fernbedienung ab, während ich zu dem Gekreische im Fernseher herüberschaute, als ich plötzlich den riesigen Schatten an der Wand direkt neben dem Fernseher wahrnahm, der im Rhythmus des flackernden Lichtes auftauchte und wieder in der Dunkelheit verschwand.

Ach du scheiße! Ich schreckte nach hinten und rammte mit den Schultern an das Bettgestell. Mein Puls raste und die leichte Gänsehaut verstärkte sich in ein heftiges Zittern.

Zwei gierige Augen visierten mich starr an, die in dem Flimmern des Bildschirmlichtes immer wieder hell aufblitzten. Mit aller Kraft presste ich mich gegen das Bettgestell, als würde die Hoffnung bestehen, nach hinten gäbe es irgendein Entkommen. Um Himmels willen, wer oder was zum Teufel war das?

Das ist nicht real, du träumst noch, Miri. Das kann nicht real sein!, wiederholte mein Unterbewusstsein wieder und wieder. Schließlich konnte ich die Silhouette eines großen Mannes wahrnehmen, der sich einen Schritt auf mich zubewegte und somit in den dezenten Schein des Mondes trat, der durch das Fenster fiel. Sein Mund war zu einem furchteinflößenden Zähnefletschen geformt und seine Augen von tiefroten Adern umrandet. Er starrte mich direkt an.

Dieses Wesen hatte im dem Licht des Mondes eher etwas von einem bestialischen Raubtier, als von einem Menschen. Wie sein Blick mich durchdrang… Mordlustig, hungrig… Meine Lippen bebten im selben Takt wie mein Körper, als mein Mund vergeblich versuchte einen Hilfe-Schrei von sich zu geben. Doch mein Körper war zu gelähmt, um auch nur einen Laut hervorzubringen. Nichts würde mir in diesem Augenblick helfen können. Mir war bei dem Anblick dieser Bestie bewusst, dass dies mein Ende sein würde…

Beim nächsten Aufflackern war die Gestalt von der Wand verschwunden. Als er in derselben Sekunde neben meinem Bett stand, schloss ich ergebend die Augen. Meine Haut brannte wie Feuer an der Stelle meines Kopfes, an der seine Hände mich ergriffen und zur Seite ins Kopfkissen drückten. Ich versuchte vergebens meinen letzten Gedanken nicht dem Schmerz zu widmen, der sich in meinen Adern wie ein ätzendes Gift ausbreitete, als seine Zähne meinen Hals durchbohrten. Doch die Schmerzen wurden immer unerträglicher, bis mein Körper sich schließlich blutleer zusammenkrümmte. Dann wurde alles schwarz.

Nach Luft ringend schreckte ich hoch. Das Zimmer war leer. Nur der lauwarme Wind schnellte durch das offene Fenster. Kalter Schweiß überzog meine Haut. *War ich tot? Fühlte sich so der Tod an?* War das überhaupt alles wirklich passiert? Oder hatte ich wieder einen schrecklichen Albtraum, weil mein Verstand seit Rumänien nun völlig verrücktspielte? Hastig umfasste ich mit den Händen meinen Hals und begann reflexartig alles abzutasten. Doch es war nichts zu spüren. Keine Einstichwunden, kein Blut… nichts!

Nein, das war zu real für einen Traum! Ich rannte ins Badezimmer vor den Spiegel und streckte meinen Hals in sämtliche Richtungen. Nichts. Das war einfach nicht möglich! Völlig ratlos und erschöpft stützte ich mich mit beiden Händen am Rand des Waschbeckens ab und schüttelte entgeistert den Kopf. Diese Fieberträume würden mich noch an den Rand des Wahnsinns treiben. Und plötzlich überkam sie mich wieder: die Übelkeit, die auch nach vier Tagen keineswegs nachgelassen hatte. Mir wurde heiß und ich spürte erneut einen kalten Schweiß auf der Stirn, bevor ich mich übergeben musste. Kraftlos ließ ich mich neben dem Waschbecken auf meine Knie fallen. So konnte es keinesfalls weitergehen! Es war zwar noch nicht einmal hell draußen, doch ich musste dringend an die frische Luft.

6

Die Sonne ging langsam auf und erstreckte den Wald in einen warmen Orange-Ton. Überall raschelte es in den Büschen und aus allen Ecken huschten kleine Eichhörnchen und Kaninchen aus ihren Verstecken, um sich auf die Suche nach Futter zu begeben. Verschiedenste Vogelarten lieferten ein lautstarkes Konzert, das wie Balsam in meinen Ohren klang, nachdem ich das Wochenende in völliger Isolation verbracht hatte. Obwohl es um diese Uhrzeit schon warm war, schlang ich meine dick gefütterte Jacke fest um meinen geschwächten Körper. Das Sonnenlicht blendete meine Augen, ich hatte seit Tagen kein wirkliches Tageslicht mehr gesehen. Doch die frische Luft tat unendlich gut. Ich atmete die herrliche Waldluft tief ein, als ich weiter in den Wald hineinging. Doch die wenigen Schritte strengten mich bereits so sehr an, dass ich mich nach kurzer Zeit ausruhen und auf einem Baumstamm Rast machen musste. Ich schloss die Augen, ließ die Sonne, die durch die raschelnden Blätter hindurchschimmerte, auf mein Gesicht scheinen, und genoss eine ganze Weile die friedliche Atmosphäre, die diesen Moment umgab.

Als ich die Augen wieder öffnete, dachte ich an meine Großeltern, mit denen ich als Kind hier in diesem Waldabschnitt gewesen war. Mein Großvater hatte mich an die Hand genommen und mir die besten Stellen gezeigt, an denen man die aller größten Pilze finden konnte. Meine Oma sammelte indes alle möglichen Kräuter, die sie zur Verfeinerung des Abendessens benötigte. Ich habe es ihm nie verraten, aber ich beobachtete meinen Großvater immer dabei, wie er meine Oma verliebt anschaute, wenn sie beim Pflücken der Kräuter laut vor sich hin summte.

Doch nach und nach verblassten die Erinnerungen an meine Großeltern und schafften Platz für die grausamen Ereignisse der letzten Tage, die ich für einen klitzekleinen Moment vergessen durfte. Der Geruch des Waldbodens, der bis eben noch ein wohliges Gefühl in mir ausgelöst hatte, ließ mich nun unweigerlich an meine Nacht in Rumänien denken… Nein! Nicht wieder diese abscheulichen Gedanken! Ich versuchte krampfhaft die schrecklichen Bilder aus meinen Gedanken zu verdrängen und mir die schönen Erinnerungen an meine Großeltern vor Augen zu halten, doch immer wieder schob sich das Bild dieser bestienartigen Gestalt vor die Erinnerungen an meine Großeltern. Diese Augen, kalt, starr, eindringlich. Das waren keine menschlichen Augen gewesen! Und diese Zähne… Lange, scharfe Reißzähne. Dies alles erinnerte mich vielmehr an ein tollwütiges Wesen, als an einen Menschen. Ein Wesen, das zähnefletschend vor mir steht und dessen Blick mich gierig wie ein Stück Fleisch durchbohrt. Ja, das war es! Wie ein Stück Fleisch, wie… Beute!

Waren das alles vielleicht gar keine Träume und die dämonische Kreatur, die mich überfallen hatte, eine tollwütige Version eines Menschen? War es an der Zeit das vermeintliche Wort auszusprechen, dass ich seither krampfhaft versuchte zu verdrängen? Ich war eine kluge Frau, ich wusste welche Wesen auf eine reine Fiktion unseres Verstandes beruhten. Und doch konnte ich nicht verhindern, wie meine Lippen das vermeintliche Wort formten, das in meinem Kopf herumgeisterte:

„Vampir…", hörte ich mich in die Stille hineinflüstern.

Beklommen schüttelte ich den Kopf. Das ist doch alles surreal, Miri!

Obwohl ich wusste, dass die Gedanken, die mir im Wald gekommen waren, absolut abstrus waren, schloss ich in dieser Nacht vorsichtshalber das Schlafzimmerfenster bevor ich zu Bett ging. Morgen würden mich wieder die herrlich normalen Probleme meines Arbeitsalltages erwarten und ich musste zugeben, dass ich mich wahnsinnig darauf freute. Wie weit Anna wohl bei unserem süßen Kollegen John gekommen war? Es lief zwischen den beiden schon seit Monaten das alt bekannte Spiel ab:

Anna stand total auf John, suchte nach Vorwänden, um an seinem Schreibtisch vorbeizugehen. Sie trug plötzlich aufreizende Kleider und zupfte jedes Mal nervös daran herum, bevor sie an ihm vorbeistolzierte. Doch er, so höflich und nett er auch zu ihr war, erwiderte ihre Schwärmerei einfach nicht. Stattdessen war es für jeden anderen offensichtlich, dass er unserer Sekretärin hinterherschaute, während diese im Minirock und High Heels durchs Büro stöckelte und beim Lachen ihr langes Haar hinter die Schultern warf.

Neulich gingen wir alle nach der Arbeit zusammen aus. Ich beobachtete John, wie er der Sekretärin am laufenden Band Drinks spendierte und sich beim Tanzen von hinten an sie heranpirschte. Sie ließ sich darauf ein und tanzte eng umschlungen mit ihm. Doch nach zwei Liedern ließ sie ihn einfach auf der Tanzfläche stehen, um sich von unserem Abteilungsleiter sämtliche Cocktails an der Bar ausgeben zu lassen. Anna bekam das Szenario mit, tat jedoch so, als hätte sie es übersehen. Es machte ihr auch nichts aus, dass John direkt nach der Abfuhr der Sekretärin bei Anna ankam und sie zum Tanzen aufforderte. Stattdessen strahlte sie wie ein verliebter Teenager und verbrachte den Rest des Abends an seiner Seite, um seine volle Aufmerksamkeit zu ergattern. Arme Anna, nach dieser Nacht kotzte sie sich einmal mehr bei mir aus, warum John sich niemals von alleine bei ihr meldete und nur sporadisch auf ihre Nachrichten antwortete. Ja, auf genau diese Probleme freute ich mich schon wahnsinnig nach den letzten Tagen.

Wieder einmal schreckte ich in der Nacht auf. Ich wusste nicht, was mich dieses Mal aus dem Schlaf gerissen hatte, doch ich spürte erneut diese Gänsehaut, wie bereits die Nächte zuvor. Ich richtete mich auf und tastete nach dem Schalter der Nachttischlampe. Als das kleine Licht den Raum etwas erhellte, sah ich *ihn* an derselben Wand neben dem Fernseher stehen, wie bereits in der Nacht zuvor.

Stocksteif blickte ich ihn an. War er wieder hier, um mich anzugreifen? Mich blutleer zu saugen, bis auch der letzte Tropfen meinen Körper verlassen hatte? Und das ab jetzt Nacht für Nacht? Mein Körper bebte vor Angst bei der Erinnerung daran, was für furchtbare Schmerzen ich bei seinem Überfall erlitten hatte. Doch hatte dieses Monster mich gestern noch in Lauerstellung wie Beute anvisiert, lehnte er nun lässig an der Wand, seine Hände in die Vordertaschen seiner grauen Jeans gesteckt. Man konnte in dem helleren Licht der Nachttischlampe die Silhouette eines normalen Menschen erkennen. Die dunkelbraunen kurzen Haare waren perfekt gestylt und der anthrazitfarbene, makellos sitzende Pullover schmeichelte seinem definierten Oberkörper. Seine Augen blitzten jedoch unverändert kalt und finster auf, die die andere Seite, das Raubtier in ihm, erahnen ließen. Dieser Abscheu versprühende, herablassende Blick, der mich abermals schaudern ließ, und doch eine so große Faszination in mir auslöste, dass es mir unmöglich war, meinen Blick von ihm abzuwenden.

„Du törichtes Ding willst einfach nicht sterben, nicht wahr?!"

Seine tiefe Stimme war unglaublich eindringlich und respekteinflößend, während die Worte noch tief in mir nachhallten. *Nicht sterben*? Ich *will* einfach nicht sterben? Was genau meinte er damit? Wie paralysiert blickte ich ihn an, unfähig, mich auch nur einen Millimeter zu rühren. Mein Verstand war nicht in der Lage diesen Satz, der unmissverständlich zu verstehen gab, in was für einer lebensbedrohlichen und ausweglosen Lage ich mich gerade befand, zu verarbeiten.

Ein starker Windzug, der durchs Fenster in mein Gesicht stieß, ermöglichte mir schließlich, mich aus meiner Starre zu befreien. Ich schaffte es, meinen Blick für den Bruchteil einer Sekunde von ihm abzuwenden und auf das

Schlafzimmerfenster zu richten, dass nun sperrangelweit offenstand.

Momentmal, offenstand? Aber ich war mir hundert Prozentig sicher, dass ich es gestern…

„Du hast nicht wirklich geglaubt…", unterbrach er meinen Gedanken, während er in Richtung des offenen Fensters nickte, sichtlich belustigt über meinen kläglichen Versuch ihn auszusperren. Erst jetzt bemerkte ich die Scharniere, die verbogen aus den Vorrichtungen ragten. Das durfte doch nicht… Wie zum Teufel hatte er es geschafft die Scharniere aufzubrechen? Mein Blick wanderte an ihm herunter, ob er irgendein Brecheisen oder anderes Hilfsmittel bei sich hatte, doch das war offensichtlich nicht der Fall. Irgendetwas musste er zur Hilfe genommen haben, er konnte unmöglich aus reiner menschlicher Kraft das Fenster im ersten Stock aufgebrochen haben. Aber wozu die ganze Mühe? Und was bitte wollte diese Wesen hier? War es dieselbe Kreatur wie in Rumänien? Wenn ja, war er mir tatsächlich bis hierher um die halbe Welt gefolgt? Und was meinte er bitte mit *ich will einfach nicht sterben*? War er denn wirklich hier, um mich umzubringen?! Ich spürte, wie ich bei diesem Gedanken erschauderte. Was auch immer dieses Wesen wollte, er war problemlos durch mein verschlossenes Fenster im ersten Stock meines Hauses eingestiegen.

Doch auch wenn mein zitternder Körper mir unmissverständlich signalisierte, dass unter dieser menschlichen Fassade immer noch die Bestie von gestern Nacht steckte, die versucht hatte mir den letzten

Blutstropfen aus meinem Körper zu saugen, hatte mein Verstand nichts Besseres zu tun, als zu bemerken, wie unfassbar attraktiv der große Fremde in seiner menschlichen Gestalt war. Diese Unnahbarkeit und Kühle, die er ausstrahlte. Seine arrogant aufblitzenden Augen. Dieser perfekte, makellose Körper und die schlichte Kleidung, die an ihm aussah, als wäre er eines dieser Katalog-Models von Calvin Klein. Nur etwas blasser vielleicht…

Miri, das ist einfach nur krank! Wie konnte ich in dieser lebensbedrohlichen Situation überhaupt einen Gedanken an das Aussehen dieses fremden Einbrechers verschwenden? Doch bevor mein Selbsthass darüber, dass ich gerade meinen vermeidlichen Mörder anhimmelte, der mal eben so mein Fenster aufgebrochen hatte und trotzdem völlig unbeschadet an meiner Wand lehnte, zu Ende gedacht war, verwandelte sich sein Gesicht in die bestialische Gestalt. Kleinste blutrote Adern umrandeten seine gierig aufblitzenden Augen, als seine Reißzähne hervorstießen. Er kniff die Augen zusammen und fletschte die Zähne.

„Ich verliere langsam die Geduld mit dir!"

Blitzschnell, mit einer Geschwindigkeit, die meine Augen nicht einmal wahrnehmen konnten, beugte er bereits über mir, umfasste meinen Kopf mit beiden Händen und riss ihn mit einer ruckartigen Bewegung zur Seite, bis es laut knackte. Augenblicklich wurde alles schwarz.

7

Die höllischen Schmerzen, die von meinem Halswirbel herab in jede einzelne Zelle meines Körpers ausstrahlte, ließen mich wach werden. Quälend nahm ich meinen Kopf in beide Hände und richtete ihn vorsichtig Stück für Stück gerade. Dabei schrie ich bei jedem Millimeter, in dem sich mein Kopf bewegte, laut auf. Es fühlte sich so an, als müsste jeder meiner Halswirbel erst zurück in die richtige Positur gerenkt werden müssen. Als ich versuchte mich etwas aufzurichten, sah ich *ihn*, wie zuvor an der Wand lehnend, seinen Blick jedoch sichtlich verwirrt jeder meiner Bewegungen folgend.

„Das ist einfach nicht möglich!", flüsterte er mit entsetzter Stimme.

Mit leidiger Miene rieb ich meinen Hals mit beiden Händen. Das tat verdammt weh! Doch nach und nach wichen die Schmerzen einem starken Ziehen, dass sich nun eher wie eine Art Verspannung anfühlte. Ihm entging nicht, dass mein gequälter Ausdruck langsam nachließ. Doch je besser es mir wieder ging, desto verbitterter wurde er. Aber das war mir für den Moment egal. Ich lebte noch - warum auch immer - nachdem er gerade ganz offensichtlich versucht hatte, mich umzubringen! Doch was nun? Ich war noch am Leben. Aber wie würde es jetzt weitergehen? Folgte nun gleich der nächste Angriff, bis sich meine Augen irgendwann nicht mehr öffnen würden? Das durfte so nicht weitergehen! Also nahm ich all meinen Mut zusammen und sprach ihn an. Mit unsicherer Stimme stammelte ich:

„Hast, hast du gerade versucht mir das… Genick zu brechen?!"

Seine Miene wurde hart.

„Nicht versucht. Ich *habe* dir das Genick gebrochen!"

Ich überlegte kurz, während meine Finger entlang meines Halswirbels glitten.

„Naja… Scheinbar hast du es ja nicht richtig gemacht."

Selbst völlig überrascht von meiner dreisten Bemerkung blickte ich ihn erschrocken an. Er sah ebenso verdutzt aus. Doch seine Verblüffung wich augenblicklich einer vollenden Entrüstung. Wie aus dem Nichts stand er plötzlich neben mir und beugte sich über mich, während seine kräftigen Arme mich von beiden Seiten einschlossen. Ich erschrak zutiefst, als sein raubtierartiges Gesicht nur wenige Zentimeter von meinem entfernt war, sodass ich das tiefe Knurren, das aus seiner Kehle durch seine gefletschten Zähne hindurch drang, auf meiner Haut spüren konnte.

Um Gottes willen, was hatte er jetzt mit mir vor? Ich hatte ihn eindeutig zu sehr provoziert, das war mir schon in dem Moment bewusst gewesen, als ich den Satz beendet hatte. Das würde sicherlich kein gutes Ende nehmen! Doch auf einmal war er verschwunden.

Ich brauchte ein paar Sekunden, um wieder klar denken zu können. Als ich begriff, dass er wirklich weg war, ich scheinbar für den Moment außer Gefahr war, rannte ich zum Fenster und drückte mit aller Kraft die verbogenen

Scharniere zurück in die Vorrichtung, um das Fenster so gut es ging zu schließen. Wohl wissend, dass es eh nichts bringen würde, sollte er vorhaben wiederzukommen. Mein Verstand begann jedoch jetzt erst zu realisieren, was gerade geschehen war. Mitunter wurde ich kreidebleich. Suchte mich wirklich ein verrückter Serienmörder heim, der als Vampir verkleidet junge wehrlose Frauen anfiel und versuchte umzubringen? Oder gab es wirklich menschenähnliche, tollwütige Wesen, die auf uns Jagd machten? Egal wie die Antwort darauf ausfiel, keine Möglichkeit war besser als die andere, denn irgendjemand machte Jagd auf mich, wer oder was er auch war.

Diese Übelkeit der letzten Tage stieg plötzlich in mir hoch. Ich fühlte, wie sich mein Kreislauf verabschiedete. Das war einfach zu viel! Ich rannte ins Badezimmer, um mir kaltes Wasser ins Gesicht zu spritzen, doch es war zu spät. In dieser Sekunde fing alles an, sich um mich herum zu drehen, bevor ich bewusstlos zusammensackte und ungebremst mit dem Kopf auf den Badezimmerfliesen aufschlug.

Ich erlangte durch das penetrante Klingen meines Handys im Schlafzimmer mein Bewusstsein wieder. Doch auch wenn ich es geschafft hatte die Augen zu öffnen, war ich bei weitem noch nicht in der Lage, aufzustehen. Autsch, mein Kopf pochte wie verrückt. Nach einer Weile hangelte ich mich kraftlos am Waschbecken hoch. Instinktiv fasste ich mir an die Stelle am Kopf, mit der ich auf den Fliesen aufgeschlagen war und verzog schmerzverzerrt das Gesicht, als ich die dicke Beule mit meinen Fingern berührte. Verdammt, tat das weh! Doch mit Erstaunen stellte ich fest, dass es die einzige Stelle meines Körpers war, die schmerzte. Meinem Hals ging es überraschenderweise bestens. Skeptisch begutachtete ich mich im Spiegel. Mir fiel außer der dicken Beule am Kopf und den langsam heilenden Schrammen in meinem Gesicht jedoch lediglich auf, wie kreidebleich ich seit dem Vorfall in Rumänien geworden war. Meine grünen Augen waren von den Ereignissen der letzten Tage rot unterlaufen und meine Wangen eingefallen, nachdem ich in letzter Zeit kaum etwas gegessen hatte. Ich strich mir mit einer Hand über mein fahl wirkendes Haar. Meine sonst so glänzend langen, braunen Haare, die mein ganzer Stolz waren und akribisch von mir gehegt und gepflegt wurden, standen nun wüst in alle Richtungen ab. Ebenso mein schöner Mocca-farbener Teint, auf den alle meine Freundinnen neidisch waren und den Männer echt heiß fanden, wich nun einer fahlen, krank aussehenden Blässe.

Wieder klingelte das Handy. Ich wollte hinrennen, doch ich war noch viel zu wackelig auf den Beinen. Wankend setzte ich einen Fuß vor den anderen, bis ich schließlich mein Handy erreichte. Es war Anna.

„Miri, alles in Ordnung?"

Sie klang sichtlich besorgt. Mir wurde sofort warm uns Herz, als ich Annas Stimme hörte.

„Anna", war das einzige, was ich erleichtert herausbrachte.

„Miri, es ist elf Uhr und du bist noch nicht im Büro. Ist alles okay?"

Ach du meine Güte, die Arbeit! Kein Wunder, dass Anna sich Sorgen machte, Unpünktlichkeit und Unzuverlässigkeit waren definitiv keine Eigenschaften, die man von mir gewohnt war.

„Ich… Tut mir leid, ich muss verschlafen haben."

„Miri, du klingst echt krank. Leg dich bitte wieder hin, ich sag unserem Chef Bescheid, dass du die Woche nicht mehr reinkommst. Erhol dich gut, Süße. Gute Besserung."

„Danke Anna", antwortete ich, dankbar dafür, dass sie so herrlich unkompliziert war. Und ich war ebenso dankerfüllt, dass keine weiteren Nachfragen von ihr kamen. Ich merkte, wie mein Kreislauf wieder in den Keller sackte, also kroch ich schnell in mein Bett. „Dieses Fieber macht mich noch völlig fertig", fluchte ich, während meine Augen vor Erschöpfung zufielen.

8

Nachmittags um vier Uhr wachte ich auf. Ich fühlte mich schon etwas besser und nach dem erholsamen Schlaf erschien mir meine Albtraum-Theorie wieder absolut realistisch. Tollwut-Mensch, Raubtier, Vampir... was hatte ich mir nur dabei gedacht? Das war alles einfach nur lächerlich! Ich tastete meinen Kopf ab, um zu prüfen ob die Beule noch da war und zuckte unverzüglich zusammen, als meine Handfläche sie berührte. Siehst du Miri, das war real, die dicke Beule an deinem Kopf, als du heute Nacht nach deinem Fieber-Traum im Badezimmer zusammengebrochen bist.

Ich ließ mir ein heißes Bad ein und verbrachte Stunden in dem mollig warmen Wasser, das ich immer wieder mit heißem Wasser auffüllte, sobald es abgekühlt war. Meine Haut war schon völlig verschrumpelt, als ich aus der Wanne stieg. Ich trocknete mich ab und band mein Handtuch wie einen Turban um die nassen Haare. Anschließend ging ich ins Schlafzimmer, um mir etwas anzuziehen. Als ich unschlüssig vor dem Kleiderschrank verharrte, merkte ich, wie ein Lufthauch meine unbekleideten Beine umspielte. Irgendwo schien es reinzuziehen, doch das war eigentlich nicht möglich, ich hatte doch alle Fenster geschlossen. Ich ging zum Schlafzimmerfenster und begutachtete es, als schlagartig mein Herz stehenblieb. In Zeitlupe strich ich mit den Fingern über die verbogenen Scharniere, die aus der Vorrichtung herausragten und somit verhinderten, dass sich das Fenster komplett schließen ließ.

In diesem Moment wurde es mir ein für alle Mal bewusst: Es war alles kein Traum! Nichts davon war Einbildung, *er* war hier gewesen! Und *er* war es auch in Rumänien. Dieser Mann hatte mich aus Rumänien hierher verfolgt und versuchte seither, mich zu töten! Oh mein Gott! Das war einfach nicht möglich! Sollte es wirklich menschenjagende Kreaturen unter uns geben? Nein, das konnte und wollte ich einfach nicht glauben! Unruhig rannte ich im Schlafzimmer auf und ab, doch mein Blick wanderte wieder und wieder zu den verbogenen Scharnieren, die mich hämisch auszulachen schienen und mir *sein* Gesicht in den Kopf brannten, wie er belustigt zum Fenster schaute, als ich dachte, das geschlossene Fenster würde ihn aussperren. Ich blieb stehen und fuhr mir verzweifelt mit den Händen durchs Haar, während meine Augen hilflos umherschweiften, auf der Suche nach einer plausiblen Erklärung. Doch es gab keine.

Verdammt, ich musste augenblicklich hier raus!

Ich stieß mit aller Kraft die Terrassentür auf und rannte nach draußen in den Garten. Ratlos starrte ich an den hohen Bäumen des Gartens vorbei in den Wald hinein. Was sollte ich jetzt bloß tun?

In meiner Verzweiflung griff ich nach meinem Handy und wählte Brad's Nummer. Ich wusste selbst nicht genau, warum ausgerechnet ihn, aber Brad war groß und extrem stark. Er ging mehrmals die Woche ins Fitnessstudio und war mit seinen ca. 1,90m eine wirklich respekteinflößende Person. Wahrscheinlich gab er mir in diesem Moment das Gefühl, mich am besten beschützen zu können. Es klingelte zweimal, bis er abnahm.

„Hey Brad, hast du gleich Zeit?"

Ich sparte mir jegliche höfliche Begrüßung.

„Miri, schön von dir zu hören. Wie geht's?", fragte er sichtlich erfreut über meinen Anruf.

„Ich brauche deine Hilfe."

Bereits in diesem Moment kam es mir egoistisch vor, ihn um Hilfe zu bitten. Zumal ich hinterher in seiner Schuld stehen würde und nur zu gut erahnen konnte, dass es noch Schwierigkeiten mit sich bringen würde, ausgerechnet in Brad's Schuld zu stehen.

„Klar helfe ich dir. Aber ist wirklich alles in Ordnung mit dir? Du klingst so angespannt."

„Es ist alles ok. Ich bin nur etwas krank. Aber keine Sorge, ich brauche nur deine Hilfe, die alten Fenster etwas zu sichern. Nach und nach gehen die alten Holzrahmen kaputt", log ich.

Ich zog es nicht einmal in Erwägung ihm von meinen paranoiden Erlebnissen zu erzählen. Aufgrund meines Berufes, Berichte für eine Zeitung zu schreiben, wusste ich genau, welche Dinge man anderen Menschen gegenüber anvertrauen konnte und welche man besser für sich behielt. Und jemandem zu erklären, man werde von einem irren Killer verfolgt, der auf unerklärliche Weise schneller und stärker als jeder Mensch war und noch ganz nebenbei aussehen konnte, wie ein menschlicher Adonis, gehörte definitiv nicht zu den Geschichten, die andere

Menschen glaubten, ohne einen für völlig verrückt zu erklären.

Nach unserem gemeinsamen Besuch beim Baumarkt begann Brad die eingekauften Verriegelungen an alle Türen und Fenstern des Hauses anzubringen.

„Der ganze Aufwand für einen verbogenen Fensterrahmen?"

Brad lachte. Ich musste ebenfalls lachen.

„Ganz schön paranoid, nicht wahr?"

Es tat gut nach den letzten Tagen wieder jemanden Lachen zu hören, überhaupt mit jemandem Zeit zu verbringen. Der Mensch war einfach nicht für die Einsamkeit geschaffen. Vielleicht war das auch der Grund, warum meine Oma nach Opas Tod in diesem Haus vereinsamte und immer merkwürdiger wurde. War sie zuvor noch völlig normal, ging es nach seinem Abscheiden schlagartig bergab. Besuchte man sie nach Opas Tod, erzählte sie unentwegt die gleichen Geschichten. Irgendwelche ominösen Stories über ihre Zeit auf der Titanic. Dabei war sie nie auf der Titanic gewesen, erzählte Mom mir später. Doch sie war fest davon überzeugt. Jahrelang durfte ich mir anhören, wie sie Opa dort kennengelernt hatte und sie sich ineinander verliebten. Dabei wusste ich, dass sie sich hier in der Stadt kennengelernt hatten, als mein Opa als Leiharbeiter nach Folksville gekommen war und in die Apotheke der Eltern meiner Großmutter einkehrte, in der meine Oma als junge Frau aushalf. Und es wurde immer skurriler. Obwohl meine Besuche jedes Mal angekündigt waren, stand sie zur verabredeten Zeit irgendwo vor sich hin summend im Wald, Barfuß inmitten hoher Brennnesseln und stacheligen Sträuchern, und pflückte irgendwelche Kräuter. Es wirkte in diesen Momenten immer, als sei sie in eine andere Welt entschwunden. In eine friedliche, bessere Welt.

Ich habe einmal einen Bericht darüber gelesen, was die Einsamkeit mit Menschen anstellen konnte. Menschen sind dafür geschaffen soziale Kontakte zu knüpfen und zu pflegen. Wir sind Rudeltiere und leben seit jeher in kleinen oder größeren Gruppen zusammen. Menschen brauchen ein soziales Umfeld, weil es wichtig ist sich ständig auszutauschen, um sich weiterzuentwickeln. Außerdem ist der Schutz gegen Feinde in Gruppen viel wirksamer, ganz nach dem Motto „gemeinsam sind wir stark". Genau das ist das Prinzip, was extreme Gruppen heutzutage so stark macht. Macht. Es geht immer um Macht. Kriege, Geld, Besitz, einfach alles dreht sich einzig und alleine um Macht.

Es gibt eine Studie über Babys, die auf ihr soziales Umfeld getestet wurden. Die Babys wurden ihren Müttern gegenübergesetzt. Die Mutter redete und blödelte ununterbrochen mit ihrem Baby. Dieses reagierte darauf mit Lachen und fing an freudig auf und ab zu wippen, während die Hände sich im selben Takt bewegten und begannen, nach der Mutter zu greifen.

Im nächsten Moment schaute die Mutter regungslos zu Boden, das Gesicht vom Baby abgewandt. Ab sofort versuchte das Baby mit allen Mitteln die Aufmerksamkeit auf sich zu ziehen. Erst indem es auf und ab wippte. Schließlich nahm es die Hände dazu und griff in Richtung der Mutter. Dann begann es zu lächeln, anschließend zu lachen. Als nichts die Aufmerksamkeit der Mutter auf sich zog, fing das Baby an zu brabbeln, ununterbrochen, bis die Mutter sich wieder ihrem Baby widmete.

Der Mensch versucht also instinktiv soziale Kontakte zu knüpfen. Ist dies aus irgendwelchen Gründen nicht möglich, erleidet dieser Mensch unwillkürlich Verhaltensstörungen. Oft führt dies zur Isolation, die den ganzen Zustand noch verschlimmert. Fängt der Mensch an sich zu isolieren, verbarrikadiert er sich meist in seinem trauten Heim, ob dies nun sein Haus ist, seine Wohnung, oder der Schlafsack unter der Brücke. Das Verbarrikadieren lässt uns immer seltener nach draußen gehen und das führt zum Vitamin D-Mangel, das wir dringend vom Sonnenlicht benötigen, um Glückshormone freizusetzen. Ganz simpel gesagt, je mehr Tageslicht, desto besser geht es uns. Die Dunkelheit und die Mangelerscheinungen durch zu wenig Vitamin D tragen zusätzlich zu Verhaltensstörungen bei. Das Resultat ist, dass wir Menschen anfangen mehr nach unseren eigentlichen Instinkten zu leben: essen, trinken, schlafen, fortpflanzen… Und an erster Stelle: *Überleben*.

Ich spürte, wie ich mich nach den letzten Tagen Isolation nach sozialem Kontakt sehnte, auch wenn es Brad war, der mich zum Lachen brachte. Aber es tat einfach unglaublich gut wieder jemanden um mich zu haben.

Als am Abend alle Vorrichtungen angebracht waren, kam Brad zu mir und nahm mich in den Arm. Normalerweise hätte ich mich vor seiner Nähe geziert, heute jedoch spürte ich, wie mein Körper und Geist sich nach der Nähe sehnten.

„Komm her, du verrücktes Ding."

Er lachte und drückte mich fest an sich. Die Wärme und Zuneigung ließen meine Knie weich werden. Brad verstand dies scheinbar als Reaktion auf seine unglaubliche Anziehungskraft. Er blickte mir tief in die Augen und küsste mich. Und ich… ließ es einfach zu.

„Soll ich heute Nacht bei dir bleiben?", fragte Brad.

Das schlimmste war, dass ich tatsächlich darüber nachdachte einzuwilligen. Die Vorstellung heute Nacht jemanden an meiner Seite zu haben war wirklich beruhigend. Doch ich redete mir ein, dass die Sicherheitsvorrichtungen erst einmal ausreichen würden. Scheinbar signalisierte mir mein Unterbewusstsein, dass ich so eben mit dem Kuss genug Unheil angerichtet hatte. Ich hatte ihm eine Tür geöffnet, die besser für immer hätte geschlossen bleiben sollen, und das war einfach nur dumm!

„Das ist wirklich lieb von dir, aber ich habe immer noch Fieber und bin ziemlich schwach auf den Beinen. Besser, ich schlafe heute Nacht alleine. Aber ich danke dir wirklich vom Herzen, dass du heute für mich da warst, Brad."

Brad fasste mir an die Stirn.

„Mädchen, du glühst ja. Ich lasse dich jetzt besser schlafen. Obwohl mir der Gedanke überhaupt nicht gefällt, dass du Nacht für Nacht alleine in diesem gruseligen Haus verbringst, abgelegen von jeglicher Zivilisation."

„Ich weiß", sagte ich leise.

„Ich sehe morgen wieder nach dir."

Er drückte mir einen Kuss auf die Stirn und verließ das Haus.

Das ärgerte mich an Brad am meisten, er war eigentlich kein schlechter Kerl. So widerlich und arrogant er auch manchmal war, zeigte er mir immer wieder eine weiche, fürsorgliche Seite. Ich kannte Brad schon seit der Grundschule, unsere Eltern waren miteinander befreundet. Deswegen konnte ich mit ruhigem Gewissen behaupten, dass er anders sein konnte, als ihn die meisten kennenlernen durften. Nichtsdestotrotz hätte ich den Kuss nicht zulassen dürfen. Doch nun war es zu spät für jeglichen Selbsthass. Ich hatte es zugelassen, ja sogar irgendwie genossen. Da konnte ich mir noch so oft vorwerfen wie falsch es war.

9

Ich setzte mich auf mein Bett, schaltete die kleine Nachttischlampe ein, klappte den Laptop auf und begann verschiedene Stichwörter bei Google einzugeben. Immer wieder wanderte mein Blick zum Fenster. Jetzt, wo ich mir sicher war, dass alles real gewesen war, konnte ich nicht verbergen, was für eine panische Angst ich vor der Nacht hatte. Doch die neu angebrachten Sicherheitsvorrichtungen gaben mir tatsächlich ein etwas besseres Gefühl.

Ich begann mit dem Wort *Vampir*.

Doch alle Seiten, die ich durchblätterte, ergaben lediglich Erkenntnisse, die man schon diverse Male gehört hatte:

Schatten der Nacht, Fabelwesen, Blutsauger, Mythen über Graf Dracula und diverse Buch- und Filmtipps wie Twilight, The Vampire Diaries oder Interview mit einem Vampir. Die ganzen Vampir-Klassiker hatte ich alle schon gelesen, bzw. gesehen. Ich hatte während des Vampir-Hypes der letzten Jahrzehnte sogar einen Bericht über die Faszination, die diese Vampir-Mythen bei uns Menschen auslöste, verfasst. Es ist dieses übermenschliche, unerreichbar starke, mächtige Wesen, das über dem Menschen steht. Etwas, das der Mensch nicht greifen, nicht besitzen, nicht beherrschen kann. Und da waren wir wieder beim Thema *Macht*. Der Mensch strebt immer an, die Macht über alles zu haben. Umso faszinierender ist die Vorstellung von einem Wesen, das so viel mächtiger ist als wir.

Ich versuchte es weiter mit den Stichwörtern *Schattenwesen* und *blutsaugende Bestie*, wurde aber wieder zu den Vampir-Mythen geführt. Anschließend versuchte ich mein Glück mit den Stichwörtern *Albtraum Blutsaugen* und *Albtraum jede Nacht getötet werden*, innerlich gab ich die Hoffnung meiner Albtraum-Theorie wohl doch noch nicht ganz auf. Doch alle medizinischen Thesen deuteten auf eine Depression hin und alle weiteren Thesen klangen für mich nach astrologischem Tarot-Hokus-Pokus.

War eine Depression denkbar? Ok, ich stürzte mich wirklich sehr in die Arbeit, aber hatte ich deswegen gleich eine Depression oder ein Burn-Out? Nein, das schien mir doch etwas zu weit hergeholt, oder? Und wie erklärte ich mir dann das kaputte Fenster?

Als ich auf die Uhr schaute, war es bereits zwei Uhr nachts. Müde rieb ich mir die Augen, als ich aus Richtung des Schlafzimmerfensters ein lautes Knacken vernahm. Sofort drehte ich mich zum Fenster, das nun einen Spalt offenstand. Die neu angebrachten Sicherheitsvorrichtungen waren komplett zerbrochen.

„Was zum…?" Doch dann sah ich *ihn* schon. Lässig wie die Nacht zuvor gegen die Wand lehnend, zog er sichtlich amüsiert die Augenbrauen hoch, während er gespielt entrüstet Richtung Fenster nickte.

„Ernsthaft?"

Mein Puls ging merklich schneller, jedoch lange nicht mehr so schnell, wie bei den Begegnungen zuvor. Gewöhnte ich mich etwa an meinen allnächtlichen

Besucher? Oder war es die Tatsache, dass ich - obwohl mir nicht ganz klar war, warum - scheinbar noch am Leben war? Noch etwas fiel mir auf. Ich verspürte dieses Mal kein Zittern, keine Gänsehaut, wie in den bisherigen Nächten. Doch was war dieses Mal anders? War es wirklich die Tatsache, dass er mich bisher nicht getötet hatte? Vielleicht sollte ich mir dies langsam zum Vorteil machen und herausfinden, was hier eigentlich los war.

Was allerdings noch kranker war als die Tatsache, dass ich mich scheinbar an meinen nächtlichen Mörder gewöhnte, der gerade mit einer spielerischen Leichtigkeit die Sicherheitsvorrichtung zerbrochen hatte, um erneut bei mir einzubrechen, war die Tatsache, dass ich wieder einmal nicht verhindern konnte, zu bemerken, wie unglaublich anziehend sein äußeres Erscheinungsbild war. Gott, Miri, was stimmt bloß nicht mit dir? Du bist doch sonst nicht so leicht von irgendwelchen Kerlen hingerissen. Dafür gibt es nur eine logische Erklärung, Fräulein: Du bist eine sadistische, kranke Person! Und ja, natürlich faszinierte mich dieses übernatürliche, mächtige Wesen irgendwie, das konnte ich einfach nicht leugnen. Mein Unterbewusstsein jedoch schüttelte nur verzweifelt den Kopf. Wenigstens hatte ich nun zu 100% die Gewissheit, dass es keine Fieberträume waren, die mich die ganze Zeit über quälten, denn diese Nacht hatte ich noch überhaupt nicht geschlafen. Doch diese Erkenntnis sollte mich eigentlich viel mehr beunruhigen. Stattdessen blickte ich ihn neugierig an. Vielleicht lag es auch daran, dass *er* heute ein völlig anderes Auftreten hatte. Er war heute nicht die raubtierartige Bestie wie zuvor, hatte nicht diese furchteinflößende Ausstrahlung, er wirkte irgendwie… menschlich. Selbst sein Blick, der sonst so blutrünstige Ausdruck in seinen Augen, war einem arrogant-belustigten gewichen.

„Was passiert heute?", fragte ich eingeschüchtert. Er schaute mich mit einem unergründlichen Blick an.

„Um ehrlich zu sein, ich weiß es nicht…"

Ein leichter Anflug von Verzweiflung klang unterschwellig mit. Ich sah ihn mit großen, fragenden Augen an. Mit dieser Antwort hatte ich nicht gerechnet.

„… Ich habe nun fünf Tage lang versucht dich zu töten… Ich weiß es wirklich nicht", fuhr er fort.

Fünf Tage? Also war er sogar an den Tagen, an denen ich wirklich dachte, ich hätte geträumt, hier gewesen und hatte versucht mich umzubringen? Der Traum nach Rumänien von den scharfen Reißzähnen in meiner Kehle und der Traum, als ich vom Dach gestürzt war… Es war alles Wirklichkeit! Oh verdammt! Nun überkam mich doch ein beängstigendes Gefühl.

Es fühlte sich merkwürdig und falsch an, dass ich mich gerade mit der Person über mein vermeintliches Abscheiden unterhielt, die hier war, um genau *dafür* zu sorgen. Und doch konnte ich nicht leugnen, dass mich die Neugier packte. Weshalb wollte er mich überhaupt töten? Warum war er deshalb um die halbe Welt gereist? Was ist er für ein unwirkliches, unmenschlich starkes und grausames Wesen, das Menschen aussaugt und anschließend tötet? Und wenn diese Fragen noch nicht skurril genug waren, dann spätestens die Frage, die ich mir am wenigsten beantworten konnte, was *ihm* offensichtlich genauso ging: *Warum war ich noch am Leben?*

Seine Miene wurde hart, während seine menschliche Ausstrahlung etwas verloren ging.

„Aber feststeht, dass ich dich nicht in Ruhe lassen werde, bis du tot bist!"

Ich schluckte. Was hatte er gerade gesagt? War das wirklich sein ernst? Er hatte es doch nun mehrfach versucht, warum ließ er es nicht auf sich beruhen und ließ mich endlich in Ruhe?!

„Warum willst du mich überhaupt töten?", fragte ich unsicher, während meine Stimme im Hals stecken blieb.

„Stell keine Fragen!", zischte er gereizt.

Das war seine einzige Antwort? Nein, damit gab ich mich nicht zufrieden. Hier ging es schließlich um mein Leben! Dieser Vampir - oder was auch immer er war - erzählte mir soeben, dass er wiederkommen würde, bis er es geschafft hatte mich zu töten, und ich sollte mich mit dieser überheblichen, nichts sagenden Aussage zufriedengeben? Nein, so läuft das nicht! Nicht, nachdem er mir zuvor verraten hat, dass er keinen blassen Schimmer hat, wie er mich aus der Welt schaffen kann. Selbstbewusst richtete ich mich auf.

„Ganz ehrlich, du platzt hier Nacht für Nacht rein, versuchst - warum auch immer - mich umzubringen, und ich darf nicht einmal fragen, was der Grund dafür ist?"

Einen Moment lang schien er über das, was ich gesagt hatte, nachzudenken. Doch bald fand er seine kühle Beherrschung wieder und erwiderte zähnefletschend:

„Es war nicht geplant, dass es so lange dauert. Und schon gar nicht, dass du es mitbekommst. Aber dein Körper reagiert auf mein Erscheinen und warnt dich, sobald ich eintrete. Sowie dein Körper ebenso auf das Töten reagiert. Und das ist nicht normal. Es hätte mir in Rumänien schon auffallen müssen, aber ich habe es falsch gedeutet. Glaube mir, wenn es nach mir ginge, wärst du seit Rumänien tot!"

Es stimmte also tatsächlich. Seine bisherigen Versuche mich umzubringen blieben erfolglos. Aber warum?

„Das heißt, du bist nicht in der Lage mich zu töten?"

Au weia, ihm schien meine spitze Bemerkung ganz und gar nicht zu gefallen. Den Kopf leicht zur Seite geneigt ragten dunkle Adern um seine Augen hervor. Ich musste versuchen, die Situation zu entschärfen. Mir gefiel das Raubtier in ihm überhaupt nicht, und wenn ich ihn weiter provozierte, wäre seine menschliche Erscheinung schneller verschwunden, als mir lieb war.

„Warum warnt mich dein Körper vor dir?"

„Woher soll ich das wissen?!"

„Die Gänsehaut und Zittern in deiner Nähe, das Übergeben und das Fieber nach den Überfällen, das alles ist also nicht normal?"

Er strich sich genervt mit zwei Fingern über die Stirn, während er überlegte, mir darauf überhaupt eine Antwort zu geben. Schließlich gab er nach.

„Wenn wir euch überfallen sind wir so leise, so schnell, nichts würde euch vorwarnen, bis zu dem Zeitpunkt, wenn es für euch eh zu spät ist. Ich deutete dein Zittern als Angst alleine im Wald zu sein, nicht als eine Reaktion auf meine Nähe. Und was deinen Zustand nach meinen Überfällen angeht… Es hat noch nie eine Beute überlebt!"

Noch nie eine Beute überlebt, wiederholte mein Unterbewusstsein verstört und machte somit nur zu deutlich, dass die Gefahr, die von diesem Wesen ausging, mehr als real war. Sie war in greifbarer Nähe, hier im Raum, direkt vor mir. Und dieses Wesen hatte es bereits mehrfach versucht. Mich schauderte es, wie er mich sah. Beute, mehr war ich für ihn nicht. Lästige Beute, die an seinem Ego kratzte, weil er mich nicht aus der Welt schaffen konnte. Oder was war der Grund, warum er nicht aufgeben wollte, es zu versuchen? Warum tauchte er sonst seither jede Nacht auf, wenn er keine Idee mehr hatte, wie er sein Ziel erreichen konnte?

10

„Ich mache dir einen Vorschlag", sagte ich. Er neigte abwartend seinen Kopf.

„Du kommst Nacht für Nacht hier her, deine Tötungs-Versuche geben mir keine Möglichkeit ein normales Leben zu führen. Ich kann nicht zur Arbeit, kann nichts wirklich machen, weil ich mich krank und hundeelend fühle. Und dann drohst du mir auch noch, mich nicht in Ruhe zu lassen, bis du einen Weg gefunden hast, mich zu töten. Findest du nicht, dass du mir wenigstens etwas zurückgeben kannst für das, was du mir antust?"

Vielleicht lehnte ich mich etwas zu weit aus dem Fenster mit meiner Forderung, aber das war mir egal. Ich wollte nicht hinnehmen, dass mein Leben ab sofort weiterhin so ablaufen sollte.

Er schwieg. Es schien, als wenn er auf eine Erläuterung wartete, was ich eigentlich verlangte. Also fuhr ich fort.

„Es wäre doch nur fair, wenn du mir für jeden weiteren erfolglosen Tag etwas über dich erzählst. Quasi ein gescheiterter Versuch oder eine weitere Nacht, in der ich noch lebe, gleich eine Frage meiner Wahl, die du beantworten musst."

Er starrte mich entsetzt an. Es war wohl das erste Mal, dass ein Opfer mit ihm verhandelte, weshalb seine Reaktion weniger überraschend war.

„Nichts wirst du erfahren! Gar nichts! Das ist ja der Grund, warum…", er stockte abrupt.

„... warum du mich töten musst?", beendete ich nachdenklich seinen Satz.

Mit einem riesigen Satz sprang er in das offene Fenster, hielt sich mit einer Hand am Fensterrahmen fest und drehte sich mit zusammengekniffenen Augen zu mir um.

„Du hast nur Glück, dass du es noch niemandem verraten hast."

„Ich habe nicht vor es jemandem zu erzählen, es würde mir ja doch keiner glauben", entgegnete ich, doch das schien ihn nicht zu interessieren. Mit finsterer Miene erwiderte er:

„Sollte dein kleiner Freund Verdacht schöpfen, werde ich ihn augenblicklich töten."

Dann war er verschwunden.

Moment mal, meinte er Brad? Woher wusste er von ihm? Hatte er uns etwa beobachtet? Und wie konnte er sich sicher sein, dass ich wirklich niemandem etwas verraten hatte? Dazu hätte er mich die ganze Zeit über beobachten müssen. Minutenlang starrte ich an die leere Stelle der Wand, an der er zuvor gestanden hatte, unschlüssig, wie ich diesen Brocken verdauen sollte. Tausende von Fragen wirbelten in meinen Kopf herum. Ich war kein bisschen schlauer als vorher, im Gegenteil, ich war nur noch verwirrter. Ein Vampir, oder vampirartiges Wesen drang seit meiner Reise nach Rumänien Nacht für Nacht in mein Haus ein, in dem ich ganz alleine lebte, völlig unbeeindruckt von jeglichen Sicherheitsvorrichtungen, und erzählte mir ganz offenkundig, dass er nicht aufgeben werde, mich zu töten, und nebenbei diejenigen umbringt, denen ich davon erzählte. Instinktiv setzte mein Fluchtinstinkt ein. Endlich brachte mein Verstand wieder die Ehrfurcht entgegen, die diesem Wesen zuteilwerden lassen sollte. Ich musste hier verschwinden, doch wo sollte ich hin? Was wäre ein sicherer Ort, um sich vor einem Wesen, wie ihm, zu verstecken? Ich sprang aus dem Bett, während mein Kopf sämtliche Möglichkeiten an Fluchtorten durchspielte, die mir ansatzweise denkbar vorkamen, ohne andere Menschen, die mir wichtig waren, in Gefahr zu bringen. Kirche? War das ein geeigneter Ort? Oder lieber in Menschenmassen abtauchen, wie die S-Bahn?

„Scheiße!" Ich erschrak zutiefst, als ich *ihn* plötzlich wieder an der Wand lehnend sah und mich völlig aus meinen Fluchtgedanken riss.

„Wo willst du so überstürzt hin?", fragte er aufmerksam. Ich antwortete nicht. Mein Gehirn kreiste stattdessen immer noch unentwegt, wie ich vor ihm fliehen könnte. Scheinbar sah er meinem verzweifelten Blick und der verräterischen Fluchtstellung mein Vorhaben an.

„Bringt nichts. Setzen!", befahl er. Ich glaubte ihm anstandslos. Es gab wohl keinen Ort, an dem er mich nicht aufspüren würde, dessen war ich mir mittlerweile sicher. Also gab ich unverzüglich auf und gehorchte. Ich setzte mich auf den Rand meines Bettes, verschlang entmutigt meine Finger ineinander und wartete wie ein kleines Kind, das bei dem Vorhaben Mist zu bauen ertappt wurde, kleinmütig ab, was mich nun erwartete.

Doch er seufzte nur aufgebend.

„Was willst du wissen?"

Entgeistert blickte ich zu ihm hoch. Er würde sich wirklich einer Frage unterziehen? Ich hatte mit vielem gerechnet, aber gewiss nicht, dass er klein beigeben würde.

„Warum hast du es dir anders überlegt?", fragte ich.

„An deiner Theorie ist etwas dran. Ich werde dich nicht mehr in Ruhe lassen, solange es auch dauern mag. Vielleicht bin ich dir das auf deine letzten Tage schuldig. Und da du sowie bald tot sein wirst…"

Mein Magen zog sich bei diesem Satz zusammen. Musste ich denn wirklich um jeden Preis sterben? Gab es denn keine andere Möglichkeit?

Er machte eine kurze Pause.

„Es ist nicht meine Art, Beute zu quälen. Und ich quäle dich schon eine ganze Weile. Aber du widersetzt dich bisher auch als einzige!"

Kleine Adern stießen um seine Augen hervor, als er mich verächtlich ansah. Diese abweisende Art schüchterte mich aufs Neue ein.

„Bin ich wirklich die einzige Person, die du nicht töten kannst?", fragte ich zaghaft. Er schürzte entnervt die Lippen.

„Das ist schon die zweite Frage."

Keine Sekunde später war das Zimmer leer.

Nachdenklich stand ich auf und starrte auf die Gardinen, die gleichmäßig im Luftzug des offenen Fensters auf und ab wehten. Wer gab diese Regel vor, ausnahmslos jede Beute zu töten? *Ich würde sowieso bald tot sein...* Wie konnte er sich dessen so sicher sein? Er schaffte es ja offensichtlich nicht, mich umzubringen.

Ich atmete tief durch, ging zum Fenster und versuchte es mühselig zu schließen. Es sollte ihn nicht abhalten hereinzukommen, das war scheinbar eh unmöglich. Ich wusste jedoch ohnehin, dass er heute Nacht nicht wiederkommen würde.

11

Die Sonne blitzte durch den Spalt der zugezogenen Gardinen und strahlte direkt in mein Gesicht. Ich fühlte mich heute deutlich besser und schwang mich elanvoll aus meinem Bett. Doch kaum war ich in der Lage einen klaren Gedanken zu fassen, kreisten sie mal wieder nur um ein Thema, *ihn*. Mir war aufgefallen, dass er letzte Nacht nicht einmal versucht hatte mich zu töten. Doch warum war er dann überhaupt hier gewesen? Nachdenklich schob ich die Gardinen zurück, öffnete das Fenster und ließ die herrlich warme Luft ins Zimmer hineinströmen. Sofort erstrahlte das Schlafzimmer in einem hellen, sonnigen Licht. Ich lehnte mich auf die Fensterbank, stützte den Kopf in beide Hände, ließ die Sonne mein Gesicht anstrahlen und schaute hinaus in den Wald. Doch es dauerte keine Sekunde, bis er wieder in meinem Kopf herumschwirrte. Ich konnte einfach nicht glauben, dass er sich wirklich auf meinen Deal eingelassen hatte. Er hatte doch eigentlich überhaupt keinen Grund dazu. Wahrscheinlich sprach da die Reporterin in mir, aber ich musste unbedingt mehr über dieses fremde Wesen herausfinden.

Zum Mittag fing ich an mir ein Stück Fleisch und Gemüse zu braten. Heute sollte seit langem mal wieder ein normaler Tag werden, beschloss ich. Mir ging es körperlich besser und mein Appetit meldete sich auch wieder zurück. Doch auch während des Essens verfolgten mich die Gedanken an ihn, diesen einschüchternd schönen, unnahbaren jungen Fremden… Die arrogante, herablassende, blutrünstige Bestie. Die Bestie, der *ich* einen Handel ausgeschlagen hatte. Die extra zurückgekommen war, um sich einer Frage zu unterziehen als Gegenleistung dafür, dass er fünfmal versucht hatte mich zu töten. Ich wurde einfach nicht schlau aus ihm.

Durch das Klingeln an der Tür wurde ich aus meinen Gedanken gerissen. Brad trat unaufgefordert herein, als ich sie öffnete.

„Hey Babe, du hast ja endlich wieder Farbe im Gesicht. Gestern sahst du noch aus wie der Tod."

Wie passend, schmunzelte ich in mich hinein. Er nahm mein Gesicht in beide Hände und begutachtete es gründlich. Ich nahm seine Hände und schob sie vorsichtig von mir weg.

„Danke, aber mir geht es wirklich besser, du brauchst dir also keine Sorgen zu machen."

In Zeitlupe ließ er seine Kaugummiblase platzen, während er von Fenster zu Fenster wanderte, um mit gehobener Brust sein Werk vom gestrigen Tag zu bewundern.

„Das habe ich echt gut gemacht", lobte er sich selbst. Wenn er nur wüsste, dass die Sicherheitsvorrichtungen rein gar nichts gebracht hatten… Natürlich wollte er hören, wie zutiefst dankbar ich ihm für seine Heldentat war, aber den Gefallen tat ich ihm nicht. Nachdem er unten alles begutachtet hatte, steuerte er zielstrebig nach oben Richtung Schlafzimmer. Augenrollend verfolgte ich seinen Streifzug. Doch dann schossen mir die Worte meines nächtlichen Besuchers in den Kopf:

Sollte dein kleiner Freund Verdacht schöpfen, werde ich ihn augenblicklich töten

Verdammt, das aufgebrochene Sicherheitsschloss! Dafür hatte ich keine logische Erklärung parat. Ich rannte an Brad vorbei die Treppe hoch und stieß ihn dabei unsanft gegen das Treppengeländer.

„Oben ist auch alles in Ordnung. Du kannst jetzt gehen. Danke nochmal Brad."

Brad runzelte misstrauisch die Stirn.

„Was ist denn auf einmal los mit dir, Miri?"

Hastig suchte ich nach einer passenden Ausrede, doch so schnell fiel mir bei Weitem nichts Gutes ein. Also stotterte ich:

„Mein Schlafzimmer, du kannst da nicht rein. Wäsche… Ich sortiere gerade meine Unterwäsche und ich möchte wirklich nicht, dass du das siehst."

Gott Miri, das war die schlechteste Ausrede aller Zeiten. Brad lachte nur.

„Aber Süße, du lieferst mir nur noch mehr Gründe hineinzugehen." Er zwickte mir beim Vorbeigehen neckisch in die Wange. Schnell packte ich ihn am Arm.

„Ich meine es ernst, Brad."

Verärgert schaute Brad zu mir herunter, doch dann wurde seine Miene weich. Er legte seine Hände auf meine Schulter und hauchte mir ins Ohr:

„Ich liebe deine vorgespielte prüde Art. Aber gut, ich spiele mit. Du hast gewonnen, ich verschwinde. Nur denk immer daran, du schuldest mir was."

Er ging absichtlich nah an mir vorbei, als er im Begriff war zu gehen. Als ich die Tür zufallen hörte, strich ich mir erleichtert durchs Haar und atmete tief durch. Das war verdammt knapp. Keine Ahnung was Brad gedacht hätte, wenn er die aufgebrochene Sicherheitsvorrichtung gesehen hätte. Und vor allem keine Ahnung, ob mein Verfolger ihn wirklich vorsichtshalber ausgeschaltet hätte.

Als der Schock überwunden war, drängte sich die Wut über Brads aufdringliche Art auf. *Ich liebe deine prüde Art...* *Du schuldest mir was...* Was bildete sich dieser arrogante Kerl nur ein? Kopfschüttelnd ging ich in die Küche, nahm den Schwamm und begann unter laufendem Wasser die schmutzige Pfanne, die ich zum Braten des Fleisches benutzt hatte, abzuschrubben. Doch im Grunde ärgerte ich mich nicht über Brad, ich war wütend auf mich selber. Es war meine eigene Dummheit, dass ich Brad nun am Hals hatte. Vor lauter Wut schrubbte ich die Oberfläche der Pfanne so heftig, dass mir die Finger wehtaten.

„Ich bin so dämlich! Das ist deine eigene Schuld, Mirjam Selford", schimpfte ich laut, während ich den nassen Schwamm mit voller Wucht in die andere Ecke der Küche feuerte. Doch der Schwamm prallte vorher an einem definierten Oberarm ab. Ich sprang vor Schreck einen Schritt nach hinten. *Er* saß sichtlich amüsiert auf einem der Barhocker des sich inmitten des Raumes befindenden Tresens. Seinen Kopf in seine Hand gestützt, folgte sein Blick dem Schwamm, der nun langsam Richtung Boden glitt und schließlich auf den Bodenfliesen aufklatschte.

Sein schlichtes hellgraues T-Shirt, kombiniert mit der hellgelben Shorts und den weißen Sneakers ließen ihn wie einen normalen Ende 20-jährigen Mann aussehen. Ok, zugegeben, einen normalen *überdurchschnittlich gut aussehenden* Ende 20-jährigen Mann. Doch es war heute sein ganzes Erscheinungsbild, das anders war. Nicht nur die Kleidung, die viel farbenfroher war als die Tage zuvor, an denen er ausschließlich dunkle Kleidung trug. Er strahlte etwas Freundliches, Aufgeschlossenes aus. War es Zufall, dass er von Tag zu Tag menschlichere Züge zeigte? Ein verschmitztes Lächeln umspielte seine Lippen. Seine Augen jedoch verdeckte er mit einer großen schwarzen Sonnenbrille. Lag es daran, dass es mitten am Tag war?

Unwillkürlich dachte ich an die typischen Vampirmythen, die man so kannte. Knoblauch, Fledermäuse, Holzpflöcke, Särge… Welche der Mythen wohl zutraf? Zumindest schien ihn Sonnenlicht nicht zu einem Haufen Asche zu verbrennen, dachte ich schmunzelnd. Die Sonnenbrille verlieh ihm einen noch unnahbareren Touch. Dass das überhaupt möglich war. Ich konnte nicht anders, als ihn heimlich anzuschmachten. Was haben Männer mit Sonnenbrillen nur an sich?

Spöttisch drehte er sich zur Haustür, durch die Brad gerade verschwunden war, während er die Sonnenbrille abnahm und an den Halsausschnitt seines T-Shirts steckte.

„Hätte nicht gedacht, dass der kleine Bad-Boy dein Typ ist."

Was war denn nun los? Der sonst so unnahbare Vampir in Plauder-Laune?

„Ist er auch nicht", antwortete ich schnippisch, während ich nach einem Handtuch griff und anfing, die Pfanne abzutrocknen.

„Und doch war er hier", erwiderte er amüsiert. „Weißt du, warum Mädchen auf solche Jungs stehen? Sie hoffen es zu schaffen, dass der böse Junge sein Verhalten nur für sie ändert und in ihr die einzig wahre Liebe findet. Romantisch, nicht wahr?"

Sein Sarkasmus war unüberhörbar. Ich funkelte ihn wütend an.

„Und was sagt man über verrückte Stalker, die Nacht für Nacht ein wehrloses Mädchen heimsuchen?"

„Wunder Punkt?", fragte er mit einem überheblichen Grinsen. „Immerhin bedeutet dir dein kleiner Freund so viel, dass du ihm das Leben gerettet hast."

„Woher willst du wissen, dass du ihn töten kannst? Du schaffst es ja nicht einmal *mich* zu töten!", antwortete ich zynisch. Doch er grinste nur. Ihm gefiel augenscheinlich das Spielchen zwischen uns.

„Ich kann es dir vorführen, wenn du magst."

Belustigt zog er die Augenbrauen hoch, als würde er auf eine Antwort warten. Doch ich hatte keine Lust auf sein Spielchen einzugehen. Genervt widmete ich mich wieder der Pfanne.

„Was willst du hier?", fragte ich.

„Ist das wirklich deine Frage für heute? Du solltest behutsamer mit der Auswahl deiner Frage umgehen."

Er stand auf und kramte etwas aus der hinteren Tasche seiner Shorts, faltete es auseinander und warf es lieblos über den Tresen. Ich schaute auf den Stapel Papier, der direkt vor mir zum Halten kam.

„Was ist das?"

„Die Antwort auf die Frage."

Verwirrt schaute ich ihn an.

„Welche Frage?"

Seine Miene wurde eisern.

„Warum du noch lebst."

Nun packte mich die Neugier. Was war wohl der Grund, warum er mich nicht umbringen konnte? Ich nahm die Blätter in die Hand und überflog die erste Seite. Es war ein ausgedruckter Stammbaum. *Mein* Stammbaum, der über mehrere Seiten reichte.

„Es hat mehrere Tage gedauert alles herauszufinden. War nicht ganz leicht, die Frauen in deiner Familie waren ziemliche Flittchen", fügte er hinzu.

„Sag mal, hast du sie noch alle?!"

Ich konnte nicht glauben was für ein Arschloch er war! Doch er schenkte meinem Wutausbruch keine Beachtung.

„Als blutrünstige Bestie bist du mir deutlich sympathischer!"

Er schmunzelte überheblich.

„Ich mir auch."

Im nächsten Moment war er verschwunden.

„Warte!", rief ich, als er in derselben Sekunde wieder im Eingang der Küche stand, abwartend, eine Hand am Türrahmen abgestützt.

„Du kannst also auch bei Tag…"

Er seufzte augenrollend.

„Du dummes Ding guckst eindeutig zu viele Teenie-Filme."

Ok, vielleicht war es tatsächlich nicht sehr schlau, ihn für solch eine banale Frage aufgehalten zu haben. Ich musste meine Fragen sorgsamer auswählen. Als ich bemerkte, dass er wieder im Begriff war zu gehen, rief ich erneut.

„Warte!"

Desinteressiert blickte er zu mir herüber.

„Verrätst du mir deinen Namen?"

Doch er ließ mich ohne Antwort zurück.

Ich nahm den Stapel Blätter und setzte mich mit einer Tasse Kaffee auf die Terrasse. Da ich offensichtlich auch nach diesem Besuch noch lebte, hatte er scheinbar herausgefunden warum er mich nicht töten konnte, jedoch nicht, was er dagegen tun konnte.

Stück für Stück begann ich den Stammbaum durchzugehen. Erstaunlich wie weit er zurückreichte. Mir fiel auf, dass der Stammbaum sich lediglich auf die weiblichen Vorfahren beschränkte und im Jahre 1145 n.Chr. aufhörte. Warum gerade in dem Jahrhundert? Was ergab das für einen Sinn? Neben den Namen waren die Herkunftsländer notiert. Schon erstaunlich, wie viele verschiedene Nationalitäten über die Jahrhunderte in einer Blutlinie steckten. Die Liste endete mit meinen weiblichen Vorfahren aus Ägypten. Cool, das erklärte meinen Teint und die dunklen Haare. Aber was sollte mir das bitte sagen? Dieser arrogante, zynische Vampir! Was daran sollte mir erklären, was mit mir nicht stimmte? Warum ließ er mich mit diesem Stammbaum völlig alleine, ohne eine weitere Erklärung abzugeben? Es gab mit Sicherheit einen Grund, warum der Stammbaum hier endete, so gründlich wie er recherchiert hatte. Scheinbar lag es nun an mir, ein wenig Ahnenforschung zu betreiben. Ob Mom über unsere ägyptische Herkunft Bescheid wusste? Ein Besuch bei ihr war sowieso schon lange überfällig.

Plötzlich kam mir eine Idee. Wenn mein alltäglicher Besucher wusste, wann er bei mir auftauchen konnte, kurz nachdem Brad weg war, wenn er sich so sicher war, dass ich bisher niemandem von ihm erzählt hatte, war er dann auch in diesem Moment in der Nähe und beobachtete mich? Anstatt mich deswegen unbehaglich zu fühlen, gefiel mir der Gedanke irgendwie. Wenn er tatsächlich in der Nähe war, konnte er mir doch auch verraten, was das Ganze mit dem Stammbaum auf sich hatte. Doch wie sollte ich nach ihm rufen, ich kannte ja nicht einmal seinen Namen.

„Bist du hier?", flüsterte ich in den Wald hinein und kam mir gleichzeitig unglaublich dämlich vor. Doch er ließ sich nicht blicken. Mein Gott Miri, dieser *tolle* Einfall war auch einfach nur peinlich! Mit hochrotem Kopf ging ich ins Haus zurück.

Als ich die Terrassentür hinter mir schloss und meinen leeren Kaffeebecher in die Küche brachte, stand *er* wie aus dem Nichts vor mir. Doch irgendetwas stimmte nicht. Es sah aus, als sei er außer sich vor Wut. Mit einer viel zu schnellen Bewegung packte er mich mit einer Hand am Hals und presste mich mit voller Wucht gegen den Kühlschrank. Mein Kopf knallte dabei mit einem lauten Rumms gegen die Aluminiumtür. Langsam zog er mich hoch, bis meine Beine den Boden nicht mehr berührten. Dabei drückte er meinen Hals immer fester zu. Ich versuchte erbittert nach Luft zu schnappen, während ich mit meinen Händen seine Hand umschloss und versuchte, seinen Griff zu lockern. Vergebens. Sein durchdringender, aber gleichzeitig auch irgendwie panisch wirkender Blick löste in mir eine unglaubliche Angst aus. Er war wieder die Bestie, der Dämon, der Mörder…

„Mach das nie, nie wieder, verstanden?!" Seine fast flüsternde Stimme bebte. Als ich nicht reagierte, ihn nur wie paralysiert anstarrte, zog er mich ein weiteres Stück hoch, bis ich auf seiner Höhe und somit gezwungen war, in seine eiskalten Augen zu schauen. Er betonte jedes einzelne Wort.

„HAST DU MICH VERSTANDEN?!"

Ich nickte kaum merklich. Dann war der Raum leer.

Unsanft landete ich auf meinen Füßen. Ich stütze die Hände auf meine Oberschenkel und rang keuchend nach Luft. Was war plötzlich in ihn gefahren? Eines war mir in jedem Fall bewusstgeworden: Ich hatte mich die letzten Tage von seiner menschlichen Seite, seiner schönen Erscheinung, viel zu sehr blenden lassen. Er war eine Bestie, ein Menschen-Jäger, ein Mörder! Es war sowas von dilettantisch von mir gewesen, in ihm einen Menschen, einen netten jungen Mann zu sehen. Nein, viel schlimmer: Ich habe es in ihm sehen *wollen*. Habe versucht zu verdrängen, dass er dieser eiskalte Vampir war, nur weil er mir einen kurzen Einblick seiner menschlichen Seite gewährt hatte. Warum wollte ich unbedingt etwas Gutes in ihm sehen? Er war mein vermeidlicher Mörder, das musste mir ein für alle Mal bewusstwerden!

12

Am nächsten Tag klingelte ich an der Wohnungstür. Meine Mom öffnete. Als sie mich sah, fiel sie mir freudestrahlend um den Hals.

„Mirjam, meine Kleine."

Sie drückte mir einen Schmatzer auf die Wange.

„Mom, bitte. Kannst du dir entsprechend meiner 25 Jahre und meiner 1,70m Körpergröße nicht endlich mal einen passenderen Kosenamen für mich einfallen lassen?"

„Für mich bleibst du immer meine Kleine, mein Schatz."

Ich schlang nun ebenfalls meine Arme um sie. Die letzten Tage hatten sowohl körperlich, als auch seelisch ein totales Wrack aus mir gemacht. Jedes einzelne meiner Glieder schrie förmlich nach ihrer Nähe. Man brauchte die Nähe eines geliebten Menschen wohl umso mehr, wenn man dem Tod Tag für Tag ins Auge gesehen hatte.

Meine Mutter brühte den Kaffee, wie ich ihn am liebsten mochte, schwarz und stark, und setzte sich mit den beiden Tassen gegenüber an den kleinen Esstisch in der Küche. Ihre schwarzen, kurzen Haare waren wie üblich nach hinten gekämmt, doch einzelne Strähnen fielen ihr immer wieder ins Gesicht, die sie jedes Mal mühevoll mit den Fingern hinters Ohr zurückstrich. Ihr dunkler Teint strahlte regelrecht im Gegensatz zu meinem.

„Etwas blass bist du, Schatz. Und dünn. Hast du mal wieder zu wenig gegessen?"

„Mom, bitte", flehte ich sie augenrollend an.

„Ich habe noch etwas Auflauf von gestern übrig. Ich mache ihn dir warm."

„Mom, das ist wirklich nicht nötig, ich habe kaum Appetit."

Doch sie hörte mir gar nicht zu, sondern stand bereits vor dem Kühlschrank, holte den Rest des Auflaufes, den sie in einer weißen ovalen Keramikschale aufbewahrte, heraus und schob ihn unbeirrt in den Backofen. Anschließend setzte sie sich zurück an den Esstisch, umklammerte mit beiden Händen ihre Tasse Kaffee und blickte mich mit ihren strahlend grünen, warmen Augen an. Erstaunlich, dass ich mein ganzes Aussehen von meiner Mutter geerbt hatte: die schlanke Figur, der Mocca-farbene Teint, die großen, grünen Augen. Nur die braunen Haare hatte ich von meinem Vater. Charakterlich jedoch glich ich deutlich mehr meinem Vater. Meine Mutter Isis war eine Seele von Mensch. Jeder mochte sie, es gab eigentlich keine Person, mit der sie sich nicht verstand. Schon als Kind waren alle meine Freunde bei uns willkommen, ständig lud sie befreundete Paare zu Cocktail-Abenden, gemeinsames Kochen oder Spieleabende ein. Sie liebte es, wenn viele Menschen um sie herum waren. Mein Vater Egon hingegen mochte die Stille. Er war zwar gerne unter Menschen, wusste die ruhigen Momente aber umso mehr zu schätzen. Ihm machte es nichts aus, sich nach der Arbeit oder am Wochenende gemütlich mit einer Tasse Kaffee vor den Fernseher zu setzen und einfach für sich zu sein. Diese Eigenschaft hatte ich definitiv von ihm. Ich brauchte nicht ständig Gewusel um mich herum. Ich brauchte auch nicht viele Freunde. Die wenigen Freundschaften, die ich pflegte, waren dafür umso intensiver. Hatte es ein Mensch einmal in mein Herz geschafft, war ich bereit, so gut wie alles für ihn zu tun. So eine Freundin war meine Kollegin und alte Schulkameradin Anna.

„Was verschafft mir die Ehre, dass meine Tochter sich mal wieder nach Hause verirrt?"

„Darf ich dich nicht einfach so besuchen, ohne Hintergedanken?", fragte ich lächelnd. Sie schaute mich misstrauisch an. Also kam ich direkt auf den Punkt.

„Du Mom, was weißt du über unsere Vorfahren?"

„Was meinst du genau, mein Schatz?"

„Naja, ich bin durch eine Recherche bei der Arbeit auf den Stammbaum meiner weiblichen Vorfahren gestoßen. Wusstest du zum Beispiel, dass unsere älteren Vorfahren aus Ägypten stammen?"

„Aber natürlich weiß ich das. Deine Großmutter hat es mir als ich noch ein Kind war erzählt. Daher hat sie auch dieses unglaubliche Wissen über all die Kräuter und Pflanzen. Nicht umsonst hatten ihre Eltern die einzige Apotheke hier in der Stadt und sich so ein Monopol in der ganzen Gegend aufgebaut. Deswegen stand für mich auch immer fest, dass mein Kind später einmal einen ägyptischen Vornamen tragen wird. Deine Großmutter hatte sich darüber wahnsinnig gefreut. Ihr war Tradition sehr wichtig, deswegen hat sie ihr ganzes Wissen, das sie von ihrer Mutter erlangt hatte, schriftlich für mich niedergelegt. Ich bin nur ehrlich, ich habe mit diesem ganzen Naturheilkunde-Zeug nicht viel am Hut. Aber irgendwo auf dem Dachboden müssten all ihre Unterlagen liegen. Falls du dich eines Tages für das ganze Kräuter-Zeug interessierst, schau mal auf dem Dachboden nach."

„Gibt es sonst irgendetwas, was du über unsere Vorfahren weißt? Irgendeine Besonderheit? Irgendein Geheimnis?"

„Wovon sprichst du bitte, Schatz?"

Meine Mom sah mich entgeistert an. Ich merkte schon, dass es keinen Sinn hatte weiter nach zu bohren, sie wusste wirklich nichts. Es muss traurig für meine Großmutter gewesen sein, dass sich ihre einzige Tochter so gar nicht für ihre Pflanzen-Leidenschaft interessierte. Umso glücklicher war sie wohl, dass ich damals immer mit ihr in den Wald gegangen war und ihr beim Sammeln der Kräuter und Pflanzen Gesellschaft geleistet habe.

Ich blieb den ganzen Tag bei meinen Eltern. Mir war bis zum diesem Zeitpunkt gar nicht bewusst, wie sehr ich sie in den letzten Tagen vermisst habe. Als mein Vater etwas später von der Arbeit kam, setzte ich mich nach dem Abendessen neben ihn vor den Fernseher. Schweigend genossen wir die Nähe zueinander und schauten uns alte Serien an, die wir, als ich noch klein war, immer zusammen gesehen hatten. Die Bud Spencer und Terence Hill Filme standen dabei ganz hoch im Kurs. Irgendwann lehnte ich meinen Kopf an seine Schulter, während mir eine Träne über die Wange kullerte. Die letzten Tage hatten eine tiefe Wunde in meine Seele gerissen. Ich hätte eigentlich gar nicht mehr am Leben sein dürfen. Hätte meine Eltern nie wiedersehen sollen. Je länger ich darüber nachdachte, desto mehr Tränen kullerten mir übers Gesicht. Mein Vater bemerkte dies, sagte aber nichts. Stattdessen legte er sacht seinen Arm um meine Schulter und küsste behutsam meine Stirn. Er wusste, wenn ich darüber hätte reden wollen, hätte ich es bereits getan. Ich dankte ihm zutiefst, dass er, ohne ein Wort zu sagen, einfach für mich da war.

13

Spät abends saß ich im Schneidersitz auf meinem Bett und bearbeitete einige Berichte auf meinem Laptop, die mir Anna zum Durchsehen vor der Veröffentlichung zugeschickt hatte. Zuvor hatte sie mir zig Mails mit Genesungswünschen zugemailt und sich tausend Mal dafür entschuldigt, mir Arbeit an mein Krankenbett zu schicken. Ich war jedoch heilfroh darüber, ich hasste es krank zu sein und meine Berichte in andere Hände übergeben zu müssen. Deshalb beruhigte ich Anna und versicherte ihr, dass es mir nichts ausmachte die Berichte durchzugehen. Anna war eine gute Seele. Die beste Kollegin und Freundin, die man sich wünschen konnte.

Ich tippte gerade einige Ergänzungen zu ihrer Skizze, als ich ein leichtes Knacken des Fensters und im selben Moment im Augenwinkel einen Schatten im Raum vernahm. Der Rahmen des Fensters war mittlerweile so verbogen, dass es kaum noch ein Geräusch von sich gab, wenn *er* das – soweit es möglich war – geschlossene Fenster aufbrach.

„Hast du es dir angesehen?", fragte mein nächtlicher Besucher ruppig, der komplett in schwarz gekleidet vor dem Bettpfosten stand. Es war unverkennbar, dass er ungeduldig auf eine Antwort wartete.

„Dir auch einen schönen guten Abend", entgegnete ich, ohne vom Laptop aufzublicken.

„Guten Abend", sagte er gereizt. „Also?"

Was war heute bloß mit ihm los? Seine Laune hatte sich zu gestern um 180 Grad gewendet. Naja, jedenfalls bevor ich draußen auf der Terrasse nach ihm gerufen hatte. Konnte er deswegen immer noch sauer sein?

„Was glaubst du?", erwiderte ich.

In dieser Sekunde stand er urplötzlich neben mir und knallte mit seiner Hand den Laptop zu. Ich schaffte es um Haaresbreite meine Finger wegzuziehen.

„Ich habe für deine kindischen Spielchen keine Zeit. Also, hast du keine Fragen zu dem Stammbaum?"

Man konnte an den kleinen Äderchen um seine Augen erahnen, wie rasend ihn mein Desinteresse an seinem Auftritt machte. Umso mehr fand ich Gefallen daran, ihn ein wenig weiter zu provozieren. Schließlich war es nicht zu übersehen, wie dringend er über diese Stammbaum-Geschichte reden wollte. Doch warum drängte er plötzlich so? Ich würde mir nun erst einmal die Ungeduld, die der launische Vampir heute an den Tag legte, zunutze machen. Heute wollte er also nicht spielen, im Gegensatz zum gestrigen Tag? Tja, zu seinem Pech war ich gerade in Hochform.

„Doch, aber erst einmal gibt es eine Regeländerung."

Er lachte verachtend.

„Du hast gar kein Recht Regeln aufzustellen."

„Gut, dann halte mich davon ab, indem du mich… sagen wir… tötest?" Triumphierend hob ich eine Augenbraue. Er schloss die Augen und atmete tief ein, sichtlich bemüht,

79

ruhig zu bleiben. Wie rasend ihn meine aufmüpfige Art machte, belustigte mich zunehmend.

„Oh, wunder Punkt?", grinste ich und fuhr ungehindert fort. „Die Regeländerung besagt, dass ich ab sofort uneingeschränkt viele Fragen stellen darf."

Seine Augen blieben geschlossen, als er nach einer kurzen Pause mit verachtendem Ausdruck im Gesicht die Zähne aufeinanderpresste und hindurchzischte:

„Was willst du wissen?"

„*Was bist du*?", fragte ich fast flüsternd.

Ich merkte, wie er sich sträubte, mir zu antworten. Als ich sicher war, dass ich keine Antwort bekommen würde, fragte ich unsicher:

„Vampir?"

„Vampir", wiederholte er gequält lachend, „und als nächstes fragst du, ob ich Knoblauch vertrage, du mich im Spiegel sehen kannst und ob ich unsterblich bin."

Okay zugegeben, an die Spiegel- und Unsterblichkeits-Theorie hatte ich bisher noch gar nicht gedacht.

„Und nein", fuhr er fort, „ich möchte nicht wieder auf die High-School gehen und ein normales Leben führen, um mich dann unsterblich in das hübsche High-School-Mädchen zu verlieben."

„Ich hab's kapiert", erwiderte ich augenrollend. „Aber ich verstehe immer noch nicht, warum du mich töten *musst*."

„Weil kein menschliches Wesen von unserer Existenz wissen soll. Jede Beute, die wir zum Trinken überfallen, muss anschließend getötet werden, um jeden Preis!"

Das war also der Grund: Geheimhaltung. Ich dachte an gestern, als er mich, nachdem ich draußen nach ihm gerufen hatte, fast umgebracht hätte – im wahrsten Sinne des Wortes, hätte er die Mittel dazu gehabt. War er deswegen so aufgebracht gewesen? Hatte er Angst, irgendwer würde mitbekommen, dass ich von ihm und seiner Spezies wusste? Ein anderer Mensch oder vielleicht sogar einer seiner Spezies? Doch dann verstand ich nicht, was er damit für ein Problem hatte. Konnte es ihm nicht egal sein? Schließlich wollte er mich doch eh tot sehen. Was machte es dann noch für einen Unterschied, wenn andere seiner Spezies mitbekamen, dass ich von ihnen wusste? Und sollte ein anderer Mensch davon erfahren, würde er ihn doch sowieso beseitigen, mochte man seinen Drohungen glauben.

„War das der Grund, warum du gestern so…" Ich wusste nicht, wie ich seinen gestrigen Ausraster am besten beschreiben sollte. Doch er gab mir keine Antwort. Ich schüttelte verständnislos den Kopf.

„Aber wer hat dieses Gesetz aufgestellt, dass kein Mensch von euch wissen darf?"

„Jeder einzelne von uns!" Seine Augen funkelten auf. „Die Menschen sind dumm. Sie glauben, sie müssten die stärksten Wesen des gesamten Planeten sein, dürfen Gott spielen und als einzige über Leben und Tod aller Lebewesen bestimmen. In diesem Glauben lässt es sich für euch wunderbar leben." Er fletschte die Zähne, als er fortfuhr. „Aber wehe euer Kartenhaus bricht zusammen. Wehe, ihr seid plötzlich nicht mehr die stärksten, intelligentesten Wesen, die Herrscher über alles und jeden. Was würdet ihr tun? Ihr Menschen würdet in Panik ausbrechen, denn alles, was ihr nicht kontrollieren könnt, ist eine Gefahr. Und jede Gefahr muss eliminiert werden. Aber ihr könnt uns nicht einfach so beherrschen, wie jedes andere Wesen auf der Welt. Und deswegen würde bei euch Menschen völlige Hysterie ausbrechen. Ihr würdet von dort an jeden verdächtigen, weil ihr nicht mehr in der Lage wäret klar zu denken. Es würde eine moderne Hexenjagt ausbrechen, nur weil ihr Angst hättet, die Macht und Kontrolle über alles zu verlieren. Dabei hättet ihr sowieso nicht den Hauch einer reellen Chance uns zu vernichten. Und wir? Wir könnten uns nicht mehr so einfach und unbemerkt zwischen euch bewegen."

„Unbemerkt zwischen uns?", fragte ich hellhörig. „Bedeutet das etwa, dass ihr das derzeit tut?"

Er schüttelte herablassend den Kopf.

„Ihr Menschen habt ja keine Ahnung…"

„Aber warst du nicht selber irgendwann mal ein Mensch? Empfindest du kein Mitleid? Hast du denn gar keine Schuldgefühle, wenn du einen von uns tötest?"

Der junge Unbekannte entfernte sich einige Schritte vom Bett, lehnte sich an die Wand neben dem offenen Fenster und steckte beide Hände in die Taschen seiner schwarzen Lederjacke. Warum er plötzlich einen größeren Abstand bewahrte, verstand ich nicht. Ebenso wenig, warum er nun die Nähe des Ausganges suchte.

„Ich bin in einem kleinen Dorf abseits der Zivilisation aufgewachsen. Wir haben nur getötet, was wir zum Überleben brauchten. Aber die Menschen entwickeln sich zum schlimmsten Albtraum der Erde. Massenschlachtung, Verschmutzung, Tierquälerei, Kriege um Geld und Macht, die Welt wird an der Dummheit des Menschen zugrunde gehen."

„Und ihr seid besser?", fragte ich zynisch.

„Unsere Beute ist nun mal der Mensch, und das tut mir nicht leid. Ich liebe es zu jagen und zu töten!"

Ich konnte einfach nicht verstehen, wie es einem nichts ausmachen konnte, wahllos Menschen zu töten. Gerade, wenn man selbst einmal ein Mensch gewesen war.

„Aber es sind doch nicht alle Menschen schlecht," versuchte ich erneut.

Wieder schüttelte er den Kopf.

„Du dummes Kind. Was erwartest du? Dass ich mir meine Beute aussuche? Vorher tagelang ausspähe, wer es mehr verdient hätte zu sterben und wer nicht? Hast du eigentlich schon mal dein eigenes Fleisch getötet, das du gegessen hast? Welches Tier hätte es mehr verdient für dich zu sterben? Oder könntest du den Anblick gar nicht erst ertragen, wie das Tier für dich dahinscheidet? Wie ich diese Doppelmoral verabscheue!"

„Bedeutet es, dass du dich freiwillig dazu entschieden hast, einer von ihnen zu werden?"

„Wenn du uns unbedingt einen Namen geben willst, dann nenne uns *Mutanten*. Wir sind menschliche Mutationen, wir brauchen kein Fleisch oder andere Nährstoffe, uns reicht menschliches Blut. Wir altern langsamer, unsere Sinne sind viel ausgeprägter, der Geruchssinn, Gehör, unsere Reflexe, einfach alles. Wir sind stärker und schneller als es je ein Mensch sein wird."

Man konnte an seinen aufblitzenden Augen erkennen, wie es ihm gefiel, über der Menschheit zu stehen. Wir waren in seinen Augen nicht mehr als ein Nahrungsmittel. Er lebte in einer völlig anderen Welt, in der Menschen lediglich als Beute dienten. Wie konnte ihn das Leben als Mutant zu so einem Raubtier gemacht haben? War es die Dunkelheit? Die Einsamkeit und Isolation, die ihn im Laufe der Zeit zu dem gemacht hat, was er jetzt ist? War es nach einer Weile als Mutant normal, seine menschliche Seite mehr und mehr abzustoßen und nach seinen Ur-Instinkten zu leben?

Aber eine Sache war mir nicht entgangen.

„Ihr altert langsamer? Aber ihr seid nicht unsterblich", schlussfolgerte ich.

„Natürlich nicht! Jedes Lebewesen, das atmet, kann auch sterben. Selbstverständlich haben wir auch ein Herz. Wir sind keine Untoten, seelenlosen Wesen."

„Und ihr vertragt das Tageslicht?"

Nun musste er doch etwas schmunzeln. Wahrscheinlich hatte er bereits auf die typischen Vampir-Theorie-Fragen gewartet.

„Wir sind lediglich lichtempfindlich, weil wir nachtaktiv sind. Das direkte Sonnenlicht reizt unsere Augen."

Das erklärte die Sonnenbrille gestern am Tag.

„Gibt es denn noch andere menschliche Mutationen außer euch?"

Er schaute mich entsetzt an.

„Du meinst jetzt aber nicht Werwölfe oder sowas?"

Ich traute mich kaum zu nicken. Sein übertriebenes Augenrollen, gefolgt von einem entrüsteten Seufzen, beantwortete bereits meine Frage.

„Denk doch mal nach, du dummes Ding. Wie soll sich ein Mensch denn bitte in einen Wolf verwandeln und anschließend wieder in einen Menschen. Das sind zwei anatomisch völlig unterschiedliche Wesen."

„Naja, es sind beides Säugetiere", war mein erbärmlicher Versuch, die Frage nicht ganz so lächerlich erscheinen zu lassen.

Er schüttelte fassungslos den Kopf.

14

„Das bedeutet also, dass ich dich töten könnte, wenn du sterblich bist", lenkte ich schnell ab.

Seine Augen blitzten auf. Diese Frage schien ihm zu gefallen. Wie sich herausstellte allerdings nur, um mit seiner Predigt über mich, den kläglichen Menschen, fortzufahren.

„Du könnest niemanden töten, du bist viel zu schwach. Du bist kein Jäger, deine Moral und dein Anstand stehen dir im Weg. Außerdem sind wir viel zu schnell für euere menschlichen Augen, du hättest nicht den Hauch einer Chance."

Ich blickte nachdenklich an mir herunter. Wahrscheinlich hatte er recht. Meine Augen nahmen ja noch nicht einmal wahr, wenn er das Haus betrat. Ganz zu schweigen von der unbändigen Kraft, wenn er über mich hergefallen war. Und dabei hatte er sich wahrscheinlich nicht einmal im Geringsten angestrengt. Also wechselte ich erneut das Thema.

„Warum hast du mir den Stammbaum gegeben? Was soll mir das sagen?"

Erleichtert atmete er aus, als hätte er die ganze Zeit auf diese Frage gewartet.

„Ich dachte schon du fragst nie. Aber du scheinst dich mehr für andere zu interessieren, als für dich selber. Noch ein Zeichen von Schwäche."

Ich ignorierte seine weitere Attacke gegen mich, den kläglichen Menschen, und wartete geduldig, bis er fortfuhr.

„Du hast hebräisches Blut in dir."

Dies sagte er so leise, als würde er mir ein Geheimnis anvertrauen.

„Der Stammbaum hört bei meinen ägyptischen Vorfahren auf", stimmte ich zu, „aber warum?"

„Damals verstanden sich einige Frauen in Naturheilkunde. Es wurden aus verschiedenen Pflanzen, Kräutern und Tierexkrementen Heilmittel erzeugt."

„Ist das nicht heute noch so?"

„Damals gab es noch andere Pflanzen und Tierarten, die es heute nicht mehr gibt."

„Weil sie ausgestorben sind?", versuchte ich zu schlussfolgern.

„Zum größten Teil ja, aber auch, weil einige Kräuterarten vernichtet wurden."

„Vernichtet? Von wem?", fragte ich, während ich mich hellhörig aufrichtete.

„Von uns."

Ich schaute ihn unverständlich an, doch er blickte an mir vorbei.

„Von euch? Warum?"

„Einige Frauen haben damals regelmäßig ein Kraut eingenommen, das ihr Blut genetisch verändert hat. Dies hatte zur Folge, dass unser Biss diese Frauen nicht mehr töten konnte. Saugen wir euch aus, entwickelt euer Körper in Sekunden neues Blut, sodass ihr nicht sterbt."

Ich starrte ihn mit offenem Mund an. Das war also mein Geheimnis, warum er mich nicht töten konnte? Nun erwiderte er meinen Blick. Für den Bruchteil einer Sekunde ruhten unsere Blicke aufeinander, bis er seinen wieder von mir abwand.

„Aber du hast doch auch andere Dinge unternommen, um mich…" Ich mochte es nicht aussprechen. Plötzlich war es wie eine Barriere zu erwähnen, dass seine nächtlichen Besuche dem Versuch dienten, mich zu töten. Er schien dies zu bemerken und erlöste mich.

„Glaube mir, das verstehe ich selber nicht. Es soll ein paar wenige Heilerinnen gegeben haben, die eine Möglichkeit gefunden haben, den menschlichen Körper immun gegen jegliche Tötungsversuche zu machen. Bisher hielt ich es für ein Gerücht, genauso, dass das genetisch veränderte Blut an das weibliche Geschlecht weitervererbt wird."

„Warum nur an das weibliche Geschlecht?"

„Woher soll ich das wissen?", erwiderte er genervt.

„Entschuldige bitte, aber du erzählst mir hier gerade irgendwas über irgendeinen Kräuter-Hokus-Pokus, der angeblich in meinen Genen steckt. Darüber scheinst du dich zumindest bestens informiert zu haben. Aber offensichtlich nicht über alle Details."

Er kniff die Augen zusammen.

„Sei bloß vorsichtig."

Miri, pass auf, schrie meine innere Stimme, *sonst verschwindet er, wenn du den Bogen überspannst.* Also versuchte ich die Situation zu entschärfen.

„Aber ich verstehe immer noch nicht, warum du mir den Stammbaum gegeben hast. Warum du mir das alles erzählst. Was willst du damit bezwecken?"

Es dauerte einen Moment, bis er antwortete.

„Diese Frauen haben ihr Wissen von Generation zu Generation weitergegeben. Es war ihnen so heilig, wie uns Mutanten unsere Existenz geheim zu halten. Wenn sie es ihren Nachkommen nicht erzählt haben, haben sie es zumindest schriftlich festgehalten. Es war für sie das heiligste auf der Welt, ihre Nachkommen zu schützen und ihr Wissen weiterzugeben. Es soll diverse genetische Veränderungs-Tricks geben, die den Menschen schützen können. Angeblich soll es sogar ein Mittel geben, dass unser mutiertes Blut zurückmutieren lassen kann, sodass wir wieder Menschen werden."

Moment mal, warum erzählte er mir das? Wollte er dieses Mittel finden? Wollte er etwa wieder ein Mensch sein? Hatte er es deswegen so eilig, weil er wissen wollte, ob ich aus eigenen Stücken Ahnenforschung nach seinem Anstoß betrieben hatte und schon auf dieses Mittel gestoßen war? Unwillkürlich musste ich daran denken, was meine Mutter mir über Großmutters Sachen auf dem Dachboden erzählt hatte. Es deckte sich eins zu eins mit seiner Geschichte.

„Angeblich haben meine Großeltern diverse Unterlagen oben auf dem Dachboden."

Ich wusste nicht genau, warum ich ihm das verriet, aber diese Andeutung ließ mich eine ganz neue Seite an ihm erahnen. Ich sah, dass er bemüht war, seine kalte Miene aufrecht zu halten und seine Freude darüber zu verbergen.

„Es gibt bestimmt viele interessante Schätze in den Unterlagen deiner Großmutter zu entdecken."

Im nächsten Moment hockte er in dem offenen Fenster, bereit herauszuspringen. Doch anders als sonst zögerte er, als schiene er darauf zu warten, ob von mir noch eine Frage kommt. Diese Chance ließ ich mir natürlich nicht entgehen.

„Darf ich dich noch was fragen?"

Er drehte sich zu mir um und wartete geduldig. Ich konnte spüren, wie seine deutliche Anspannung am Anfang unserer heutigen Begegnung im Laufe unseres Gespräches immer mehr nachgelassen hatte. War es möglich, dass, umso mehr Zeit er mit mir verbrachte, seine menschliche Seite mehr und mehr zum Vorschein kam? Logisch wäre es. Wer weiß, wann er das letzte Mal Zeit mit einem Menschen verbracht hat.

„Das heißt, du willst mich nicht töten, weil du mich hasst?"

Er runzelte die Stirn.

„Das ist die mit Abstand dämlichste Frage, die du mir je gestellt hast. Und so typisch für euch Menschen. Wie soll ich dich bitte hassen? Ich kenne dich überhaupt nicht. Du bist mir völlig egal."

„Ich meinte, ob du mich töten willst, weil du uns Menschen hasst", erklärte ich.

„Ich hasse die Menschen nicht. Und bevor du fragst, du warst einfach nur zur falschen Zeit am falschen Ort."

„War die Frage dämlicher als die vom Werwolf?", fragte ich, um zum Ende des heutigen Aufeinandertreffens zu versuchen, seine menschliche Seite überwiegen zu lassen. Zu meinem Erstaunen ging er darauf ein. Er schüttelte schmunzelnd den Kopf.

„Du hast Recht, die Werwolf-Frage war genauso dämlich."

„Du musst dich schon entscheiden", lächelte ich ihn an.

„Okay, deine Werwolf-Frage war die dämlichste."

Er lächelte zurück.

Er lächelte zurück… Wow! Das war mit Abstand das menschlichste, das ich je an ihm gesehen hatte. Ich wusste nicht genau warum, aber ich wollte noch nicht, dass er geht. Vielleicht lag es daran, dass seine Laune im Laufe des Gespräches eine komplette Kehrtwendung genommen hatte. Von dem ungeduldigen, launischen Mutanten zu dem schönen Lächeln, das er mir gerade geschenkt hatte. So eine Wärme, wie in diesem Moment, verspürte ich das erste Mal in seiner Nähe. Leichtes Kribbeln breitete sich in meinem Bauch aus. Oje, das war gar keine gute Entwicklung…

Schnell Miri, wenn du willst, dass er noch nicht geht, sag etwas!

„Ich weiß, du denkst, ich bin schwach. Aber ich habe bewusst erst die Fragen über dich gestellt und erst anschließend die über den Stammbaum. Ich hatte heute das Gefühl, du würdest mir die Fragen über dich sonst vielleicht nicht mehr beantworten, nachdem ich die Fragen über meine Vergangenheit gestellt hätte."

„Das denkst du wirklich?"

Ich nickte eingeschüchtert. Einen Augenblick lang schauten wir uns an. Stille umhüllte den Raum und ließ die Sekunde, in der unsere Blicke sich trafen, wie eine Ewigkeit erscheinen. Das Kribbeln im Bauch wurde stärker. Doch dann wandte er sich ab, um zu gehen.

„Darf ich dir noch eine Frage für heute stellen?", flüsterte ich verlegen. Er blickte über seine Schulter zu mir herüber.

„Wie ist dein Name?"

Er lächelte süffisant, bevor er ohne ein weiteres Wort in die Dunkelheit verschwand.

15

Zwei Tage ließ er sich nicht blicken. Es war mittlerweile Samstagnacht und ich erwischte mich dabei, wie ich extra lange im Internet rumsurfte, ohne wirklich nach etwas zu suchen, nur um mich möglichst lange wach zu halten. Doch als die Uhr schon 02:17 Uhr nachts anzeigte, bemitleidete ich mich selber für meine klägliche Hoffnung, er würde dadurch auftauchen, und klappte schließlich den Laptop zu.

Warum wollte ich unbedingt, dass er wiederkam? Er hatte hier doch eh nichts was er tun konnte, seitdem das Geheimnis gelüftet war. Also gab es für ihn auch keinen Grund, mich weiterhin aufzusuchen. Doch mein Unterbewusstsein hoffte insgeheim, dass er wiederkam. Wenn er keine Idee hatte, wie er mich töten könnte, und er trotzdem vorbeikäme, dann kam er meinetwegen. Oder um zu checken, ob ich das Mittel zur Rückverwandlung gefunden habe, was ebenfalls die Hoffnung in mir schürte, er könnte irgendwann Gefallen an mir finden, wenn er selber wieder ein Mensch wäre. Sei endlich ehrlich zu dir selbst, Miri, du dumme Kuh stehst total auf deinen vermeintlichen Mörder!

Kopfschüttelnd griff ich nach dem Schalter der kleinen Lampe auf meinem Nachttisch, um das Licht auszuschalten, als ich *ihn* plötzlich an der Wand lehnen sah. Mein Herz machte vor Freude einen kleinen Luftsprung. Ich konnte mir soeben ein breites Grinsen verkneifen, dass meine Freude über sein Wiedersehen sofort verraten hätte.

„Du lässt dein Fenster wieder auf", stellte er fest.

„Ja", gab ich kleinlaut zu und fühlte mich total ertappt. Gott, war das offensichtlich, Miri!

„Du solltest wissen, dass das ziemlich gefährlich ist. Hier könnte eine blutrünstige Bestie eintreten, die versucht dich kaltblütig zu ermorden. Hast du darüber schon mal nachgedacht?!" Er schenkte mir ein verschmitztes Lachen.

Wow, machte er tatsächlich gerade einen Scherz? Sonst machte er sich doch höchstens über *mich* lustig!

„Ja, das ist ziemlich leichtsinnig von mir", ging ich auf seinen Scherz ein und stimmte in sein Lachen mit ein.

„Hast du eigentlich gar keine Sorge, dass du mal zum falschen Zeitpunkt hier aufkreuzt?", fragte ich schließlich.

„Falschen Zeitpunkt?" Er verstand nicht worauf meine unfassbar schlechte Andeutung anspielen sollte. Doch ich hatte mit der Flirt-Offensive begonnen, jetzt musste ich sie auch zu Ende führen.

„Naja, stell dir mal vor, ich ziehe mich gerade um, oder komme direkt aus der Dusche. Ich weiß ja nie wann du hier auftauchst."

Er runzelte belustigt die Stirn. Nun war ihm meine schlechte Flirt-Offensive mehr als deutlich geworden. Ich wurde puterrot vor Scham. Oh man, was hatte ich mir bloß dabei gedacht? Ich hatte eine simple, aber umso verheerendere Erklärung: Dieses wunderschöne Lachen brachte mich fast um den Verstand.

„Keine Sorge, ich höre von weitem was du gerade treibst."

Beschämt schaute ich zu Boden. Was hatte ich mir von dieser Frage nur erhofft? Miri, das war einfach nur peinlich!

Wie aus dem nichts änderte sich seine Miene schlagartig. Von einer Sekunde auf die andere stürmte er plötzlich auf mich zu. Ich konnte gar nicht so schnell realisieren, was gerade passierte. Hatte ich ihn mit meinem bedauernswerten Flirt-Versuch so sehr geärgert oder gar beleidigt? Oder war sein freundliches Auftreten nur Show, damit ich den Angriff nicht kommen sah? Hatte er nun doch einen Weg gefunden, mich zu töten? Ich zuckte zusammen, als er direkt vor mir stand. Doch er griff mich nicht an.

„Halt still!", flüsterte er mit einem Ausdruck in seinem Tonfall, den ich noch nie zuvor bei ihm erlebt hatte. Nervös beschrieb diesen Ausdruck vielleicht am besten. Aber er und nervös? Kannte er diesen Zustand überhaupt, so selbstsicher, wie er doch sonst immer war?

Er zog die Bettdecke über meinen gesamten Körper, setzte sich neben mich auf die Bettkante und drückte mich mit einer Hand so fest herunter, dass ich kaum noch Luft bekam. Ich konnte wahrnehmen, dass der Raum plötzlich stockdunkel wurde, sonst sah ich nichts. Was zum Teufel war hier los?

Für den Bruchteil einer Sekunde war es totenstill. Auf einmal begann mein ganzer Körper wie verrückt zu zittern, als kurze Zeit später eine weibliche Stimme aus Richtung des Fensters erklang. Die Frau sprach Deutsch. Ich konnte die Sprache gut verstehen, da ich für die Arbeit schon einige Sprachkurse belegt hatte, um mich auf meinen Reisen besser verständigen zu können. Endlich würde sich der Sprachkurs mal wirklich bezahlt machen.

„Lange nicht gesehen, Süßer", sagte sie leise. Ihre Stimme klang selbstbewusst und verführerisch. Er antwortete ebenfalls auf Deutsch, allerdings klang er im Gegensatz zu der Frau eher genervt und distanziert.

„Was willst du hier?"

„Ich war in der Gegend und wollte sehen, was du so anstellst, nachdem du ganz offensichtlich beschlossen hast, dich rar zu machen. Und siehe da, lässt man dich eine Weile aus den Augen, findet man dich zum Jagen in einem Haus. *In einem Haus!* Was ist aus deinen *ach so guten* Vorsätzen geworden?"

Ich hörte, dass sie näherkam.

„Dinge ändern sich, Christina", antwortete er desinteressiert. Die Frau kicherte schelmisch.

„Tun sie das?"

Ich merkte, wie sich das Bett um ihn herum bewegte. Hatte sie sich gerade auf seinen Schoß gesetzt? Ich konnte den Druck ihrer Knie links und rechts neben ihm spüren. Mein Puls schlug schneller. Zwei von diesen Mutanten saßen nur wenige Zentimeter von meinem Kopf entfernt. Sie musste ebenfalls ein Mutant sein, so stark wie mein Körper auf sie reagierte. Und nun, wo sie nur wenige Zentimeter von mir entfernt auf meinem Bett saß, zitterte dieser so stark, dass meine Zähne aufeinander klapperten. Mit aller Kraft presste ich die Zähne zusammen, um das Klappern zu verhindern. Mein nächtlicher Mutant bemerkte meine Reaktion auf die andere Mutanten-Frau. Er presste seine Hand so fest auf meinen Oberkörper, dass meine Rippen sich anfühlten, als würden sie jede Sekunde durchbrechen. Ich versuchte mir weiszumachen, dass diese Wesen mich nicht töten konnten, um das Zittern zu verhindern, doch wirklich viel nützte es nicht. Sie waren viel stärker, viel schneller… Wenn sie wollten, könnten sie mir unerträgliche Schmerzen zufügen. Das war meinem Körper durchaus bewusst. Aber immerhin versuchte mein nächtlicher Besucher, mich vor der Fremden zu beschützen. Die Frage war nur, warum?

„Ich liebe diese rebellische Seite an dir", säuselte die Frau, „deine abweisende Art macht dich nur noch schärfer."

Gut zu wissen, dass ich wenigstens nicht die einzige war, der es so ging.

„Christina, bitte. Geh von mir runter", erwiderte er gereizt. Ich hatte mit meiner Vermutung also recht, sie saß auf seinem Schoß. Doch sie dachte scheinbar nicht daran, von ihm herunterzusteigen. Stattdessen ergriff nun sie die Flirt-Offensive, und ihre Definition von einem Flirt war ein deutlich anderes Kaliber, als mein kläglicher Versuch zuvor.

„Ich vermisse dich, Alexander. Ich will, dass wieder alles so wird wie damals. Ich habe mich geändert, glaube mir."

Alexander also. Nun wusste ich endlich seinen Namen. Das wird ihm gar nicht gefallen. Und die Frau mit dem Namen Christina war - so wie es klang - seine Ex-Freundin.

Er lachte verachtend.

„Wem machst du etwas vor? Mir oder dir?"

Doch sie gab nicht auf.

„Ich weiß, dass du mich geliebt hast. Du empfindest immer noch etwas für mich. Gib es zu! Nicht umsonst hattest du nach mir nur zahlreiche, belanglose Affären. Sie haben dir alle nichts bedeutet, das weiß ich!"

Gleich *zahlreiche* Affären? War er so etwas wie der Herzensbrecher der Mutanten-Welt? Das war durchaus nicht das, was ich gerne über ihn herausgefunden hätte.

„Das zwischen uns ist zehn Jahre her. Du musst endlich loslassen, Christina."

Ihre Stimmung schwankte plötzlich um, als sie loszischte:

„Wusstest, du, dass die meisten deiner billigen Affären schon längst tot sind?! Wahrscheinlich nicht, weil sie dir alle egal waren!"

Was sagte sie da? *Fast alle tot?* War das eine Anspielung, die ich nicht verstand? Ein Synonym, wobei Tod für *psychisch Tod* oder so etwas stand? Sie konnten nicht ernsthaft darüber reden, dass zahlreiche Mutanten-Frauen, die mit Alexander im Bett waren, mittlerweile nicht mehr lebten.

Auch Alexanders Stimmung kippte nun.

„Ich hoffe für dich, dass du mit dem Tod dieser Frauen nichts zu tun hast, Christina!"

Wie bitte? Diese Frau, die gerade in meinem Bett, nur wenige Zentimeter von mir entfernt saß, sollte schuld an dem Tod zahlreicher Frauen sein, weil sie mit ihrem Ex geschlafen haben? In was für einer kranken Welt lebten diese Wesen? Und Alexander hatte sich tatsächlich darüber ausgelassen, wie grausam wir Menschen seien. Diese neuen Informationen trugen allerdings kein bisschen dazu bei, dass mein Körper sich beruhigte.

„Keine Angst, Schätzchen. Mit dem Tod dieser Frauen habe ich nichts am Hut. Sie waren alle belanglos für dich. Du hast sie allesamt weggeworfen wie Abfall, als du von ihnen genug hattest. Es gab also keinen Grund für mich, auch nur eine von ihnen zu töten. Das Leben als Frau ist hart geworden, wer weiß, an wen sie geraten sind. Du hast mir mal versprochen, mich vor dieser harten Welt zu beschützen, erinnerst du dich?"

„Du weißt, dass es mir leidtut. Heute immer noch wie damals. Ich habe immer versucht, dich zu beschützen. Aber das ändert nichts daran, dass es lange vorbei ist."

Alexander klang aufrichtig, aber bestimmt. Mir fiel seine komische Wortwahl auf. *Es tut ihm leid.* Was genau tat ihm leid? Etwa, dass er die Beziehung beendet hatte? Und was genau meinte er mit *er habe immer versucht, sie zu beschützen?* Beschützen wovor?

In dem Moment musste er Christina von sich wegheben, denn der Druck ihrer Knie neben ihm verschwand. Anhand ihrer Stimme war zu deuten, dass sie nun unmittelbar vor ihm stand.

„Hast du jemals mehr für jemanden empfunden, als für mich?", fragte sie vorwurfsvoll. Doch Alexander ging auf ihre Frage nicht ein. Das Spielchen kannte ich bereits von ihm, wenn er keine Lust hatte, eine Antwort zu geben, gab er auch keine.

„Worauf willst du hinaus?"

„Es gibt nur zwei Frauen, für die du wirklich etwas empfunden hast. Dieses französische Flittchen und mich. Ich möchte von dir wissen, ob du mehr für sie empfunden hast, als für mich." Man konnte Christinas Hass der anderen Frau gegenüber regelrecht greifen. Alexander hingegen schien diese Ausbrüche seiner Ex bereits zu kennen.

„Ich frage dich noch einmal, bevor ich die Geduld verliere. Worauf willst du hinaus?"

Christina schlug einen unschuldigen Tonfall an.

„Ich dachte, es würde dich vielleicht interessieren, dass dein französisches Flittchen im Lande ist, um dich zu suchen."

Doch Alexander beeindruckte diese Nachricht scheinbar nicht im Geringsten.

„Warum sollte es?"

„Gut, das wollte ich nur hören."

„War's das?", fragte Alexander gereizt.

„Wirst du sie treffen, Alex?", zischte sie zornig.

„Ich wüsste nicht, was dich das angeht."

Oh oh… Ich ahnte bereits, dass diese Antwort seiner mehr als eifersüchtigen Ex-Freundin überhaupt nicht gefallen wird.

„Ich wusste es! Sobald das Flittchen wieder im Lande ist und dir nachstellt, wirst du schwach!"

„So wie ich das sehe, ist seit vorgestern nur eine Frau im Lande, die mir nachstellt."

„Du wusstest seit zwei Tagen, dass ich hier bin und nach dir suche, und hast nicht einmal in Erwähnung gezogen, mich zu sehen?" Sie versuchte nicht einmal ihre Enttäuschung zu verbergen.

„Wozu? Ich wusste, dass du mich findest."

Nun kicherte sie.

„Schatz, du kennst mich einfach zu gut. Komm, lass uns deine Beute teilen und zusammen verschwinden."

Beute teilen? Schlagartig fing mein Körper wieder an zu zittern. Alexander handelte augenblicklich und presste mich tiefer in die Matratze, während sein Oberkörper sich leicht nach hinten lehnte. Was ging da vor sich? Versuchte sie ihn gerade zu küssen? Wie hartnäckig war diese Frau bitte?! Hatte Alexander ihr nicht mehr als deutlich gemacht, dass er keinerlei Interesse hat? Selbst ich, der dumme Mensch, hatte das sofort kapiert. Oder wollte sie es einfach nicht verstehen?

„Verschwinde jetzt, Christina!", sagte er drohend. Doch Christina ließ sich nicht beirren.

„Genau das meine ich, Alex, deine mürrische Art. Das ist so sexy."

„Verschwinde, *auf der Stelle*!" Seine Geduld war nun wirklich am Ende. Das schien auch Christina zu merken und zog sich zurück. Jedenfalls lehnte sich Alexander wieder nach vorne und lockerte seinen Griff etwas. Im selben Moment erklang ihre Stimme aus Richtung des Fensters.

„Bis bald, Schätzchen. Wenn du es dir anders überlegst, ich wohne bei der alten Hütte am Fluss."

Dann war es still. Ich spürte seine Hand noch immer auf meiner Bettdecke, jedoch lockerte er seinen Griff nun deutlich. Ich traute mich nicht, mich zu rühren, eine gewisse Anspannung lag noch immer in der Luft. Nach einer Weile hörte ich Alexander erleichtert ausatmen, bevor er sich vom Bett erhob. Ich riss sofort die Bettdecke von meinem Gesicht und rang nach Luft. Alexander war bereits weg.

Während sich mein Atem langsam beruhigte, kreisten alle möglichen Gedanken durch meinen Kopf. Ich wusste zum Beispiel nicht, warum er heute eigentlich hier gewesen war. Wir wurden zu schnell von seiner verrückten Stalkerin, seiner Ex-Freundin Christina, unterbrochen. Und was war der Grund, warum er mich vor ihr versteckt hielt? Konnte es ihm nicht egal sein, was mit mir geschieht? Doch dann fielen mir seine Worte ein, dass es nicht seine Art sei Beute zu quälen und er mich bereits viel zu lange quälte. Wollte er mir vielleicht ersparen, dass die ganze Prozedur durch Christina für mich von vorne losging? War es seine Art, es wieder gut zu machen, indem er mich vor einem weiteren Mutanten schützte, weil er so oft versucht hatte, mich umzubringen? Aber wer genau war diese Christina eigentlich? Was war damals zwischen den beiden vorgefallen? Sie sagte, sie will, dass alles wieder so wird wie damals. Dass sie sich geändert hätte. War sie wirklich hier in der Stadt, um Alexander zurückzugewinnen? Oder war die andere Ex-Freundin, die Französin, die Christina erwähnte und keinen Hehl daraus gemacht hatte, ihre Abneigung dieser Frau gegenüber kund zu tun, der Grund, weshalb sie hier war? Wollte sie kontrollieren, ob die beiden sich treffen?

Ich wurde noch nicht ganz schlau aus dem Verhältnis zwischen Alexander und Christina. Wenn es stimmte, was sie sagte, hatte er sie einmal geliebt. Und nach der Trennung zahlreiche unbedeutende Affären angefangen. Musste er sich tatsächlich jahrelang über die Beziehung hinwegtrösten? Wenn ja, warum hatte er sie dann überhaupt beendet? Vielleicht bildete sie sich seine Zuneigung aber auch nur ein und sie war ebenso eine belanglose Affäre für ihn gewesen. Möglicherweise wollte sie es einfach nicht wahrhaben, und verfolgte ihn seither.

Das würde zumindest seine Abneigung ihr gegenüber erklären. Doch wenn diese Theorie stimmte, warum war er dann vorgestern, seitdem sie in der Stadt war und nach ihm suchte, so angespannt und distanziert gewesen? War das der Grund, warum er so vehement auf Antworten drängte? Stand er deshalb den größten Teil des Abends direkt am offenen Fenster, um jederzeit zum Absprung, zur Flucht bereit zu sein? Das würde zumindest einiges erklären. Möglicherweise beruhigte er sich deshalb im Laufe des Abends, weil er wusste, dass sie nicht in der Nähe war. Doch warum ging er dann überhaupt das Risiko ein, mich zu besuchen, wenn sie im Lande war und nach ihm suchte? Dachte er, dass sie ihn hier im Haus nicht finden würde, so überrascht wie sie war, dass er neuerdings scheinbar in Häusern auf die Jagd ging? Die Zusammenkunft der beiden warf immens viele Fragen auf. Ich musste dringend mehr herausfinden.

16

Den Sonntagvormittag verbrachte ich damit das Haus zu putzen. Morgen würde ich wieder zur Arbeit gehen und dann hoffentlich ein bisschen Normalität in mein Leben einkehren lassen. Natürlich lenkte mich die Hausarbeit nicht im Geringsten von Alexander ab. Alexander, der in seiner Welt offensichtlich genauso unwiderstehlich war wie in meiner. Alexander, der, wie es aussah, dafür bekannt war, einen großen Frauenverschleiß zu haben. Ich musste zugeben, dass mir diese Vorstellung ganz und gar nicht gefiel, obwohl es mich im Grunde überhaupt nichts anging. Ich war schließlich nur zufällig in sein Leben getreten. Wie sagte er so schön: einfach zur falschen Zeit am falschen Ort. Und da mir nun bewusst war, wie verrückt er die Frauen bereits in seiner Welt machte, kam mir mein kläglicher Flirt-Versuch, den ich zuvor gestartet hatte, einfach nur erbärmlich vor. Ich beschloss jedoch, mir nicht anmerken zu lassen, dass ich so gut wie jedes Wort ihrer Konversation verstanden hatte. Wer weiß, ob mir dieser Vorteil noch einmal zugutekommen würde.

Als mein Anfall von Putzwahn nach kürzester Zeit nachließ, ging ich auf den Dachboden, um nach dem alten Kram meiner Großeltern zu stöbern. Hier oben musste seit gefühlten 100 Jahren niemand mehr gewesen sein, überall hingen Spinnenweben an den alten Holzwänden und es roch extrem modrig. Ich fand diverse alte Stickereien und selbstgehäkelte Decken, viel alte Kleidung und Unterlagen, die sich allerdings als Privatpapiere wie Kontoauszüge, Rentenversicherungen etc. herausstellten. Hinten in der Ecke stand noch ein kleiner, verbeulter Safe, der schließlich mein Interesse weckte. Wenn es wirklich irgendwelche Aufzeichnungen gab, dann mit Sicherheit dort drinnen. Ich probierte diverse Zahlenkombinationen aus, die ich mit meinen Großeltern in Verbindung brachte, es passte jedoch keine. Nachdenklich setzte ich mich im Schneidersitz vor den Safe und starrte konzentriert auf das Zahlenschloss.

„Was machst du da?"

Ich zuckte zusammen, als Alexander plötzlich hinter mir hockte. Ich konnte sein breites Grinsen regelrecht vor mir sehen. Es musste ihm eine unglaubliche Freude bereiten, mich immer und immer wieder aufs Neue zu erschrecken.

„Wieso machst du das immer?", fragte ich gespielt verärgert.

Er lehnte sich etwas nach vorne und flüsterte mir ins Ohr.

„Weil ich es kann."

Dass er so dicht hinter mir war, ließ mein Herz schneller schlagen. Gott, war mir das unangenehm, mit seinen geschärften Sinnen konnte er das wahrscheinlich drei Räume weiter spüren. Alexander befreite mich aus der peinlichen Situation und lehnte sich gegen einen alten Holzträger, ein paar Meter von mir entfernt. Er trug eine Jeans und ein schlichtes weißes T-Shirt. Wieder waren es helle Farben am Tage. Meine Theorie, dass er nachts mit Absicht dunkle Kleidung trug, stimmte demnach. Die schwarze Sonnenbrille hing an dem Ausschnitt seines T-Shirts.

Sein Selbstbewusstsein schüchterte mich immer wieder aufs Neue ein. Man konnte ihm direkt ansehen, dass seine gute Laune an die gestrige anknüpfte. Er strahlte trotz seiner Unnahbarkeit, die unverändert einschüchternd war, eine gewisse Wärme und extreme Anziehungskraft aus.

„Alexander also", sagte ich triumphierend.

„Ist dir aufgefallen, ja?", schmunzelte er.

Merkwürdig, mit der Reaktion hatte ich weißgott nicht gerechnet. Ich dachte, ihm würde es etwas ausmachen seinen Namen zu kennen. Irgendwie zeigte er mir von Tag zu Tag eine zunehmend herzlichere Seite. Aber war das wirklich verwunderlich? Wer weiß, wann er das letzte Mal mit einem Menschen zu tun hatte, außer ihn als Beute zu verspeisen. Vielleicht entfachte das Zusammensein mit mir tatsächlich in ihm die Erinnerung daran, wie es war ein Mensch zu sein. Vielleicht sogar die Sehnsucht, wieder einer zu werden? Möglicherweise traf er sich deshalb trotz zwei nach ihm suchenden Ex-Freundinnen mit mir, weil er es genoss, einfach mal wieder wie *vor* seiner Verwandlung sein zu können. Die Welt, in der die Mutanten lebten, schien zweifellos eine grausame Welt zu sein. Es war jedenfalls unverkennbar, dass er von der ersten Begegnung bis heute eine völlige Verwandlung durchlebt hatte.

„Also, was machst du da?", fragte er erneut.

„Mir eine Zahlenkombination einfallen lassen."

„Du hoffst darin die Aufzeichnungen deiner Großmutter zu finden?"

„Ja. Da meine Mutter scheinbar keinen blassen Schimmer von irgendwelchen Kräuter-Rezepten hat, muss meine Großmutter sie aufgeschrieben haben, sollte deine Theorie stimmen."

„Welche Aufzeichnung ist es, die dich am meisten interessiert?"

Ich schämte mich darauf zu antworten. Schließlich würde sie verraten, dass ich mir erhoffte, es gäbe tatsächlich einen Weg, ihn zurück in einen Menschen zu verwandeln. Und warum ich mir das wünschte, wäre wohl sehr offensichtlich. Ich überlegte, ob ich ihm wirklich eine ehrliche Antwort liefern sollte, doch schließlich gab ich nach.

„Die Rückverwandlung."

Er lachte.

„Warum gerade die?"

Ok Miri, darauf antwortest du jetzt nicht. Er antwortet schließlich auch nicht auf alle deine Fragen.

„Wie soll das überhaupt funktionieren, diese Rückverwandlung?"

„Mutanten haben noch einen großen Anteil menschliches Blut im Körper, das Blut ist lediglich mit dem mutierten Blut vermischt. Durch das Trinken des menschlichen Blutes ist der menschliche Anteil aber immer höher. Dieses Mittel soll den mutierten Anteil im Blut nach und nach abstoßen."

„Hast du jemals daran gedacht, dich zurück zu verwandeln?"

„Das ist nur ein Gerücht, Mirjam. Ich kenne niemanden, der sich jemals zurückverwandelt hat."

Mirjam… Er hat mich beim Namen genannt… Schon alleine diese Kleinigkeit brachte mich völlig aus dem Konzept. Aber viel interessanter war, dass er mir keine wirkliche Antwort auf meine Frage gegeben hatte. Doch ich würde mein Glück jetzt nicht überstrapazieren, also wechselte ich vorsichtshalber das Thema.

„Wie viele eurer Art gibt es eigentlich?"

„Genug."

„Was würden sie tun, wenn einer außer dir herausfindet, dass ich noch existiere?" Die Frage interessierte mich besonders brennend, nachdem er mich gestern vor Christina versteckt gehalten hatte.

„Alles Erdenkliche, um dich zu beseitigen."

Diese Antwort sollte mich eigentlich nicht sonderlich überraschen, trotzdem sorgte dieser Satz bei mir für einen Kloß im Hals. Ich versuchte gar nicht erst eine gespielt harte Miene aufzusetzen, die verbergen sollte, wie nahe mir das gesagte ging. Ja verdammt, mir machte es etwas aus, dass mein Ableben nun wieder Thema war, auch wenn *ich* es war, die die Frage gestellt hatte. Doch ihm schien es plötzlich auch etwas auszumachen, denn er kniff, kaum merklich, für den Bruchteil einer Sekunde, die Augen zusammen, als sei es plötzlich eine Überwindung, über mein Ableben zu sprechen.

„Würden sie es schaffen? ...Mich beseitigen?", fragte ich mit heiserer Stimme nach einer Weile des Schweigens.

„Ja."

„Würdest *du* es irgendwann schaffen?"

Er nickte.

Wieder brach ein beklemmendes Schweigen aus. Ich schlug die Augen nieder und zupfte mit meinem Daumen und Zeigefinger die Staubfussel von meiner Hose, die von den alten Holzträgern heruntergerieselt waren. Nein, das war nicht die Antwort, die ich hören wollte, auch wenn es der Wahrheit entsprach.

„Wir schaffen es nicht, dich zu töten, aber wir schaffen es, dass du nicht mehr lebst", erklärte er nach einer Weile. Ich begriff den Unterschied nicht.

„Warum tust du es dann nicht?", flüsterte ich, während der Kloß im Hals mir zunehmend die Luft zuschnürte.

„Weil das nicht meine Art ist. Aber ich bin ehrlich, wenn mir nicht bald etwas anderes einfällt, habe ich keine andere Wahl."

Dieser Satz traf mich wie ein Stich ins Herz. Betrübt schaute ich zu Boden, während Tränen meine Augen füllten. Er machte nie ein Geheimnis daraus, dass er mich umbringen wollte. Trotzdem schmerzte es zu hören, dass er den Versuch noch nicht aufgegeben hatte. Alexander schaute mich mit einem unergründlichen Blick an, als er sah, wie sehr mich diese Erkenntnis traf.

„Ich werde niemandem etwas verraten", versuchte ich ihm zu erklären.

„Das glaube ich dir sogar, aber es spielt keine Rolle. Sie würden es merken, weil du dich, ob du willst oder nicht, ab sofort anders verhalten wirst. Du wirst auf deine Umgebung anders reagieren, ohne dass es dir bewusst ist. Und egal wie sehr du dich bemühst, es zu verbergen, sie werden es merken. Du hast keine Chance als Mensch weiterzuleben."

„Das heißt mein Tod ist also besiegelt?! Warum hast du mich dann gestern vor deiner Mutanten-Freundin überhaupt noch versteckt?!", schrie ich. Ich konnte meine tiefe Enttäuschung nun nicht mehr zurückhalten.

„Ich habe genug Probleme."

„Wie bitte?! Was soll das denn bitte bedeuten?"

„Das bedeutet, dass es die beste Entscheidung in dieser Situation war", erwiderte er bissig. Es war deutlich zu spüren, dass die Stimmung kippte. Auch wenn seine Erklärung nichtssagend und ungemein egoistisch und verletzend war, lag es wohl wieder mal an mir, das Gespräch in die richtige Bahn zu lenken, bevor die Stimmung weiter kippte. Wenn mein Tod sowieso beschlossen Sache war, wollte ich zumindest vorher alles verstehen.

„Christina, sie ist deine Ex-Freundin, nicht wahr?"

„Das geht dich nichts an", zischte er wütend.

„Weißt du, was man über Männer sagt, die auf böse Mädchen stehen? Sie haben einen Mutter-Komplex." Süffisant grinste ich ihn an. Plötzlich lachte er. „Eins zu eins, junge Dame."

17

„Also ist sie deine Ex?" So schnell wollte ich das Thema nicht auf sich beruhen lassen, jetzt, wo die Stimmung wieder besser wurde.

„Wenn du es so nennen willst", antwortete Alexander distanziert. Er hatte definitiv kein großes Interesse über sie zu sprechen, doch das war mir egal. Ich dachte unwillkürlich daran, wie Christina alles gegeben hatte, ihn zurückzugewinnen, er sie jedoch immer wieder abgewiesen hatte. *Denk dran, Miri, tu so, als wüsstest du von nichts.*

„Warum ist es auseinandergegangen?"

Alexander presste genervt die Lippen aufeinander. Ich verstand sofort, dass er mir darauf keine Antwort geben würde. Um die Stimmung nicht wieder kippen zu lassen, versuchte ich ein banaleres Thema zu wählen.

„Wie alt bist du eigentlich?"

„Schwer zu sagen."

Ich runzelte die Stirn.

„Wie meinst du das?"

„Wir altern langsamer. Ich wurde mit 17 Jahren verwandelt. Wir altern ungefähr halb so schnell wie ihr und die Verwandlung ist jetzt 20 Jahre her. Mein Körper ist demnach ungefähr 27."

Von dem Moment an schaute er gedankenverloren aus dem kleinen Dachluken-Fenster, das durch die verdreckte

Scheibe ein dumpfes Licht hineinscheinen ließ. Woran er wohl gerade dachte?

„Wie häufig müsst ihr trinken?"

„Alle paar Tage, wenn wir bei Kräften bleiben wollen. Mindestens aber einmal die Woche, um zu überleben."

Das bedeutete, er musste alle paar Tage einen Menschen töten. Konnte man so wirklich glücklich leben? Oder war es, wie er sagte: wenn man das Jagen liebte, war es egal, wen oder was man tötete? Alexander liebte das Jagen, das hatte er deutlich betont. Versuchte ich mir vielleicht nur einreden zu wollen, dass er gar kein Mutant sein wollte, das Jagen und Menschen töten aufgeben wollte?

„Bist du glücklich als das, was du jetzt bist?", fragte ich schließlich.

Alexander war sichtlich überrascht über diese Frage. Herausgerissen aus seinen Gedanken blickte er mich mit einem unergründlichen Blick an. Ob ihm jemals einer vor mir diese Frage gestellt hat? Wohl nicht, denn er sah mich nur an, antwortete aber nicht.

„Ok, ich frage anders. Wie ist das Leben als Mutant?"

Nun schaute er wieder aus dem kleinen Dachluken-Fenster. Sein Blick wurde ausdruckslos.

„Mutanten sind Bestien. Es werden nur Menschen verwandelt, die stark, schnell und kaltblütig genug sind. Das oberste Ziel ist unsere Geheimhaltung, weil Mutanten es lieben, ihre Beute rücklings zu überraschen, mit ihren Ängsten zu spielen und sie vor ihrem Tod zu quälen. Sie lieben es, dass ihr uns hilflos ausgeliefert seid. Jagen, Quälen und Töten sind unser ganzer Lebensinhalt. Und dabei ist es so einfach, wir können uns unbemerkt zwischen euch bewegen, ihr habt nicht die leiseste Ahnung, dass es uns gibt. Also seid ihr auch nicht vorsichtig."

Es gab keinen Zweifel daran, dass diese Mutanten wirklich Bestien waren. Weiterentwickelte Menschen, mit deutlich ausgeprägteren Fähigkeiten, doch mit der gleichen Intelligenz. Sie waren die perfekten Raubtiere. Und *wir* waren ihre Beute. Doch auch diese Raubtiere mussten Gefühle haben, mussten Mitleid empfinden. Sie waren doch alle selber einmal Menschen gewesen. War es wirklich immer so einfach, jeden beliebigen Menschen auszuschalten? Gab es denn keinerlei Gefühle einem Menschen gegenüber? Schließlich wurden ja auch weibliche Mutanten verwandelt, wie man an Christina sah.

„Was passiert, wenn ein Mutant sich in einen Menschen verliebt?" Ich wusste, wie offensichtlich diese Frage war, aber ich wollte es um jeden Preis wissen. Und da mein Schicksal eh besiegelt war…

„Wir können uns zwar unter euch bewegen, alltägliche Dinge tun, wie Bahn fahren, in Geschäfte gehen. Mit euch intensiv Kontakt zu haben ist allerdings untersagt. Zu groß ist die Gefahr, dass der Mensch misstrauisch wird, sobald wir uns für eine Sekunde nicht menschlich verhalten. Sieht man einen von uns mit einem Menschen offensichtlich längere Zeit zusammen, wird der Mensch unmittelbar von anderen Mutanten getötet. Es sei denn, der Mensch wird vorher verwandelt. Doch auch dann hat der frische Mutant in den seltensten Fällen eine Überlebenschance."

Wie aussichtsreich, dachte ich.

„Warum nicht?"

„Das Jagen und Töten bezieht sich nicht nur auf die Beute. Die menschlichen Frauen, die verwandelt werden, weil ein Mutant sich in sie verliebt hat, sind in der Regel Frauen, die nicht stark genug sind, um als eine von uns zu überleben. Nur die Charaktere, die extrem stark und kaltblütig sind, haben eine Chance. Männer werden entweder von Frauen oder von Männern als Schutz verwandelt. Es ist immer besser in unserer Welt zu zweit unterwegs zu sein. Doch die meisten Charaktere unseresgleichen sind zu überheblich, dilettantisch und egoistisch. Sie würden lieber sterben, als sich jemandem anzuschließen."

„Du bist auch alleine unterwegs…"

„Ich kann auf mich alleine aufpassen", erklärte er forsch. Ich zog die Augenbrauen hoch und grinste ihn höhnisch an. *Er* war natürlich alles andere als überheblich und egoistisch.

„Sag jetzt besser nichts, junge Dame." Doch er konnte sein Schmunzeln nicht lange unterdrücken.

Auch wenn die Stimmung wieder besser war, wusste ich, dass seine Erklärung zu verwandelten Frauen, die in ihrer Welt kaum eine Chance hatten, mir galt. Ich war nicht kaltblütig, und erst recht nicht stark genug, um in seiner Welt zu überleben. Wenn eine Verwandlung infrage gekommen wäre, hätte er es bereits in Betracht gezogen, dessen war ich mir bewusst. Doch war der Versuch, mich zu verwandeln nicht immer noch besser, als mein besiegelter Tod als Mensch? Warum ließ er es nicht auf einen Versuch ankommen, wenn ich doch eh bald tot sein würde? Für mich war dieses Thema noch lange nicht durch. Schließlich war es, wie es schien, die einzige Wahl, die ich hatte, wenn ich weiterleben wollte. Es ließ mich einfach nicht los, dass er es scheinbar nicht einen Moment lang in Erwägung gezogen hatte, mich zu einen von ihnen zu machen.

Als er bemerkte, dass ich nichts weiter auf seine Erklärung erwiderte, sondern stattdessen mit gesenktem Kopf auf meine Hände starrte, die ich unsicher ineinandergeschlungen hatte, fuhr er emotionslos mit seiner Erläuterung fort.

„Wenn Mutanten aufeinandertreffen, gibt es fast immer Tote. Revierkämpfe sind alltäglich. Deswegen haben die, die aus Liebe oder Zuneigung zu einem Mutanten verwandelt werden, so gut wie keine Chance. Und da die meisten Frauen nicht stark genug sind, werden sie schnell getötet. Deswegen gibt es einen großen Männer-Überschuss, was zur Folge hat, dass die weiblichen Mutanten eigentlich immer Auslöser für Rivalen-Kämpfe und Morde sind."

„Frauen sind also an allem schuld?" Ich blickte ihn entrüstet an. Doch die Traurigkeit, die sich wie ein stumpfes Messer in meinen Magen grub, hallte in meinen

Worten mit. Alexander machte jedoch ungehindert mit seiner wenig einfühlsamen Ansprache weiter.

„Die meisten Frauen sind einfach zu schwach. Deswegen werden in der Regel Männer verwandelt. Nur besonders starke weibliche Charaktere überleben."

„Und Christina ist stark genug?"

Ich funkelte ihn frustriert an. Er hatte mir nun sehr deutlich gemacht, dass er mich nicht für geeignet hielt, einer von ihnen zu werden. Die Enttäuschung darüber, dass er Christina aber sehr wohl als eine von ihnen akzeptierte, ließ die Eifersucht in mir hochkochen. Es war mir dabei völlig egal, dass es Alexander wahnsinnig aufregte, wenn ich ihn auf Christina ansprach.

„Glaube mir einfach, wenn ich sage, dass du kein weiblicher Mutant sein möchtest", sagte er mit so einer eindringlichen Stimme, dass ich zurückzuckte.

„Aber sie scheint euer Leben zu lieben", verteidigte ich mich.

Alexander schüttelte genervt den Kopf.

„*Sie* liebt es zu spielen und zu quälen, und zwar nicht nur euch Menschen. Sie hat ihren Weg gefunden, in dieser Welt klarzukommen. Und mehr musst du nicht wissen!"

Es war unverkennbar, dass dieses Thema für ihn beendet war. Doch so schnell gab ich nicht auf. So merkwürdig, wie er jedes Mal auf Christina reagierte, musste etwas Tiefgründiges dahinterstecken. Aber ich musste ab sofort etwas vorsichtiger sein, damit er sich nicht komplett verschloss.

„Aber mit *dir* hat sie nicht gespielt, richtig?"

Alexander seufzte genervt, dass das Thema immer noch nicht vom Tisch war.

„Wie gesagt, es ist besser, wenn wir zu zweit oder in kleineren Gruppen sind. Das erhöht die Überlebenschance. Bist du alleine unterwegs, ist die Gefahr sehr groß, dass du getötet wirst. Triffst du alleine auf zwei oder mehrere von uns, die dich töten wollen, hast du so gut wie keine Chance."

Er umging meine Frage, aber ich nahm es für den Moment hin.

„Deswegen hast du dich mit ihr zusammengetan?"

„Ich dachte, ich müsste sie beschützen. Aber sie kommt alleine genauso gut klar. Sie hat ihren Weg gefunden. Sie macht was sie will und sie bekommt meistens auch was sie will."

Sie hat ihren Weg gefunden, das sagte er nun schon zum zweiten Mal. Irgendetwas stimmte da nicht. Doch ich merkte, dass ich das Thema langsam zu sehr ausreizte, also schlug ich ein völlig neues Thema an: mein Leben als Mensch – mein völlig normales Leben! Ich seufzte erleichtert.

„Es wird bestimmt komisch morgen wieder einen normalen Arbeits-Alltag zu durchleben."

Alexander packte sich fassungslos an die Stirn und setzte an, darauf etwas zu erwidern. Doch er hielt inne, atmete tief durch und sagte schließlich ruhig, aber eindringlich:

„Du solltest nicht gehen."

Das konnte er nicht ernst meinen! Ich sollte nicht zur Arbeit gehen? Warum nicht? Damit er mich hierbehalten konnte, bis er eine Lösung gefunden hatte, mich zu töten, die eher *seiner Art* entsprach, Beute nicht zu sehr zu quälen? Jetzt platzte mir langsam der Kragen.

„Wie stellst du dir das vor?! Ich muss Geld verdienen, um das Haus hier zu bezahlen und mir etwas zu essen kaufen zu können!"

Er beugte sich fast unmerklich nach vorne, während seine Augen mich unmissverständlich barsch anblitzten.

„Hast du mir nicht zugehört? Das spielt für dich keine Rolle mehr."

Langsam hatte ich genug davon. Was bildete sich dieser überhebliche Mutant eigentlich ein?

„Es tut mir leid, aber so wie ich das sehe, lebe ich noch. Und solange dies der Fall ist, werde ich ein normales Leben führen, ob du nun willst oder nicht. Und keine Sorge, ich werde mich nicht anders verhalten, als sonst."

„Das wird dir nicht gelingen!", zischte er zornig.

Jetzt hatte ich wirklich genug! Ich stand auf und klopfte den Staub der alten Holzdielen von meiner Hose, ohne ihm Beachtung zu schenken.

„Und ob es das wird. Sind wir fertig?"

Alexander presste wutentfacht die Zähne aufeinander.

„Du nimmst dir sehr viel raus!"

Die kleinen Äderchen, die um seine aufbrausend flackernden Augen hervorstießen, schüchterten mich jedoch nicht mehr ein. Also schrie ich los.

„Ich bin dir zu aufmüpfig? Dir passt es nicht, wie ich mit dir rede? Warum nicht?! Weil du *über* den Menschen stehst? Weil du *besser* bist als ich?!"

In dieser Sekunde stand Alexander direkt vor mir und sah an mir herunter, sichtlich bemüht, seine kochende Wut im Zaum zu halten. Seine Stimme bebte.

„Du hast ja keine Ahnung!"

Ich hob die Arme in die Luft.

„Dann kläre mich auf. Was machst du hier? Töte mich, oder lass mich in Ruhe!"

Ich drehte mich um in der Absicht zu gehen, als Alexander mich grob am Arm packte.

„Das kann ich nicht!"

Ich riss meinen Arm von ihm los. Sein Griff war viel zu fest, als dass ich eine reelle Chance gehabt hätte, mich zu befreien. Doch er lockerte seinen Griff und ließ zu, dass ich mich losreißen konnte.

„Warum nicht?", fuhr ich ihn an.

Er fletschte wutentbrannt die Zähne, antwortete jedoch nicht.

„Bist du hier, damit du mich kontrollieren kannst, dass ich auch ja niemandem euer *tolles* Geheimnis verrate? Wartest du auf Inspiration, wie du mich umbringen kannst? Oder hoffst du auf das Mittel für die Rückverwandlung? Dann bitte", ich deutete mit dem Zeigefinger auf den Safe, „öffne ihn doch einfach."

Alexander wand seinen Blick nicht von mir ab.

„Was ist?", rief ich, „deswegen bist du doch hier, oder nicht? Öffne ihn mit deiner unfassbaren Kraft, mit der du jedem *ach so schwachen*, dummen Menschen überlegen bist!"

Alexander fletschte weiterhin die Zähne, ohne ein Wort zu sagen. Plötzlich kniff er angestrengt die Augen zusammen und schüttelte den Kopf, als ob er für sich beschlossen hätte, nicht darauf einzugehen. Keine Sekunde später war der Raum leer.

Ich konnte mich noch nicht beruhigen. Zu sehr hatte mich dieser Streit aufgewühlt. Nein, dieses Mal war er zu weit gegangen! Ich ging zum Safe und schlug mit aller Kraft gegen die Safe-Tür, als wenn er Schuld an alledem hätte, was wir uns gerade gegenseitig an den Kopf geworfen hatten. Doch der Safe war so unglaublich stabil, dass meine Hand heftig anschwoll und wie wild pochte.

„Aaaaah verdammt!"

Ich rieb mir mit meiner anderen Hand den schmerzenden Knöchel, der am Zeige-, Mittel- und Ringfinger starke Abschürfungen zuleide getragen hatte.

„Was ist passiert?" Alexander stand plötzlich aufgelöst vor mir und nahm vorsichtig meine pochende Hand in seine Hände. Sie fühlten sich warm an. Es war die erste seiner Berührungen, die mir keine Schmerzen zufügte. Ob ihm das ebenfalls bewusst war? Für den Bruchteil einer Sekunde trafen sich unsere Blicke. Doch im selben Augenblick ließ er meine Hand abrupt los, als hätte ihm die Berührung einen elektrischen Schlag verpasst. Als er wieder nach meinem Handgelenk packte, war sein Griff grob. Lieblos drehte er es in alle Richtungen, um die Verletzung zu begutachten. Als er sah, dass soweit alles in Ordnung war, ließ er jedoch nicht los. Stattdessen verharrte sein Blick einen kurzen Augenblick auf meiner Hand, als sei er in Gedanken vertieft. Langsam zog ich meine Hand aus seinem Griff, während ich immer noch gegen die Enttäuschung darüber ankämpfte, dass er es nicht einmal in Betracht zog, mich zu verwandeln.

„Bitte geh jetzt", flüsterte ich, während ich mein Gesicht von ihm wegdrehte. Er sollte nicht sehen, wie sich abermals Tränen ankündigten, die meine Augen schon glasig werden ließen. Alexander setzte an, etwas zu erwidern, hielt aber inne. Für einen kurzen Moment blieben wir regungslos voreinander stehen. Alexander schaute mit angestrengtem Blick an mir herunter, als würde er gegen irgendetwas ankämpfen. Ich sah im Augenwinkel, wie sein Blick auf mir ruhte, während er seine Hand zögerlich zu meinem Gesicht streckte. Ganz langsam, als würde er um jeden Zentimeter einen inneren Kampf ausfechten. Auch wenn mein Puls bis zum Hals schlug, regte ich mich nicht. Stattessen schaute ich betrübt zu Boden. Zu sehr schmerzte die Gewissheit, dass er nicht in Betracht zog, mich zu verwandeln. Nur wenige Zentimeter, bevor er mich berührte, zuckte er zurück und verschwand.

Wie angewurzelt stand ich da und blickte ihm hinterher. Ich war noch verwirrter und trauriger als vorher. Wenn er mich partout nicht verwandeln, und mir somit das Leben zu retten, warum machte er es mir dann so schwer, ihn zu hassen?

Mein Kopf brummte vor Verwirrung. Ohne einen richtigen Gedanken fassen zu können, starrte ich auf den Safe, der mich nun wieder an meine schmerzende Hand erinnerte. Ich nahm sie erneut in meine andere Hand und strich immer wieder über die pochenden Knöchel. Dabei brannte meine aufgeschürfte Haut unter der Berührung. Plötzlich blieb mein Blick an den tiefen Beulen hängen, die den Stahl rund um das Zahlenschloss der Safe-Tür eindrückten. Ich nahm meine pochende Hand und hielt sie an die Beulen. Die Druckstellen passten haargenau zu einer großen Faust. Doch meine Hand war zu klein und ich war niemals in der Lage, den Safe mit einem Schlag einzubeulen. Ich strich langsam mit den Fingerkuppen über die tiefen Einbuchtungen, während mein Blick meinen Fingern folgte. In diesem Moment hatte ich die Antwort, warum Alexander nicht reagierte, als ich ihn gebeten hatte, den Safe zu öffnen. Er hatte es bereits erfolglos versucht…

18

Am nächsten Morgen parkte ich mein Auto an der Bahnstation St. Peters Station. Es war warm und ich trug ein weißes, mit einem rosa Blumenprint verziertes Sommerkleid. Es war richtig angenehm, morgens wieder minutenlang unschlüssig vor dem vollen Kleiderschrank zu stehen, um zu überlegen, was man für die Arbeit anziehen wollte. Erstaunlich, dass man selbst diese Dinge, die einen sonst nervten, vermissen konnte. Ich stieg in die Bahn und suchte mir einen freien Platz. Eine Station später setzte sich mir ein sehr junger, gutaussehender Mann gegenüber. Sein hell blondes Haar stand im deutlichen Kontrast zu seiner schwarzen Sonnenbrille. Sofort ärgerte ich mich darüber, dass ich meine Sonnenbrille an so einem warmen Tag zu Hause vergessen hatte, aber das war mal wieder typisch für mich.

Der junge Mann würdigte mir keines Blickes. Völlig desinteressiert stützte er den Kopf in seine Hand und starrte aus dem Fenster. Normalerweise war er der Typ Mann, der mein Interesse geweckt hätte. Doch heute reizte er mich überhaupt nicht, und diese Tatsache gefiel mir ganz und gar nicht, denn sie hielt mir nur wieder vor Augen, was sowieso unübersehbar war. Also tat ich es dem jungen Mann gleich und schaute gedankenverloren aus dem Fenster.

Die Bäume flogen in Windeseile an dem Fenster vorbei, während ich sein Spiegelbild im Fenster betrachtete. Ich fing innerlich an zu schmunzeln, als ich bei dem arroganten und abweisenden Ausdruck sofort an Alexander denken musste. Mann, Miri, das war einfach nicht zu glauben! Keine Minute hältst du es aus, ohne an ihn zu denken, den Mutanten, der immer noch darüber nachdachte, wie er dich beseitigen konnte. Das war einfach nur krank! Doch ich konnte einfach nicht leugnen, dass in mir dieser kleine Funken Hoffnung schimmerte, es gäbe noch eine andere Lösung, als meinen Tod. Doch in diesem Satz steckte einfach zu viel Konjunktiv. Ich war lediglich zur falschen Zeit am falschen Ort gewesen, das waren seine Worte. Aber wenn das Schicksal uns nun mal auf diese Art und Weise zusammengeführt hatte, warum war es dann vorherbestimmt, dass *ich* diejenige sein sollte, die als Verliererin aus dieser Zusammenkunft ging? Hatte ich es nicht genauso verdient weiterzuleben, wenn das Schicksal schon nicht wollte, dass er mich töten konnte?

Die Sonne trat hinter einer kleinen Wolke hervor. Die vorbeiziehenden Bäume warfen abwechselnd Sonne und Schatten auf die Fensterscheibe. Im Spiegelbild konnte ich durch die Sonnenbrille nur einen kleinen Teil der Augen des jungen Mannes erkennen, die er bei jedem Sonnenstrahl, der auf das Fenster schien, übertrieben stark zusammenkniff.

Warte mal, zusammenkniff? Ach du scheiße! Er war ein Mutant!

Reflexartig schreckte ich zurück und presste meinen Oberkörper tief in die Rückenlehne meines Sitzes. Er drehte sich schlagartig zu mir um und musterte mich, während seine Mundwinkel fast unmerklich zuckten. Nervös starrte ich ihn an. Warum bitte hatte mein Körper keinen Alarm geschlagen? Doch nun überzog eine Gänsehaut meinen gesamten Körper. Aber warum erst jetzt? Scheiße, Miri, lass dir nichts anmerken.

„Mein Handy!", rief ich, während ich mich nach vorne beugte und anfing, hektisch meine Tasche zu durchwühlen. „Ich werde es doch nicht zu Hause... Oh, zum Glück." Freudestrahlend hob ich es aus der Tasche und hielt es künstlich lange in die Luft. Misstrauisch ruhte sein Blick auf mir. Ich schaute ihn an und bemühte mich, mein süßestes Lächeln aufzusetzen.

„Mein Chef bringt mich um, wenn er mich nicht erreichen kann." Ich zwinkerte ihm zu.

Desinteressiert drehte er sich zum Fenster zurück. Gott sei Dank, er hat es wohl als schlechte Anmache deklariert. Ein hübscher Typ, wie er, wurde wahrscheinlich des Öfteren mit schlechten Anmachen belästigt. Schlagartig legte sich die Gänsehaut wieder, obwohl mein Puls immer noch raste. Warum hatte mich mein Körper auch nicht wie sonst vor diesem Mutanten gewarnt? Was war mit dem Zittern, der Gänsehaut, die ich bei Christina und anfangs bei Alexander bekam, sobald sie in meiner Nähe waren? Warum also bei diesem Mutanten erst so spät? Und in diesem Zusammenhang stellte sich mir die Frage: Warum reagierte mein Körper mittlerweile nicht mehr auf Alexander?

Den Rest der Fahrt tat ich so, als würde ich eine Nachricht auf meinem Handy tippen. *Verhalte dich so normal wie möglich*, mahnte mein Unterbewusstsein mich. Als meine Station kam, stand ich langsam auf und verließ den Zug.

Doch als ich den Bahnsteig betrat, packte mich die Nervosität. Immer wieder drehte ich mich um, ob er mir gefolgt war, doch ich konnte ihn nirgendswo sehen.

Schnellen Schrittes eilte ich in das Bürogebäude der „Folksville Post". Als die Tür des Fahrstuhles zuging, stützte ich meine Hände auf die Knie und atmete erleichtert tief ein und aus. Doch mein Herz raste noch immer. *Beruhig dich, Miri, er hat dir deine Scharade abgenommen.* Unmittelbar drangen sich Alexanders warnenden Worte in mein Gedächtnis, ich würde mich ab sofort anders verhalten und die Mutanten würden es merken. Verdammt, er hatte sowas von recht! Sie waren überall! Sie bewegten sich unbeirrt zwischen uns. Und wir dummen, naiven Menschen hatten nicht den blassesten Schimmer. Ja, er hatte recht, ich verhielt mich anders, seitdem ich ihr Geheimnis kannte. Und ja, den Mutanten fällt mein Verhalten früher oder später auf… Das durfte er auf keinen Fall erfahren!

19

Im Büro angekommen empfing Anna mich freudestrahlend. Es tat unglaublich gut, sie wieder um mich zu haben. Keine 30 Minuten später war ich bereits über jeglichen Klatsch und Tratsch der letzten Woche informiert. Zum Beispiel hatte Anna Brad am Freitag auf einer Party gesehen, bei der er gleich mit zwei Mädels rumgemacht hat und mit einer von beiden sogar zusammen nach Hause gegangen war. *Das* waren menschliche Probleme, mit denen sich jemand in meinem Alter beschäftigen sollte. Der Typ, der noch ein paar Tage zuvor mit mir rumgeknutscht hatte, schleppte am Freitag unbeirrt wie eh und je ein Mädchen nach der anderen ab. Normale Probleme eben, nicht diese ständigen grausamen Gedanken um den eigenen Tod.

Im Laufe des Tages hatte mich der Alltag wieder. Ich war komplett in meine Arbeit vertieft, als Anna mich in den Konferenzraum hereinbat.

„Was gibt's?", fragte ich.

Sie versuchte ihr breites Grinsen zu unterdrücken, was ihr aber nicht im Geringsten gelang. Mit einer Handbewegung bat sie mich herein. Ich schaute sie stirnrunzelnd an, doch als ich in den Raum blickte, blieb ich wie versteinert im Türrahmen stehen.

Das durfte doch nicht... Kein geringerer als *Alexander* saß lässig auf einem der Konferenzstühle. Verschmitzt grinsend. Sein hellblaues Hemd, das in eine dunkelblaue Jeans gesteckt, und an den Ärmeln hochgekrempelt war, sah an ihm einfach umwerfend aus. Es war das erste Mal, dass ich ihn in einem Hemd sah, und das ausgerechnet an so einem warmen Tag. Mein Herz machte jedenfalls tausend Luftsprünge bei seinem Anblick. Toll! Wenn ich auch jemals versucht hatte, mir einzureden, ich würde nicht auf ihn stehen, signalisierte mein Körper mir mittlerweile zu eindeutig, wie die bittere Realität aussah.

Anna fing hinter mir wie ein kleines Kind an zu kichern. Alexander lächelte ebenfalls. Diese Fröhlichkeit stand ihm einfach atemberaubend gut und war regelrecht ansteckend. Anna war zumindest völlig in seinen Bann gezogen.

Alexander stand schließlich auf und ging auf mich zu.

„Deine Kollegin hat mich hereingelassen. Anna war richtig, oder?" Er zwinkerte ihr zu. Sie lief puterrot an und nickte übertrieben. Ob ihm eigentlich bewusst war, welche Wirkung er auf menschliche Frauen hatte? Ja, mit Sicherheit war es ihm bewusst, wenn schon die ganzen Frauen in *seiner* Welt verrückt nach ihm waren.

Als er neben mir stand, legte er sacht seinen Arm um meine Taille und küsste zur Begrüßung leicht meine Wange.

Wahnsinn, was war das denn für eine Begrüßung? Er verhielt sich so anders, ohne jegliche Berührungsängste. Als wäre er ein ganz normaler… Mensch! Seine Lippen auf meiner Haut löste in mir ein heftiges Kribbeln aus. Nie zuvor hatte eine so kleine Berührung solche Gefühle in mir ausgelöst. Und sicherlich konnte er in diesem

Augenblick mit seinen Fähigkeiten meine völlig ausgelieferte Zuneigung deutlich spüren. Wie peinlich! Seine Hand auf meiner Taille ruhend, neigte er seinen Kopf zu mir herunter und flüsterte mir ins Ohr:

„Du riechst so gut, zum Anbeißen."

Ich sah sein breites Grinsen im Augenwinkel. Dahin war es mit dem Kribbeln im Bauch. Ja, natürlich war ihm meine Zuneigung mehr als bewusst. Dieser arrogante, selbstverliebte Mutant. Was auch immer seine Scharade hier sollte, er spielte ja doch wieder nur mit mir!

Ich hätte es gleich ahnen müssen. Diese charmante Ausdrucksweise... Jede Bewegung, jedes Lächeln, jedes Augenzwinkern, saß in Perfektion. War das seine normale Art, sich Menschen gegenüber zu geben? Spielte er gerne den charmanten Mr. Perfect? Reichte es ihm denn nicht, dass auch so alle hin und weg von ihm waren? Dass beide Frauen-Welten ihm zu Füssen lagen? Oder war das *seine* Art, mit Menschen zu spielen?

„Was zum Teufel machst du hier?", flüsterte ich.

„Ich habe dir gesagt, du sollst nicht herkommen."

Was sollte das denn bitte bedeuten? Wollte er mich nun überallhin auf Schritt und Tritt verfolgen?

Alexander wandte sich zu Anna.

„Anna und ich haben uns eben kurz unterhalten. Ich habe ihr erzählt, wie wir uns in Rumänien im Hotel kennengelernt haben und wie traurig ich war, dass du letzte Woche so krank warst, dass wir uns seitdem gar nicht wiedersehen konnten."

Ich hatte ihm nie erzählt, dass ich mich krankgemeldet hatte, geschweige denn, als was und wo ich arbeitete. Wie oft hatte dieser Kerl mich bitte belauscht? Anna sah ihn mitfühlend an und fuhr fort.

„Und dann ist er hergekommen, um dich wiederzusehen, Miri. Ist das nicht unfassbar süß?"

„Ja, unfassbar süß", wiederholte ich, ohne auch nur den Versuch zu unternehmen, meinen Sarkasmus zu verbergen. Mein Blick wanderte zwischen den beiden hin und her. Was heckte Alexander nur aus?

„Und da hat Anna vorgeschlagen, dass du dir Urlaub nehmen könntest, damit wir mehr Zeit haben, uns besser kennenzulernen." Er schenkte mir ein diabolisches Lächeln.

„Bitte was?!" Fassungslos drehte ich mich zu Anna. Das war also sein Plan. Erst wollte er mich Nacht für Nacht umbringen und nun noch bis zu meinem Abscheiden zu Hause einkerkern. Das war einfach nicht zu glauben! Anna, die mit meiner Reaktion bereits gerechnet hatte, da ich meine Arbeit nie für einen Mann zurückstellen würde, rechtfertigte sich.

„Ja, weil ich Alexander erzählt habe, dass du dieses Jahr noch keinen einzigen Tag Urlaub genommen hast, von deinem Resturlaub aus letztem Jahr ganz zu schweigen. Und als Alexander ganz nebenbei erwähnte, dass er jetzt Urlaub hat, kam mir so spontan die Idee, du könntest ja auch Urlaub nehmen." Sie schenkte mir ihr sonniges Wiedergutmachungs-Lächeln, voller Überzeugung, mir damit einen riesen Gefallen zu tun.

„Ganz nebenbei?", wiederholte ich und warf Alexander einen vorwurfsvollen Blick zu. Dieser zog unschuldig die Augenbrauen hoch.

„Miri, ab morgen hast du drei Wochen Urlaub!" Anna klatschte vor Freude in die Hände.

„Nein! Auf gar keinen Fall!"

„Siehst du, Alexander, was habe ich dir gesagt. Nicht einmal für einen tollen Mann, wie dich, würde sie die Arbeit freiwillig liegen lassen." Anna hob entschuldigend die Arme, als wäre ich ein hoffnungsloser Fall. „Deswegen war es genau richtig, schon alles mit unserem Chef abzuklären. Er hat mir regelrecht gratuliert, dass ich es tatsächlich geschafft habe, dich in den Urlaub zu schicken, Miri." Sie fiel mir freudestrahlend um den Hals. Ich konnte nicht anders, als Ihre Umarmung zu erwidern. Anna war einfach zu gut für diese Welt.

Alexander bedankte sich bei Anna für die hervorragende Team-Arbeit und drückte mir zum Abschied einen weiteren zärtlichen Kuss auf die Wange, während seine Hand in Zeitlupe meine Taille entlangstrich. Meine Güte, beherrschte dieser Mistkerl seinen aufgesetzten Charme in Perfektion. Wie viele Mutanten-Frauen er mit der Masche wohl schon ins Bett gekriegt hatte?

Bevor er ging, beugte er sich zu mir herunter und flüsterte mir drohend ins Ohr:

„Auf dem Rückweg schaust du niemandem in die Augen, verstanden?!"

Ich erstarrte. Woher wusste er davon? Das war also der wahre Grund für seinen Auftritt.

Als er außer Sichtweite war, sprang Anna mir um den Hals.

„Gott, Miri. WIE HEIß IST DER BITTE?! Und dazu noch so unfassbar sympathisch. Miri, der Typ ist der JACKPOT! Warum hast du mir bitte nichts von ihm erzählt?"

Weil er dich dann umgebracht hätte! Ich lächelte verlegen.

„Es gab bisher nicht viel zu erzählen…"

„Ich freu mich so für dich, Miri! Genieß deinen Urlaub, du hast ihn dir verdient. Aber zur Party morgen Abend kommst du doch noch mit, oder?"

Oh man, die Party… Die hatte ich völlig vergessen. Es war die Abschiedsparty einer gemeinsamen Freundin. Sie würde für zwei Jahre ins Ausland gehen und hatte alle Freunde und Bekannte in den beliebtesten Club der Stadt eingeladen. Der Club „Savage" war selbst unter der Woche ein beliebter Ort, um feiern zu gehen. Brad würde mit Sicherheit ebenfalls dort sein.

„Bitte, Miri", bettelte Anna, während sie meine Schultern umklammerte. Ich seufzte.

„Okay, ich komme mit."

20

Ich stand geschlagene 15 Minuten vor dem Kleiderschrank, bis ich mich für ein pinkes, hautenges Kleid entschied. Heute Abend wollte ich mich endlich wieder richtig sexy fühlen, aber vor allem wollte ich den auferlegten Hausarrest meines Verfolgers trotzen. Von mir aus konnte er mich von meinem Arbeitsplatz fernhalten, aber diese Party ließ ich mir keinesfalls entgehen. Da würde sich dieser manipulative Mutant mit seinem in Perfektion antrainierten Charme noch so sehr auf den Kopf stellen können.

Schließlich stand ich vor dem großen antiken Spiegel oben im Flur, der noch meinen Großeltern gehörte. Ich zog den dezent roten Lippenstift nach und begutachtete mich im Spiegel, als ich Alexander direkt hinter mir stehen sah. So unglaublich dicht, dass er mich fast berührte. Sein Sicherheitsabstand, den er am Anfang akribisch eingehalten hatte, wurde nach und nach merklich geringer. Machte es ihm Spaß, mich so zu quälen, weil es so offensichtlich war, wie sehr ich auf ihn stand? Oder pfiff er mittlerweile auf den Abstand, weil er mich auch mochte? Nein Miri, bloß keine falschen Hoffnungen! Er spielte mit Sicherheit wieder nur mit dir, weil er dein Herzklopfen in seiner Nähe schon kilometerweit entfernt wahrnehmen konnte.

Sein Blick wanderte skeptisch im Spiegel an mir herunter, dabei war sein Gesicht nur wenige Zentimeter von meinem entfernt. Oh man, warum quälte er mich so?

„Wohin willst du?" Sein Tonfall klang misstrauisch. Na klar, nur deshalb war er hier. Mr. Kontrollfreak hat wohl bemerkt, dass ich mich zum Ausgehen fertigmachte, und wollte nur wieder versuchen, mir Hausarrest aufzulegen.

„Zu einer Abschiedsfeier."

Entsetzt blitzen mich seine Augen durch den Spiegel hindurch an.

„Bist du übergeschnappt? War die Erfahrung gestern nicht Beispiel genug?"

Er war sichtlich aufgebracht, dass ich mich ihm, trotz seines *ach so tollen* Urlaubs-Plans, erneut widersetzte. Doch ich war mindestens genauso empört darüber, dass er mich zu Hause einkerkern wollte. Was interessierte ihn das überhaupt, ob und wo ich hinging? War er ganz plötzlich um meine Sicherheit besorgt, oder was sollte der Auftritt bedeuten? Wenn ich mich ganz offensichtlich so auffällig Mutanten gegenüber verhielt, konnten sie sich doch darum kümmern, mich - *wie sagte er so schön* - zu beseitigen. Dann war ich endlich nicht mehr sein lästiges Problem!

„So wie ich das sehe, ist gestern alles gut gegangen. Ja, du hattest recht, ich bin tatsächlich auf einen von euch gestoßen. Und ja, ich konnte nicht verhindern, ihn als Mutanten zu identifizieren. Aber ich habe es hinbekommen, dass er nichts gemerkt hat. Wozu also die ganze Aufregung?"

Ich wand meinen Blick von ihm ab und widmete mich wieder meinem Lippenstift, den ich mit einer gespielten

Lässigkeit sorgfältig nachzog. Alexander machte meine aufmüpfige Antwort rasend vor Wut. Ich konnte regelrecht spüren, wie es hinter mir brodelte. Auf einmal packte er mich an der Schulter und drehte mich mit einer so schnellen Bewegung zu sich um, dass ich vor Schreck zusammenfuhr. Sein Griff war so fest, dass meine Schultern unter dem Druck anfingen zu brennen. Dieser unbändige Zorn in seinem Blick bereitete mir abermals eine Heiden Angst. Ich biss mir auf die Lippen, um vor Schmerz nicht laut loszuschreien. Die kleinen Äderchen um seine Augen zeigten nur zu deutlich, wie rasend ihn meine Reaktion machte. Doch er war bestrebt, sich wieder zu beruhigen, denn er atmete tief durch, bevor er angestrengt ruhig durch seine aufeinandergepressten Zähne zischte:

„Du hattest nur Glück, dass dieser junge Mutant sich in keinsterlei Weise für dich interessiert hat. Du hattest in dem Moment nichts zu befürchten. Aber das war einfach nur Glück, verstehst du?!"

Ich schaute ihn fragend an, während ich seine Hände nahm und sie etwas von meiner Schulter wegzog, um seinen viel zu festen Griff etwas zu lösen. Seinem entschuldigenden Gesichtsausdruck nach zu urteilen, war er nicht in der Lage, einzuschätzen, wie stark er mich anpacken konnte, ohne mir wehzutun. Wie sollte er auch, wenn er seit 20 Jahren Menschen lediglich zum Trinken und Töten angepackt hatte. Provokant hielt ich dabei seine Hände viel länger fest, als es notwendig war, um seine Reaktion abzuwarten. Zu meinem Erstaunen ließ Alexander meine Berührung ohne Beanstandung zu, nahm seine Hände nun aber komplett von meiner Schulter herunter.

„Wie meinst du das?", fragte ich.

„Er hat andere Sorgen als ein banales hysterisches Mädchen im Zug."

Wie charmant er mir wieder zu verstehen gab, dass ich, der unbedeutende Mensch, in deren Leben überhaupt keine Rolle spielte.

„Woher willst du das wissen?"

Alexander rollte genervt mit den Augen.

„Weil er von anderen unseresgleichen verfolgt wird, reicht dir das als Erklärung?"

Ich schüttelte den Kopf.

„Was heißt, er wird von anderen von euch verfolgt? Warum? Und woher weißt du das?"

Alexander presste angestrengt die Lippen aufeinander.

„Weil ich gestern Nacht zufällig mitbekommen habe, wie er unten am Fluss fast getötet wurde. Und nun frag mich nicht, warum. Ich weiß es nicht und es interessiert mich auch nicht."

„Unten am Fluss…", wiederholte ich leise, während ich in Gedanken Christinas Worte im Kopf durchging. *Ich wohne bei der alten Hütte am Fluss*, waren ihre letzten Worte zum Abschied bei der Begegnung mit Alexander bei mir im Haus gewesen. War das reiner Zufall? Schließlich war der

Fluss, der durch unsere Stadt führte, kilometerlang. Alexander sah mich verwundert an, warum ich gerade *diese* Worte wiederholte. Sofort biss ich mir auf die Lippen. Er durfte nicht wissen, dass ich jedes Wort von ihm und Christina verstanden hatte. Schnell lenkte ich von meiner Bemerkung ab.

„Hat mein Körper deshalb nicht reagiert, als der junge Mutant im Zug war, weil von ihm keine Gefahr ausging? Ich habe anfangs weder gezittert, noch eine Gänsehaut bekommen, was ich im Übrigen bei dir auch nicht mehr habe."

Alexander kniff kaum merklich die Augen zusammen, als kratze es an seinem Ego, dass mein Körper in seiner Nähe nicht mehr vor Angst zitterte.

„Sieht so aus", sagte er knapp. Gott, was war nun schon wieder sein Problem? Nagte es tatsächlich so sehr an seiner Ehre, dass ich nicht mehr vor Angst erstarrte, wenn ich ihn sah? Oder störte es ihn, dass meinem Körper bewusst war, dass er gar nicht mehr mit Tötungsabsichten zu mir kam? Denn wenn ich es richtig deutete, reagierte mein Körper nur auf akute Gefahr. Ich konnte mir ein leichtes Schmunzeln nicht verkneifen, während ich mich provokativ zum Spiegel zurückdrehte und erneut begann, meinen Lippenstift nachzuziehen. Ich sah durch den Spiegel, wie Alexander fast platzte, dass ich erneut seine Forderung ignorierte und mich stattdessen weiter für die Party fertigmachte.

„Habe ich mich nicht mehr als deutlich ausgedrückt? Du solltest nicht gehen!"

„Doch, hast du", entgegnete ich flapsig, „aber es interessiert mich nicht."

„Das wagst du nicht!" Seine Hände zu Fäusten geballt, pulsierte jede einzelne Vene seines Körpers. Doch ich missachtete seine Drohung.

„Ich habe ein Leben, Alexander. Und dieses Leben werde ich auch leben! Du kannst mich hier, verdammt nochmal, nicht einsperren!"

Eine Weile lang trafen sich unsere finsteren Blicke in dem alten großen Spiegel. Die Anspannung spulte sich wie eine elektrische Ladung auf. Keiner regte sich. Sekunden verstrichen. Schließlich wich Alexander einen Schritt von mir ab.

„Das Kleid steht dir nicht."

„Wie bitte?" Ich konnte durch den Spiegel sehen, wie er nun missbilligend an mir herunterschaute.

„Du siehst aus wie ne Schlampe!"

Entrüstet schaute ich an mir herab. Als ich wieder aufblickte, war er nicht mehr da.

21

Wieder stand ich zehn Minuten vor dem Kleiderschrank. Ich entschied mich schließlich für eine schwarze enge Jeans und ein knallrotes Top, das perfekt zu meinem Teint und den langen, braunen Haaren passte. Es war schlicht, aber trotzdem ein wenig sexy. Ich zog meine schwarze Lederjacke und die schwarzen Ankle Boots an, und machte mich auf den Weg zur Party.

Im Club angekommen suchte ich Nina, die zum heutigen Abend eingeladen hatte. Das Savage war riesig und mit dem frisch renovierten Tanzbereich, der neuen Einrichtung und Lichteffekten ein echt schicker und mittlerweile beliebteste Club der Stadt geworden. Trotz der enormen Größe des Clubs, dauerte es nicht lange, bis ich Nina in der Nähe des Eingangs mit Anna plaudernd fand. Als Anna mich sah, fiel sie mir sofort um den Hals, zutiefst dankbar, dass ich gekommen war. Eine ganze Weile lang begrüßte ich diverse Leute, die ich seit langem nicht mehr gesehen hatte, bis Anna mich zur Bar schleppte und mir mein Lieblingsgetränk, einen Wodka-Lemon, in die Hand drückte.

„Heute machen wir richtig Party", sagte sie, während sie schwungvoll ihr Glas an meines stieß. Sie nickte in Richtung eines jungen Mannes auf der Tanzfläche, der ihr scheinbar ins Auge gestochen war. Ich wusste sofort, was ihr Nicken bedeutete und folgte ihr zum Tanzen in die Nähe des Auserwählten. Anna gab alles, um auf sich aufmerksam zu machen. Es war jedes Mal herzergreifend, wie sehr sie sich ins Zeug legte, um einem Mann zu gefallen. Dabei hatte sie das gar nicht nötig. Mit ihren hellblonden, glatten, schulterlangen Haaren und den vielen Sommersprossen im Gesicht, sah sie wirklich süß aus. Aber vielleicht war auch genau das das Problem, warum viele Männer sie nicht ernst nahmen. Ich konnte allerdings nicht recht nachvollziehen warum es ihr so schwerfiel, jemanden zu finden. Sie hatte eine tolle Figur, war klein, aber nicht zu klein, ihre Stupsnase passte perfekt zu ihrem zierlichen Gesicht und ihr Lachen war einfach bezaubernd. Ganz zu schweigen von ihrem herzlichen, warmen Gemüt. Auf Anna war immer Verlass, sie war eine Seele von Mensch. Jeder Mann könnte sich glücklich schätzen, sie als Partnerin zu haben. Ich ließ meinen Blick durch den Club wandern und blieb schließlich bei Brad hängen, der in einem Pulk Mädchen stand und laut lachte. Zwei der Mädchen schienen lauthals über jeden seiner Witze zu lachen und berührten ihn dabei immer wieder am Arm oder an der Schulter. Kopfschüttelnd drehte ich mich weg.

„Ich hol uns die nächste Runde", rief ich Anna zu und deutete eine Trinkbewegung an. Sie winkte mir zu und gab mir somit zu verstehen, dass ich sie alleine lassen konnte. An der Bar angekommen, bestellte ich zwei neue Wodka-Lemon, als mir ein Fremder von hinten auf die Schulter tippte.

„Darf man dir was ausgeben?"

Der schwarzhaarige, drahtig wirkende Mann wirkte auf Anhieb sehr sympathisch. Er war nicht unbedingt mein Typ, aber gegen eine nette Plauderei hatte ich weiß Gott nichts einzuwenden, denn so wie es aussah war Anna noch eine Weile auf der Tanzfläche beschäftigt. Ich hob meine beiden vollen Gläser in die Luft.

„Das ist sehr nett, aber ich habe schon bestellt. Trotzdem danke."

„Vielleicht die nächste Runde?" Ein Lächeln umspielte seine Lippen. „Hi, ich bin Timm." Er reichte mir seine Hand.

„Mirjam."

Timm erzählte mir, dass er Fussball spielte und diese Saison schon 15 Tore geschossen hatte. Ich wusste nicht, ob das viel oder wenig war, ich hatte von Fussball überhaupt keine Ahnung, aber irgendwie bewunderte ich seinen Enthusiasmus und hörte ihm interessiert zu. Timm unterhielt mich wirklich gut. Er merkte, dass ich kein weiteres Interesse an ihm hatte, aber es genügte ihm scheinbar, einfach nett mit mir zu plaudern. Das machte die Situation überhaupt nicht unangenehm. Ich versuchte über seine Schulter hinweg nach Anna zu schauen und war beruhigt, als ich sie sich angeregt mit Alexander unterhalten sah.

ALEXANDER?! Mit offenen Mund starrte ich zu ihnen herüber.

„Alles in Ordnung?" fragte Timm, doch ich war derart geschockt, dass ich ihm gar nicht zuhörte.

Anna erblickte mich und deutete mit dem Finger auf mich. Dann winkte sie mir zu. Alexander folgte ihrem Blick und schaute mich verschmitzt an. Wie ein

Blitzschlag fing mein Herz an zu pochen. Ich war immer noch sauer auf ihn wegen seiner dreisten und verletzenden Bemerkung, konnte meine Freude jedoch nicht verbergen. Echt jetzt, Miri? Du sollst stark sein und ihm zeigen, dass er zu weit gegangen war und ihn nicht völlig ergebend anhimmeln! Sie kamen zu uns an die Bar.

„Danke Anna. Darf ich euch beiden etwas zu trinken ausgeben?", fragte Alexander gut gelaunt.

„Nicht nötig", warf ich schnippisch ein, während ich Anna ihren Wodka-Lemon in die Hand drückte. *Ja Miri, rumzicken ist natürlich noch besser, als ihn anzuhimmeln*, meldete sich meine innere Stimme.

„Wer ist der nette junge Mann?", fragte Anna, als sie Timm mit Begeisterung musterte, um freie Bahn für Alexander zu schaffen. Timm hingegen musterte Alexander und gab sofort kampflos auf. Er widmete sich Anna, die ihm scheinbar gut gefiel. Anna drückte Alexander ihren Drink in die Hand.

„Möchtest du meinen Drink nehmen? Vielleicht gibt mir der junge Herr ja einen neuen aus?" Anna zwinkerte Timm zu.

„Sehr gerne", erwiderte Timm und wandte sich mit Anna zur Bar. Ich drückte Anna die Daumen, Timm schien wirklich ein netter Kerl zu sein.

22

„Cheers."

Alexander stieß sein Getränk an meines, während er mir ein zuckersüßes Lächeln schenkte. War das etwa seine Art von Friedensangebot? Ich konnte nicht anders, als sein Lächeln zu erwidern. Ich musste mir einfach eingestehen, dass ich mich wahnsinnig freute, ihn zu sehen. Auch wenn mir bewusst war, dass er nur hier war, um mich mal wieder zu kontrollieren. Ihm lag ein schelmisches Grinsen auf den Lippen, als er an mir herunterblickte und feststellte, dass ich mir seine dreiste Bemerkung zu Herzen genommen hatte.

„Viel besser", schmunzelte er.

Verlegen strich ich mir eine Haarsträhne hinters Ohr.

„Du verfolgst mich jetzt also überall hin?"

„Du lässt mir ja keine Wahl. Du Sturkopf willst einfach nicht auf mich hören."

Ich schüttelte unverständlich den Kopf.

„Du kannst mich nicht dazu verdonnern, mich zu Hause zu verstecken, nur weil ich euer Geheimnis kenne."

„Deswegen bin ich hier. Jetzt kannst du ungehindert hierbleiben."

„Warum ist es dir nicht egal, ob andere von euch merken, dass ich es weiß? Wenn du sowieso willst, dass sterbe und behauptest, früher oder später könnt ihr mich umbringen, warum überlässt du mich nicht einfach meinem Schicksal?"

Alexander gefiel nicht, dass ich erneut mit dieser Diskussion anfing, doch *er* wurde ja auch nicht auf Schritt und Tritt verfolgt, sondern konnte *sein* Leben ungehindert weiterleben.

„Erstens können wir dich nicht umbringen, wir können nur dafür sorgen, dass du stirbst. Zweitens stellst du zu viele Fragen."

Wieder diese komische Bemerkung. Was bitte sollte das bedeuten?

„Ich verstehe das einfach nicht. Was macht es für einen Unterschied, ob mich einer von euch umbringt oder ob ihr dafür sorgt, dass ich sterbe? Und was macht es für einen Unterschied, ob *du* mich bis zu meinem Ableben verfolgst, oder andere von euch?"

„Wie gesagt, du stellst zu viele Fragen."

„Und du beantwortest mir keine davon!"

Zornig funkelte ich ihn an. Alexander antwortete mir nicht. Warum zum Teufel wich er mir andauernd aus? Und warum war er bei einigen Themen so verschlossen? Mir reichte es langsam. Ich wollte endgültig wissen, warum Alexander wirklich hier war. Wenn er wollte, dass ich tot bin, konnte es ihm egal sein, ob ein anderer Mutant mitbekam, dass ich ihr Geheimnis kannte und daraufhin versuchen würde, mich umzubringen. Was war also der wahre Grund, warum er mich nicht alleine unter Leute lassen wollte? Konnte es sein, dass es mittlerweile gar nicht mehr um Kontrolle ging, sondern um meinen Schutz? Wich er mir deswegen so oft aus, weil er es sich selber nicht eingestehen wollte? Ich nahm meinen ganzen Mut zusammen und sprach direkt aus, was ich dachte, oder besser gesagt, was ich mir wünschte.

„Warum bist du hier, Alexander?"

Die Richtung, in die das Gespräch rückte, gefiel ihm ganz offensichtlich überhaupt nicht. Eine Antwort gab er mir nicht.

„Warum gibst du nicht einfach zu, dass du mich magst und es gar nicht mehr darum geht, mich umzubringen? Ich glaube, du verfolgst mich ins Büro und hierher in den Club, weil du mich eigentlich vor anderen Mutanten beschützen willst."

Alexander schüttelte erst belustigt den Kopf, doch dann presste er nachdenklich die Lippen aufeinander und schaute mich an.

„Ok, du hast gewonnen."

Wie bitte? Mein Herz schlug drei Saltos vor Freude. Auch wenn ich mir diese Antwort mehr als gewünscht hatte, hätte ich nie damit gerechnet, dass sie wirklich wahr sein könnte. Nein, das musste ein Traum sein. Ein viel zu schöner Traum, aus dem mich bitte keiner wecken durfte, niemals. Regelrecht eingeschüchtert flüsterte ich.

„Wirklich?"

„Du bist mir nicht mehr egal, okay?! Und ich habe schon seit einiger Zeit aufgegeben, mir darüber Gedanken zu machen, was ich noch tun könnte, um dich..." Er beendete den Satz nicht. Ich wusste auch so, was er meinte. Trotzdem fühlte es sich immer noch völlig unwirklich an. Hatte dieser bildschöne Mutant, der in seiner Welt jede Frau haben konnte, der Menschen ausschließlich als Beute betrachtete, wirklich gerade zugegeben, dass er mich mochte? Meine Knie fingen an weich zu werden. Was hatte dieser Kerl bloß aus mir gemacht? Ein verweichlichtes, anhimmelndes, peinlich verknalltes Mädchen! Sichtlich amüsiert beobachtete er mich, wie ich knallrot anlief. Schnell Miri, lenk ihn ab, bevor du dich noch völlig blamierst.

„Und? Ist es hier gefährlich für mich? Brauche ich einen Beschützer?"

„Außer vor mir brauchst du hier vor niemandem Angst haben", erwiderte er neckisch.

„Das heißt, du bist der einzige Mutant hier?" schlussfolgerte ich.

„Es sind welche von uns hier."

„Bitte was?"

Nervös ließ ich meinen Blick durch den Raum hin und her schweifen. Alexander stellte sich dicht hinter mich und verfolgte amüsiert meine panische Suche nach den anderen Mutanten. Schließlich umfassten seine Hände sanft meinen Kopf und drehten ihn in Richtung der Tanzfläche. Mein Blick blieb an einem großen, muskulösen Pärchen hängen, die völlig betrunken eng umschlungen über die Tanzfläche wirbelten.

„Die beiden?", fragte ich und nickte in Richtung des Pärchens. Er nickte ebenfalls. Schnell drehte ich mich zu Alexander um und warf mich an seine Brust, aus Angst, sie könnten sich mein Gesicht merken und mich später verfolgen. Alexander fing an zu lachen, legte seine Arme jedoch schützend um mich.

„Warum lachst du? Sie werden doch sofort versuchen, mich zu töten, wenn sie mich mit dir zusammen sehen."

„Werden sie nicht", sagte er immer noch lachend. Verwirrt blickte zu ihm auf.

„Warum nicht?"

„In ihrem Zustand bekommen sie überhaupt nichts mehr mit. Sie merken nicht einmal, dass ich einer von ihnen bin."

„In ihrem Zustand?"

„Betrunken", erklärte er. Ich runzelte die Stirn.

„Wie meinst du das?"

„Wenn wir genug Alkohol intus haben, betäubt der Alkohol das mutierte Blut und wir können uns nicht mehr verwandeln."

Mir fiel die Kinnlade herunter. Das konnte nicht sein Ernst sein. Alkohol sollte das Aller-Heilmittel gegen blutrünstige Mutanten sein? Das war doch ein schlechter Scherz.

„Heißt das, Alkohol ist euer... Kryptonit?"

Er lachte.

„Ja, so in der Art. Es ist eine natürliche, physikalische Erklärung. Wir ernähren uns von Blut, haben also unser eigenes menschliches, unser mutiertes und frisches fremdes menschliches Blut im Körper. Das ist deutlich mehr Blut in unserem Organismus, als ihr habt. Der Alkohol geht direkt in die Blutbahn und betäubt das mutierte Blut vollständig. Das heißt, je mehr wir trinken, desto menschlicher sind wir. Und da wir so viel Blut im Körper haben, werden wir auch viel intensiver betrunken. Nicht nur, dass unsere mutierten Sinne und Kräfte nicht mehr funktionieren, es funktionieren unsere menschlichen Sinne von dem vielen Alkohol auch nur noch eingeschränkt, wie bei euch auch. Harte Drogen wie Koks, Pillen oder Heroin bewirken hingegen das Gegenteil. Sie lassen uns für den Moment der Wirkung noch stärker und gefährlicher werden. Doch sie machen uns genauso krank und kaputt wie euch Menschen."

„Aber Alkohol muss für euch doch ein schlimmer Zustand sein, so schwach und angreifbar in eurer grauenvollen Welt."

„Machst du Witze? Das ist unsere liebste Freizeitbeschäftigung. Endlich mal keine Kämpfe, kein Morden, alle Sorgen betäuben. Fast alle Mutanten sind abhängig. Die, die aus dieser Welt entfliehen und sich zurückziehen wollen, sind Alkoholiker. Und die, die süchtig nach Kämpfen, Macht und Intrigen sind, sind drogenabhängig. Was meinst du, warum sich die meisten von uns hauptsächlich von Obdachlosen und Prostituierten ernähren. Abgesehen davon, dass es wenig Aufsehen erregt, wenn man sie tötet. Man holt sich auch noch durch den Alkohol und die Drogen in deren Blutbahn den absoluten Trip."

Ich schlug fassungslos die Hände über den Kopf zusammen. Das war so simpel, dass man es fast nicht glauben konnte.

„Ist das auch *dein* Lebensinhalt?", fragte ich neugierig.

„Nein. Ich behalte gerne die Kontrolle."

War ja klar… Das überraschte mich bei ihm nicht. So so, Mutanten wurden also sehr schnell und intensiv betrunken… Diese Information schrie förmlich nach einem Master-Plan. Innerlich rieb ich mir hämisch vor meinem gehörnten Gesicht die Hände. Ich würde heute noch herausfinden, ob er sich vielleicht doch wünschte, wieder ein Mensch zu sein.

„Cheers."

Grinsend stieß ich mein Glas gegen seines. Natürlich ahnte er, was ich vorhatte.

„Du willst also spielen, kleine Lady. Aber du musst wissen, dass ich aus Rumänien komme. Wir Osteuropäer können sehr viel vertragen." Vergnügt hob er sein Glas und setzte zum Trinken an. Ihm schien das Spielchen zu gefallen.

Nach drei weiteren Drinks begann ich mit dem Verhör, bevor ich bald nicht mehr in der Lage war, einen geraden

Satz herauszubringen. Auch der Vorteil, den ich mir verschafft hatte, als ich dem Barkeeper ein Scheinchen zusteckte, damit er immer die doppelte Menge Alkohol in Alexanders Drinks füllte, sobald er für uns bestellte, nützte bald nicht mehr viel, da ich selber langsam angetrunken war. Alexander hingegen wirkte noch einigermaßen bei Sinnen, wobei ich die Vermutung hatte, dass er sich wirklich zusammenriss, um sich nichts anmerken zu lassen. Denn wenn man ihm direkt in die Augen sah, konnte man den glasigen Blick erkennen, der ihn verriet.

„Wo wohnst du eigentlich?", fragte ich schließlich.

„Auf dem Speicher der Kirche. Dort steht mein Sarg, in dem ich tagsüber schlafe."

Mit offenen Mund starrte ich ihn an.

„Echt?"

Er lachte.

„Nein, du Dummerchen. Ich habe ein kleines Haus auf der anderen Seite der Stadt. Es ist etwas abgelegen, so wie deins. Und bevor du fragst, ich schlafe in einem Bett."

Miri, lass dir bloß nicht durch dein dämliches Grinsen anmerken, dass dir die Erkenntnis über das Bett gefällt, mahnte mein Unterbewusstsein mich.

„Aber du schläfst tagsüber, weil du nachtaktiv bist, richtig?"

„Ja."

„Seit wann wohnst du in dem Haus?"

„Seitdem ich dir von Rumänien hierher gefolgt bin", erklärte er beiläufig, als sei es das normalste der Welt, jemanden bis ans andere Ende der Welt zu verfolgen und sich bis zu dessen Ableben mal eben ein Haus anzueignen.

„Aber woher nimmst du das Geld dafür?"

„Sagen wir einfach, der frühere Besitzer braucht es nicht mehr."

Das meinte er hoffentlich nicht ernst.

„Weil du ihn getötet hast?", fragte ich entsetzt. Alexander hingegen blieb ausdruckslos.

„Willst du Antwort darauf wirklich wissen?"

Ich schüttelte unverständlich den Kopf.

„Wird dir das ganze Töten und Bestehlen nicht irgendwann zuwider?"

„Warum sollte es?"

„Vermisst du es nicht manchmal einfach ein normaler Mensch zu sein? Normale Dinge zu tun?"

„Zum Beispiel?"

Ich schaute in mein halbvolles Glas, während ich das Glas so lange drehte, bis der Inhalt einen kleinen Strudel bildete.

„Ich weiß nicht, normale Dinge eben. Arbeiten, Essen…"

„…Tanzen", unterbrach er mich, nahm das Getränk aus meiner Hand und stellte beide Gläser auf den Bartresen. Anschließend nahm er meine Hand. Seine Berührung löste in mir ein wohliges Kribbeln im Bauch aus. Hatte er gerade auf die charmanteste Weise einfach so mein Verhör-Versuch zerschmettert? Das war doch volle Absicht! Und er wusste genau, dass ich dieser Versuchung niemals widerstehen konnte. So ein fieser Mutant!

Galant drehte er mich um die eigene Achse und fing die Bewegung ab, indem er meine Taille mit seiner anderen Hand an sich heranzog, bis unsere Körper sich berührten. Das Kribbeln im Bauch wurde immer stärker. Er zog mich noch näher an sich heran, als seine Hände meine Taille umschlossen, und blickte mir tief in die Augen. Ich war völlig in seinem Blick verloren. Alles um uns herum begann zu verschwimmen, als seien wir in unsere ganz eigene Welt eingetaucht. Seine Augen leuchteten. Kleine Lach-Grübchen bildeten sich um seine Mundwinkel, als er verschmitzt lächelnd die Lippen aufeinanderpresste. Wahnsinn, diese unglaubliche Anziehung, die er auf mich ausübte. Ich war wie hypnotisiert. Meine Haut prickelte vor Aufregung, als seine Finger in Zeitlupe meinen Arm entlang strichen, bis seine Hand meine Wange umfasste. Mit wild pochendem Herz schrie alles in mir: *Worauf wartest du, küss mich!*

Doch auf einmal löste Alexander die Berührung abrupt.

„Er sollte besser verschwinden!", knurrte er.

„Wer?" Verwirrt blickte ich mich um.

„Miri, Süße", hörte ich jemanden nach kurzer Zeit hinter Alexander sagen. Und dann sah ich Brad, wie er leicht torkelnd zu uns an den Tresen kam und sich direkt neben Alexander stellte. Beide wirkten mit ihren definierten Körpern gleich stark, wenn man nicht wusste, dass Alexander um das Vielfache stärker war als Brad.

„Willst du uns nicht vorstellen?" Brads überheblicher Blick wanderte an Alexander auf und ab. Er war auf Ärger aus, das war unübersehbar. Alexander rührte sich nicht. Konzentriert blickte er geradeaus über mich hinweg. Um Himmels willen, Brad, mach jetzt bloß keine Dummheiten! Ich musste mir schleunigst was überlegen. Anna sah die angespannte Situation und kam dazu. Wir beide kannten Brad einfach zu gut, um zu wissen, dass er nur herübergekommen war, um zu provozieren. Alexander blickte mich angestrengt an.

„Ich sollte gehen."

Doch Brad packte ihn an der Schulter. Fast unmerklich bildeten sich kleinste Äderchen um Alexanders Augen. Es war in dem dunklen Club-Licht so gut wie nicht zu erkennen, aber ich kannte diesen Ausdruck in seinem Gesicht, wenn er mit aller Macht versuchte, sich im Zaum zu halten. Alexander drehte seinen Kopf von Brad weg und kniff die Augen zusammen. Verdammt, lange würde er sich nicht mehr zurückhalten können.

„Nein, bleib ruhig hier", entgegnete Brad lallend, „ich will gar nicht lange stören. Ich bin nur hier, damit du deine Schulden einlösen kannst, Miri. Du weißt noch wofür, nicht wahr? Ich hätte gerne einen Tanz." Fordernd streckte er die Hand nach mir aus.

„Es passt gerade nicht, Brad. Vielleicht ein andermal", versuchte ich ihn im ruhigen Tonfall klarzumachen.

„Ich finde wir tanzen *jetzt*!" Brad machte einen Schritt auf mich zu und griff forsch nach meiner Hand. Ich sah wie Alexanders Körper anfing zu beben. Anna packte Brad am Arm.

„Ich würde gerne mit dir tanzen, Brad."

Doch Brad schlug ihren Arm weg und schrie sie an.

„Ich tanze jetzt mit Miri, klar?!"

Brad schob seinen Arm vor Alexander und versuchte ihn zur Seite zu schieben, um freie Bahn zu mir zu gelangen. Blitzartig packte Alexander Brads Arm und drückte zu, bis Brad laut aufschrie. Alexander ließ ihn augenblicklich los. Brad griff mit der anderen Hand nach seinem Arm, während er sich vor Schmerzen krümmte.

„Du verdammtes Arschloch", schrie Brad ihn lallend an und holte mit der anderen Hand zum Schlag aus. Ich konnte Alexander regelrecht ansehen, wie er bis zur letzten Sekunde überlegte, wie er reagieren sollte, entschied sich letztendlich dafür, den Schlag einfach geschehen zu lassen. Brads Faust prallte gegen Alexanders Schläfe. Dieser blieb, ohne auch nur mit der Wimper zu zucken, stehen. Brad schrie erneut vor Schmerzen auf, als seine Faust auf Alexanders Knochen aufprallte. Ich musste sofort handeln, bevor Alexander noch Aufsehen erregte. Schnell fragte ich den Barkeeper nach einem Glas voller Eiswürfel und reichte sie Alexander. Er schaute mich fragend an, was er damit anfangen sollte. Ich drückte ihm das Glas in die Hand und deutete auf seine Schläfe, doch er runzelte nur die Stirn. Augenrollend griff ich danach und drückte das Glas mit dem kühlenden Eis an seine Schläfe. Als ich dicht genug an seinem Ohr war, flüsterte ich:

„Menschen fangen so einen Schlag nicht ohne weiteres ab, verstehst du?" Nun machte es klick. Er nahm das Glas, drückte es vorsichtig an die Stelle, die Brad getroffen hatte, und schaute mich fragend an. Ich nickte zufrieden.

Doch Brad wollte die zweite Niederlage nicht ohne weiteres auf sich sitzen lassen. Er bäumte sich erneut vor Alexander auf, als er in der Lage war seine schmerzende Hand wieder zu bewegen. Ich musste das Ganze sofort unterbinden! Also stieß ich Brad mit aller Kraft zurück.

„Brad, du widerst mich an! Es war ein Fehler, dich um Hilfe zu bitten. Wenn ich dir irgendetwas schuldig bin, dann, dass ich bislang deine scheiß Anmachen toleriert habe! Verschwinde endlich, ich kann dich nicht mehr sehen!"

Brad sah mich empört an. Drohend hob er den Zeigefinger und wollte etwas entgegensetzen.

„Bitte, geh einfach", flehte ich. Er starrte mich noch ein paar Sekunden lang an, dann zog er beleidigt ab.

„So ein Idiot", schimpfte Anna, als sie sich wieder Timm zuwandte. Ich brauchte ein paar Sekunden, um wieder die Fassung zu erlangen. Das war mehr als haarscharf. Alexanders Augen verrieten zwar nichts mehr von seinen blutroten Adern, jedoch zitterte sein Körper immer noch vor Anspannung. Ich nahm Alexanders Gesicht in die Hände und streichelte ihm vorsichtig um die Augen.

„Geht's wieder?"

„Ich muss hier weg", sagte er aufgebracht, bevor er ohne ein weiteres Wort den Club verließ.

23

„Anna, ich verschwinde", rief ich Anna zu, als ich mich eilig auf den Weg zum Ausgang machte, um Alexander zu folgen. Doch Brad fing mich auf dem Weg nach Draußen ab.

„Hey, wo ist denn dein kleiner Freund?"

In dieser Sekunde verlor ich die Beherrschung.

„Bist du eigentlich völlig übergeschnappt? Warum musst du immer Ärger machen, Brad?"

Plötzlich merkte Brad, dass ich wirklich sauer war.

„Tut mir leid, Süße…" Er kam auf mich zu und wollte mich umarmen, doch ich schubste ihn mit aller Kraft weg.

„Du bist einfach das letzte!"

„Ach komm schon, Miri, das war doch alles nur Spaß", rief er mir hinterher, als ich hinausrannte.

Draußen schaute ich mich überall um, doch, wie nicht anders erwartet, war Alexander nirgendwo zu sehen. Völlig niedergeschmettert über das Ende dieses wunderschönen Abends stand ich an der Straße und sah mich nach einem Taxi um. Dieser blöde Brad hatte alles versaut! Der Abend war einfach nur perfekt, bis er aufgetaucht war. Frustriert schlürfte ich die Straße auf und ab, während ich nur aufblickte, sobald ein Auto vorbeifuhr, in Hoffnung, es könnte ein Taxi sein. Doch wenn kein Auto in Sicht war, wanderte mein Blick lediglich den grauen Fussweg entlang, den ich minutenlang hoch und runter lief. Ich wollte einfach nicht wahrhaben, dass dieser Abend so enden sollte.

Nach einer Weile hielt ein Taxi an. Der Taxifahrer ließ das Fenster herunter.

„Miss Selford?"

Erschrocken blickte ich ins Taxi hinein.

„Kennen wir uns?"

„Für Sie wurde ein Taxi bestellt." Freudig strahle ich den Taxifahrer an. Es war einfach nur süß, dass Alexander trotz alledem dafür sorgte, mich sicher nach Hause bringen zu lassen.

„Brauchen Sie meine Adresse noch?", fragte ich, als ich mich hinten ins Taxi niederließ.

„Nein, ich habe bereits alles. Bezahlt wurde auch schon im Vorwege, sie brauchen nur noch einzusteigen." Wow, Alexander war einfach unglaublich.

Ich schrieb Anna, dass ich sicher im Taxi saß. Sie antwortete mir, dass sie mit Timm noch ein wenig bleiben würde, mir aber eine Nachricht schreiben würde, sobald sie zu Hause ankommen war. Ich freute mich wahnsinnig für Anna. Timm schien wirklich mal ein passender Typ für sie zu sein.

Als ich nach einer Weile aufblickte, sah ich, dass wir schon am Waldrand angekommen waren. Moment mal! Das war nicht *mein* Wald. Erschrocken blickte ich mich um. Wo zum Teufel waren wir hier?

„Alles ok?", fragte der Taxifahrer, der meine plötzliche Unruhe bemerkte.

„Ja, alles gut", log ich. Alexander würde mich nie in Gefahr bringen, sagte ich in Gedanken zu mir selber. Der Taxifahrer hielt schließlich an.

„Der junge Mann sagte, ich kann Sie hier rauslassen. Sie hätten nur noch ein paar Schritte zu gehen und möchten nicht, dass man Sie vor die Haustür fährt. Aber ich kann Sie gerne bis vor die Haustür fahren, wenn Sie das wünschen."

„Ist schon ok, danke."

Ich konnte im Dunkeln überhaupt nichts erkennen. Lediglich die Bäume, die einen sandigen Weg einrahmten, der tiefer in den Wald hineinführte, waren in groben Umrissen zu erkennen. Ängstlich schaute ich in alle Richtungen, als mich etwas sanft vom Boden hob und losrannte. Ich konnte nur erahnen, wie unfassbar schnell wir durch den stockdunklen Wald rasten, bis wir abrupt vor einem beleuchteten kleinen Haus Halt machten. Geschmeidig wurde ich vor der Haustür abgesetzt. Alexander hielt mich in seinen Armen, während ich noch damit zu kämpfen hatte, mein Gleichgewicht wiederzufinden.

„Willkommen in meiner Welt."

Ich stützte mich an seiner Brust ab.

„Kannst du mich das nächste Mal bitte vorwarnen."

„Auf keinen Fall", erwiderte er belustigt. Mit einer Handbewegung bat er mich herein. Der Bungalow, der von außen genauso alt aussah, wie das Haus meiner Großeltern, erstrahlte von innen mit einer hochmodernen Einrichtung. Alles schien komplett saniert und neu hergerichtet. Nach und nach begutachtete ich jeden Raum. Neben einem großzügigen Flur, von dem jeder weitere Raum abging, gab es einen schlichten Heizungsraum und ein ganz in weiß gehaltenes Badezimmer mit Wanne und Dusche in einem. In dem schlichten, geräumigen Wohnzimmer, in dem eine große beige Eck-Couch prunkte, stach der fast genauso riesige Flat Screen sofort ins Auge. Das, hauptsächlich in Gelb gehaltene, abstrakte Bild über der Couch war der einzige Farbtupfer des gesamten Hauses. Eine Ess-Stube, bestehend aus einem antiken, rustikalen Eichentisch mit passenden Eichen-Stühlen, ging über Eck vom Wohnzimmer ab. Die moderne Küche war komplett in Hochglanz-weiß gehaltenen. An der Wand gegenüber der Küchenzeile stand ein großer Bar-Tisch aus Massivholz. Zu guter Letzt begutachtete ich das Schlafzimmer, das durch das riesige, in dunkelgrau gehaltene Doppel-Bett, einem für einen Mann recht großzügigen Kleiderschrank und - natürlich auch hier - einem wahnsinnig großen Flat Screen, kleiner wirkte, als es in Wirklichkeit war. Vor dem Flatscreen war eine Konsole, sowie einige alte dazugehörige Spiele auf dem Sideboard aufgereiht. Da waren Männer doch alle gleich, egal ob Mensch oder Mutant. Jeder der Räume war mit denselben anthrazitfarbenen Fliesen ausgelegt.

Mein Blick wanderte erneut zu dem geräumigen Doppel-Bett.

„Der Eigentümer des Hauses hatte Geschmack." Ich spielte bewusst darauf an, dass dies *nicht* Alexanders Haus war, doch dieser ließ sich von meiner Stichelei nicht beirren.

„Das Bett ist jedenfalls neu. Wollte nicht wissen, was der Alte in seinem Bett so getrieben hat", witzelte er.

Alexander führte mich in die Küche und rückte mir an dem Massiv-Holz Tresen einen Barhocker zurecht, auf dem ich mich niederließ.

„Ich glaube, du wurdest eben bei dem Versuch unterbrochen, mich abzufüllen", begann er, während er eine Flasche Wodka auf den Bar-Tisch stellte, „es gibt jetzt allerdings ein paar Spielregeln. Wenn du willst, dass ich abstürze, stürzt du mit ab. Ich gehe davon aus, dass du Wodka einem Rum oder Whiskey vorziehst?"

Ich verzog das Gesicht.

„Purer Schnaps? Das vertrage ich nicht."

„Wir müssen nicht weitermachen." Er zog eine Augenbraue hoch und wartete auf meine Reaktion. Dabei wusste er genau, wie die Antwort ausfallen würde. So ein Mist, daran war ich selbstschuld. Ich hatte angefangen, mit dem Feuer zu spielen. Nun musste ich damit klarkommen, dass ich mich daran verbrennen könnte.

„Wie sehen die Spielregeln aus?", fragte ich.

„Es ist eigentlich *dein* Spiel. Pro Frage ein Wodka-Shot. Du willst mich ausquetschen? Bitte. Aber pro Frage, die du mir stellst, trinken wir beide einen." Alexander stellte zwei Kurze-Gläser auf den Tisch und setzte sich neben mich.

„Fang an", befahl er.

„Ich kann wirklich nicht viel ab und ich bin schon ziemlich angetrunken", entschuldigte ich mich im Vorwege.

„Es ist deine Entscheidung, wie viele Fragen du stellst."

Verdammt, er hatte recht. Herzlichen Glückwunsch, Miri! Du dumme Kuh hast wirklich gedacht, du könntest mit einem Mutanten spielen, ohne dich dabei zu verbrennen. Das Spiel mit dem Feuer sollte also beginnen.

24

„Wie wurdest du verwandelt?", begann ich.

Er schenkte den Wodka in die beiden Gläser.

„Mein großer Bruder, mein Vater und ich sind immer zusammen zur Jagd gegangen. Der Job meines Vaters reichte nicht aus, um uns zu versorgen und meine Mutter fand damals als Deutsche Frau im Rumänien keine Arbeit. Also gingen wir auf die Jagd. Ich war erst ein Kind, aber ich liebte es, Zeit mit meinem Vater zu verbringen. Als ich mit 17 Jahren eines nachts das Wild suchte, das wir geschossen hatten, überfiel mich einer von ihnen. Er riss mich zu Boden, saugte mich aus und nahm mich anschließend mit in seine Unterkunft, in der er mich verwandelte. Dort hat er mir alles beigebracht und mir später erzählt, dass er es schon länger auf mich abgesehen hatte."

Er stieß mit mir an. Brrr, ich schüttelte mich von dem ekelhaften Geschmack nach purem Alkohol. Abwartend schaute er mich an. Ich wollte nur das nötigste fragen, um nicht total abzustürzen, doch seine Geschichte machte mich einfach zu neugierig.

„Warum hatte er es gerade auf *dich* abgesehen?"

„Weil ich für meine 17 Jahre nicht nur stark und schnell war, ich hatte auch unfassbar gute Instinkte durch die jahrelange Erfahrung vom Jagen. Ich hatte bis dato mehr Zeit im Wald als zuhause verbracht. Er sah in mir einfach einen eiskalten, instinktgesteuerten Jungen - die ideale Voraussetzung, um ein Mutant zu sein. Und da er älter wurde und sich langsam nicht mehr gegen die jungen Mutanten wehren konnte, brauchte er einen Beschützer. Es war nur Pech für ihn, dass ich charakterlich nicht der war, für den er mich gehalten hatte."

Er stieß erneut mit mir an und wir kippten den nächsten Wodka herunter.

„Das ist nicht fair. Du erzählst so, dass man neugierig wird, mehr zu erfahren", beschwerte ich mich.

„Möchtest du, dass ich dir ein Taxi rufe?" Er zog hämisch die Augenbrauen hoch. Ich biss mir, mit mir ringend, auf die Lippen. Schließlich gab ich auf.

„Für was hat er dich gehalten?"

Alexander grinste spöttisch, nachdem wir den Nächsten tranken. Wusste er doch, dass ich das Spiel nicht beenden würde.

„Er dachte, ich bin eine kaltblütige Maschine, die ihm dankbar wäre, mich verwandelt zu haben."

„Doch so bist du nicht."

Alexander begann eine weitere Runde einzuschenken.

„Das war keine Frage", warf ich schnell ein.

„Guter Schachtzug, Kleine", erwiderte er vergnügt, „gut, wie du willst, diese Antwort schenke ich dir." Er machte eine kurze Pause. Sein Blick wurde ernst. „Ich habe ihn für das, was er mir angetan hat, gehasst. Dieser Mutant hat mich aus purem Egoismus aus meinem Leben gerissen. Er hat mir meine Familie weggenommen. Kannst du dir vorstellen, wie es ist, seine Eltern beobachten zu müssen, wie sie seit 20 Jahren an deinem Grab stehen und um dich trauern, und du aus sicherer Entfernung dabei zusehen musst, aber nichts tun kannst? Dass du am liebsten hinrennen, sie in den Arm nehmen würdest und ihnen sagen möchtest, dass du sie über alles liebst?"

Einen Moment lang hielt er inne. Ich schaute ihn an, wie er apathisch in sein Glas blickte. Tränen füllten meine Augen. Ich hatte ja keine Ahnung... Hatte nicht einmal versucht, hinter seine herablassende, unnahbare Art zu schauen, sein Verhalten zu hinterfragen. Mag sein, dass er eine blutrünstige Mutation war, doch ein Teil in ihm würde immer menschlich bleiben, dafür war er einfach zu lange ein Mensch gewesen. Ein Mensch, der einmal eine Familie hatte, Freunde, ein normales Leben... Dies alles wurde ihm von einer Sekunde auf die andere genommen. Und wofür?

„Es wurde noch schlimmer, als zehn Jahre später mein Bruder bei der Jagd umgekommen ist. Ich sehe meine Eltern jedes Mal, wenn ich in Rumänien bin und nach ihnen sehe, um uns trauern." Seine Adern schwellten leicht an. Doch der Alkohol zeigte bereits Wirkung, denn keine Sekunde später bildeten sie sich wieder zurück.

Diese Vorstellung war zu grauenvoll, um es sich ausmalen zu können. Seine eigenen Eltern immer wieder und wieder dabei beobachten zu müssen, wie sie um ihren Sohn trauerten, obwohl er nur wenige Meter von ihnen entfernt war. Wie schwer musste es sein, seine Mutter nie wieder in die Augen schauen zu können, ihr sagen zu können, wie sehr man sie vermisst.

Unvorstellbar, was in Alexander vorging. Das waren wirkliche Probleme, mit denen er in seinem neuen Leben umgehen musste. Wie unbedeutend mir mein Leben plötzlich vor der Begegnung mit Alexander vorkam.

„Deswegen warst du in Rumänien, als du mich…"

„Ich sag doch, zur falschen Zeit am falschen Ort. Ich beobachtete ein paar Stunden zuvor, wie mein Vater an das Grab meines Großvaters ging, der auf dem uralten Friedhof liegt, auf dem du dich herumgetrieben hast. Ich hörte ihn meinem toten Großvater erzählen, dass er gleich zu seinen beiden Söhnen ans Grab auf den näher gelegenen Friedhof fährt. Ich konnte nicht hinterher. Es ist einfach nicht auszuhalten, sie vor meinem Grab trauern zu sehen. Deshalb bin ich auf dem alten Friedhof geblieben." Er schwenkte gedankenverloren den Inhalt seines Glases. Ich blickte ihn nur an. Sagte nichts. Wollte ihn einen Augenblick seinen Gedanken nachgehen lassen. Nach einer Weile fragte ich:

„Was ist aus dem geworden, der dich verwandelt hat?"

Alexander schenkte das Glas zu Ende ein.

„Ich habe ihn getötet."

Erneut stieß er sein Glas an meines und wir kippten den nächsten Wodka herunter.

„Wann hast du zuletzt mit deiner Familie gesprochen?" fragte ich schon lallend. Scheiße, lange würde ich das Trink-Spiel nicht mehr durchhalten.

„Seit meiner Verwandlung nie wieder."

Er schenkte nach.

„Wirklich?" Schnell schlug ich mir die Hand vor den Mund, als ich merkte, dass es, auch wenn es eine rhetorische Frage sein sollte, trotzdem eine Frage war.

„Keine Sorge, so kleinlich bin ich nicht. Doch die vorherige Frage zählt", sagte er lächelnd. Ich musste ebenfalls schmunzeln, allerdings darüber, dass seine Augen immer glasiger wurden. Gott sei Dank verrieten sie seinen wahren Zustand, denn er wirkte, außer seinen verräterisch glasigen Augen, immer noch relativ nüchtern. Ich legte den Kopf in den Nacken und ließ den Wodka hinunterlaufen, bis ich mich von dem widerlichen Geschmack heftig schütteln musste. Pass jetzt bloß auf deine Formulierung auf, Miri. Keine Fragestellung mehr, sonst liegst du gleich kotzend unterm Tisch!

„Bitte erkläre mir, warum du deine Eltern seither nie wieder gesprochen hast."

Plötzlich kochte die ganze Wut und Trauer in ihm hoch, die schon seit 20 Jahren in ihm verborgen lag.

„Ich kann sie nicht wiedersehen, Miri! Kein Mensch darf wissen, was wir sind. Hast du das schon vergessen? Ich müsste meine eigene Familie töten, sollten es andere Mutanten herausfinden. Und sie finden es immer heraus, früher oder später. Dieses Risiko darf ich niemals eingehen, verstehst du?"

Nein, um ehrlich zu sein verstand ich das nicht.

„Aber wie sollen andere von euch das bitte herausfinden? Geh doch einfach zu ihnen und rede mit ihnen. Keiner würde darauf kommen, was du bist."

„Um ihnen zu erklären, warum ich kaum gealtert bin die letzten Jahre? Warum ich nichts mehr esse und nachts nicht schlafe? Warum ich das direkte Sonnenlicht ohne Sonnenbrille meide? Oder damit es doch irgendein anderer Mutant mitbekommt und meine Eltern tötet? Das Risiko kann ich niemals eingehen!"

„Aber du…"

„Vergiss es einfach, okay?!" Der Alkohol schien zu verhindern, dass er sich in diesem Moment verwandelte, so außer sich wie er war. Es war meine eigene Schuld, ihn so in Rage gebracht zu haben. Warum konnte ich mit meinem blöden Suff-Kopf nicht einfach früher aufhören, nachzubohren. Doch ein Gutes hatte es: Ich wusste ab diesem Moment genau, dass seine Fähigkeiten völlig außer Kraft gesetzt waren. Er war nun ein völlig normaler, betrunkener Mensch, wie ich. Nun war der perfekte Zeitpunkt gekommen, die wichtigste Frage zu stellen, die er bisher immer umgangen war.

„Wärst du gerne wieder ein Mensch?"

Augenblicklich verwandelte sich sein Ausdruck in den gut gelaunten Alexander zurück. Er lächelte mich an.

„Um was tun zu können?"

Alexander stand auf und schenkte uns erneut ein. Dann kam er plötzlich zu mir, hob mich vom Hocker herunter und zog mich an sich heran. Beherzt hob er mit zwei Fingern mein Kinn an, neigte seinen Kopf zu mir herunter und führte mein Gesicht immer dichter an seines. Hilfe, meine Knie wurden butterweich, als unsere Lippen nur noch wenige Zentimeter voneinander entfernt waren.

Für einen kurzen Moment harrte er in dieser Stellung aus. Oh Gott, ich würde gleich durchdrehen! Nach diesem Moment hatte ich mich so lange gesehnt...

Auf einmal grinste er mich höhnisch an.

„Bühnenreif, Kleine!" Er wich einen Schritt zurück und drückte mir mein Glas mit dem eingeschenkten Wodka in die Hand, während er seinen hinunterkippte.

Ich kam mir so gedemütigt vor! Klar, wusste ich, dass ich mit dem Feuer spielte. Schließlich sollte mich dieser sprunghafte, überhebliche Mutant mit seiner Art weiß Gott nicht mehr überraschen. Aber diese Aktion war wirklich gemein!

„Du bist ein arrogantes Arschloch!", fauchte ich ihn an. Er grinste.

„Höre ich nicht zum ersten Mal."

Wütend stapfte ich Richtung Toilette.

„Und nur zu deiner Information, ich habe wegen deiner Familie gefragt, ob du wieder ein Mensch sein möchtest. Es hätte ja sein können, dass du sie doch irgendwann wiedersehen möchtest. Aber ich habe wohl unterschätzt, wie kalt und herzlos du bist!"

Natürlich entsprach die Begründung nicht der Wahrheit. Aber ich wollte einfach nicht, dass ich mich ihm nach seiner Aktion gefühlsmäßig völlig auslieferte. Es war mir bewusst, dass ich bereits lallte, aber das war mir völlig egal. Ich schmiss die Badezimmertür hinter mir zu. So ein Arschloch, er spielte die ganze Zeit mit mir und ich dumme Kuh ließ es ungehindert zu. Diese ganze Gefühlsduselei zuvor hatte meinen Verstand komplett benebelt. Er hatte mich doch völlig in der Hand. Wahrscheinlich lachte er sich gerade über mich tot!

Doch plötzlich schoss mir ein Gedanke durch den Kopf. Hatte er überhaupt auf meine Frage geantwortet? Mein betrunkenes Gehirn versuchte die letzten Minuten Revue passieren zu lassen. Nein, hatte er nicht! Er hat es mal wieder geschafft, mich völlig von der Frage abzulenken, ohne dass ich es gemerkt habe. Ja klar, weil er genau wusste, wie er mich am besten ablenken konnte. Weil ihm absolut klar war, dass ich völlig verrückt nach ihm war. Ich vergrub meinen Kopf in beide Hände. Mein Gott, war ich naiv und berechnend.

Als ich zurückging, stand Alexander unverändert an dem Bar-Tisch und drückte mir das volle Glas in die Hand.

„Du musst noch trinken."

Ich tippte mit dem Finger gegen seine muskulöse Brust.

„Garnichts muss ich! Du hast mir keine Antwort gegeben." Mit stolzer Brust, hinter seinen Trick gekommen zu sein, stellte ich das Glas auf den Bar-Tresen.

„Nächste Frage", begann ich. Alexander schaute belustigt an mir herunter. Ich glaube, es war mittlerweile offensichtlich, wie betrunken ich war.

„Und dieses Mal keine Möglichkeit der Frage auszuweichen, okay?"

„Okay."

„Möchtest du deine Eltern noch einmal in die Arme schließen können?"

Schlagartig wurde er wieder ernst. Ich wusste, wie gemein die Frage war, doch er spielte schließlich auch nicht fair. Es war endlich an der Zeit das Spielchen umzudrehen.

„Natürlich."

Ich nahm mein Glas und schluckte den Inhalt runter. Alexander zog nach.

„Um das zu tun, wünschst du dir wieder ein Mensch zu sein?"

Er beugte sich zu mir herunter und flüsterte:

„Manchmal."

Mir wurde warm ums Herz. Es musste ihn sehr viel Überwindung kosten, es auszusprechen. Dies konnte ich schon alleine daraus deuten, dass er wieder versuchte, abzulenken. Er ging einen Schritt auf mich zu und umfasste sanft meine Hüften. Ich ließ mich nicht beirren, schenkte uns einen weiteren Wodka ein und kippte auch diesen hinunter. Alexander sah mich etwas verdutzt an, zog aber nach.

„Nächste Frage", sagte ich forsch, unbeeindruckt davon, dass seine Hand immer noch auf meiner Hüfte lag. Nun wurde es Zeit für den Gegenschlag. Jetzt würde *er* endlich mal leiden müssen, grinste ich in mich hinein.

„Hast du jemals daran gedacht, mich wirklich zu küssen?"

Alexander belächelte meine Frage mit seiner überheblichen Art. Unterschwellig hörte man allerdings eine gewisse Unsicherheit mitschwingen.

„Ist die Frage wirklich ernst gemeint?"

„Keine Ausflüchte. Du wolltest jede Frage beantworten", entgegnete ich emotionslos, während ich uns einen weiteren Kurzen einschenkte. Ich merkte, dass Alexander nicht antworten wollte. Dann wäre sein Spiel, dass er die ganze Zeit mit mir spielte, verloren. Hilflos verfolgte mich sein Blick, wie ich die Gläser mit Wodka füllte.

„Ich warte noch auf eine Antwort."

Er rang mit sich. Die Pause wurde immer länger, doch ich wartete seelenruhig ab. Sekunden, Minuten, in denen er unruhig seinen Blick von einem Glas zum anderen wandern ließ. Ich richtete meinen Blick nicht von ihm ab, beobachtete, wie sein Verstand ratterte, um sich in seiner gewohnten Art und Weise dieser unangenehmen Situation zu entziehen. Doch dieses Mal würde es keine Ausflüchte geben. Das war ihm bewusst.

Schließlich seufzte er, nahm mein Gesicht in seine Hände und flüsterte:

„Ja."

Seine Finger strichen sanft über meine Haut. Er zog mich langsam an sich heran, bis seine Lippen fast auf meinen lagen. Sein warmer Atem streifte meine Wange, als er die Augen schloss und die letzten Millimeter, die noch zwischen uns lagen, verringerte.

Ich schob sein Glas Wodka gegen seine Brust. Entsetzt riss er die Augen auf und schaute hinunter zum Glas.

„Danke für deine ehrliche Antwort. Du musst noch trinken. Anschließend darfst du mir ein Taxi rufen." Ich stieß gegen sein Glas und kippte den Inhalt herunter. Alexander schaute mich fassungslos an.

Meine innere Stimme klatsche laut Beifall für meinen Triumph. Ob jemals eine Frau so mit ihm umgegangen war? Seinem Gesichtsausdruck nach zu urteilen jedenfalls nicht. Siegessicher stolzierte ich in den Flur, zog meine schwarze Lederjacke über und ging zur Tür.

„Bestell das Taxi zur Straße, ich finde den Weg dorthin schon. Danke für den netten Abend."

Als ich die Haustür öffnete, kam er mir hinterher und drückte die Tür mit einer Hand wieder zu.

„Warte!"

Ich drehte mich zu ihm um.

„Das war verdammt heiß!", flüsterte er. In diesem Moment drückte er mich vorsichtig mit seiner Brust gegen die Tür und fuhr mir mit einer Hand durchs Haar. Zögernd neigte er seinen Kopf herunter, bis unsere Lippen sich abermals fast berührten. Dann fiel jegliche Beherrschung von ihm ab. Zärtlich legte er seine Lippen auf meine und küsste mich, erst vorsichtig, dann immer stürmischer, während er mich hochhob und mich mit seinem muskulösen Oberkörper fester gegen die Tür drückte. Meine Beine umschlangen voller Leidenschaft seine Hüften, als er mir die Jacke herunterriss und mich ins Schlafzimmer trug.

25

Die Jalousien waren fast komplett heruntergelassen, als ich mühevoll meine Augen öffnete. Lediglich ein winziger Spalt ließ das Tageslicht hinein. Ich fasste mir mit einer Hand an meinen brummenden Schädel. Oh je, diese höllischen Kopfschmerzen... In Zeitlupe, ohne zu riskieren, mich zu schnell zu bewegen, drehte ich mich zu Alexander. Dieser lag tief und fest schlafend auf dem Bauch. Die Bettdecke bedeckte lediglich seine Beine, sowie einen Teil der Hüfte, sodass ich freie Sicht auf seinen unbekleideten Oberkörper und die schwarze Marken-Boxershorts hatte. Seine Haare waren völlig zerzaust, und trotzdem sah er einfach nur perfekt aus. Es kam mir in diesem Moment absolut unwirklich vor, mit diesem Mann die Nacht verbracht zu haben. Auch wenn mir gerade ein paar Erinnerungen an letzte Nacht fehlten... Shit, was hatte ich überhaupt noch an? Vorsichtig hob ich die Bettdecke mit meinem Daumen und Zeigefinger an. Gut, ein T-Shirt, offensichtlich eines von ihm, und meine Unterwäsche. Ich fuhr mir mit der Hand durch mein ebenfalls völlig zerzaustes Haar und versuchte es mit den Fingern grob zu bändigen. Immer wieder glitt ich mit meinen Fingerspitzen vom Ansatz bis in die Haarspitzen. Sollte Alexander jetzt unerwartet aufwachen, durfte er mich keineswegs in diesem desaströsen Zustand sehen! Auf einmal meldete sich der Brand, den man unwillkürlich nach einer solch verzechten Nacht verspürte. Wasser! Ich brauchte dringend etwas zu trinken.

Vorsichtig stieg ich aus dem Bett, um ihn ja nicht zu wecken. Als ich seine und meine Kleidung auf dem Fußboden verstreut sah, blitzten einzelne Erinnerungsfetzen von letzter Nacht vor meinen Augen auf. Die Erinnerung an diese perfekte Nacht mit ihm löste in mir ein wohliges Gefühl aus. Mein dröhnender Kopf holte mich allerdings wieder in die Gegenwart zurück. Wasser, ich wollte mir dringend ein Glas Wasser besorgen. Doch noch dringender meldete sich schließlich ein anderes Bedürfnis. Ich ging ins Badezimmer und erschrak beim Anblick meines Spiegelbildes. Verdammt, so durfte er mich auf keinen Fall sehen! Ich nahm die Tube Zahnpasta und schmierte mir ein bisschen auf den Zeigefinger. Anschließend putzte ich mit dem Finger so gut es ging meine Zähne. Ob er was dagegen hatte, wenn ich hier duschen würde? Ach, was soll's. Ich zog das T-Shirt und die Unterwäsche aus und sprang unter die Dusche. Das warme Wasser auf der Haut tat unglaublich gut. Ich öffnete den Mund und ließ das Wasser hineinlaufen.

Nach der Dusche begab ich mich, in einem riesigen Handtuch eingewickelt, in die Küche, um nach einem Glas zu suchen. Auf dem Bar-Tisch standen immer noch die fast leere Wodka-Flasche, sowie die beiden Gläser von letzter Nacht. Puh, bei dem Anblick wurde mir leicht übel. Ich nahm die beiden Gläser und spülte sie aus, während mein Blick auf den Kühlschrank fiel. Was Mutanten wohl in ihrem Kühlschrank aufbewahrten? Neugierig öffnete ich ihn und fand ausschließlich grüne Flaschen vor. Oh perfekt, das musste Wasser sein. Ich öffnete eine der Flaschen und trank einen kräftigen Schluck.

Scheiße, es war Blut! Blitzartig ließ ich die Flasche fallen und spuckte den restlichen Inhalt aus meinen Mund. Die Flasche knallte auf den Boden und bildete eine große Pfütze, die sich entlang der Fugen immer weiter in der Küche ausbreitete. So ein Mist! Ich drehte mich um, um nach einem Lappen zu suchen. Dabei knallte ich mit meinem Oberkörper gegen Alexander, der wie paralysiert auf das Blut starrte. Ich zuckte vor Schreck zusammen. Diese unmenschlichen Augen… Wie ein lauerndes Raubtier haftete sein eiskalter Blick an der sich weiter ausbreitenden Blutpfütze.

„Gott, hast du mich erschreckt", sagte ich lächelnd, als mein Puls sich wieder beruhigte. Alexander lächelte gequält zurück. Ich erkannte sofort, dass es aufgesetzt war. Doch das war nicht das einzige, was mich beunruhigte. Seine Augen waren dunkelrot unterlaufen, er sah einfach nur schrecklich aus. War das der normale Anblick eines verkaterten Mutanten? Ich streckte meine Hand aus, um seine unterlaufenden Lider zu berühren, doch er fing meine Hand mit einer groben Bewegung ab und hielt mich am Handknöchel fest, bevor ich überhaupt die Chance hatte, ihn zu berühren. Ich zuckte erschrocken zurück. Was war plötzlich mit ihm los? Scheinbar selbst überrascht über seine impulsive Reaktion, ließ er meinen Handknöchel ruckartig los. Seine abweisende, unnahbare Art verunsicherte mich völlig. Ich beugte mich hinunter und fing an, die Scherben der zerbrochenen Flasche aufzuheben.

„Es… es tut mir leid. Das war total ungeschickt von mir", sagte ich mit heiserer Stimme. Doch er packte mich vorsichtig am Arm und zog mich hoch.

„Schon gut", erwiderte er kühl.

„Nein, es tut mir wirklich leid. Ich hätte nicht einfach an deine Sachen gehen dürfen. Ich dachte, es sei Wasser und habe einfach daraus getrunken. Ich wisch es schnell auf und dann…"

„Schon gut, wirklich. Ich wische es nachher weg", unterbrach er mich forsch. Ich wurde immer unsicherer.

„Der Geruch des Blutes hat dich geweckt, oder? Ich kann es an deinen Augen sehen." Ich hob erneut meinen Arm, um seine Augenlider zu berühren. Doch als Alexander wie erstarrt auf meine Hand schaute, die auf sein Gesicht zusteuerte, stockte ich und verschlang verschämt beide Hände hinter meinem Rücken ineinander.

„Wann hast du das letzte Mal getrunken?"

Seine dunklen Augen funkelten, als er mir langsam mit einem Finger über die Halsschlagader strich. Gänsehaut überfuhr meinen Körper bei seiner Berührung. Jedoch nicht aus Freude, sondern aus Angst.

„Von mir…", schlussfolgerte ich fast flüsternd. „Alex, das ist über eine Woche her!"

„Ich war beschäftigt", erklärte er unverändert kühl.

„Mit mir", erwiderte ich voller Schuldgefühle.

„Um dich zu beschützen."

„Um zu kontrollieren, dass ich niemandem etwas sage."

„Das kommt aufs Gleiche hinaus."

Na toll. Er startete mich einmal den Versuch, mir zu widersprechen.

„Du musst dringend etwas trinken, Alex."

„*Du* wolltest etwas trinken." Er holte ein frisches Glas aus dem Schrank, schenkte mir Leitungswasser ein und reichte es mir. Hastig trank ich das ganze Glas aus.

„Was ist jetzt mit dir? Also, mit dem Trinken?", fragte ich erneut.

„Später."

„Aber das bisschen Blut in den Flaschen reicht doch niemals aus, habe ich recht? Das ist doch nur, um sich gerade so über Wasser zu halten. Wann wirst du dich wieder richtig satt trinken?"

„Was willst du? Dass ich es jetzt tue?!" Sein Tonfall wurde schroff. Erneut zuckte ich zusammen. Seine rot unterlaufenden Augen, dieser leere Blick... Er musste unfassbar durstig sein. Ja natürlich! Und ich dumme Kuh hatte nichts Besseres zu tun, als hier halbnackt in seinem Haus herumzurennen und zu allem Übel auch noch Blut in der ganzen Küche zu verschütten!

Alexander bemerkte meinen verängstigten Blick und versuchte mich zu besänftigen.

„Keine Angst, ich kann dir nichts tun. Ich habe noch zu viel Alkohol im Blut, um wieder vollständig mutieren zu können."

Ich schüttelte den Kopf.

„Ich habe auch nicht eine Sekunde daran gedacht, dass du mir etwas antun könntest. Es ist nur… du bist so anders heute. Ich weiß, du hast lange nichts getrunken, und ich verschütte überall das Blut. Es war dumm von mir, ich habe nicht nachgedacht…"

„Es ist nicht deine Schuld", unterbrach er mich.

„Aber es ist nicht nur das, was mich beunruhigt." Mit gesenktem Kopf fing ich an, an dem Zipfel des Handtuches zu zupfen, das ich mir nach dem Duschen um den Körper gebunden hatte.

„Du denkst, es war ein Fehler… letzte Nacht. Habe ich recht?"

Er gab mir keine Antwort. Eine Weile des Schweigens entstand, die sich wie eine unerträgliche Ewigkeit anfühlte und mir nach und nach die Luft zuschnürte.

Oh nein! Es bedurfte keiner Antwort mehr. Sein Blick alleine sprach Bände. Mit zugeschnürter Kehle stotterte ich:

„Ich… ich weiß, ich habe es die ganze Zeit provoziert und… nun habe ich alles noch viel komplizierter gemacht. Es tut mir leid, ich…"

„Hör endlich auf dich für alles zu entschuldigen!", fuhr er mich an. Wieder zuckte ich zusammen. Seine Worte brannten wie Feuer, das mich von innen zerfraß.

„Wir haben es *beide* darauf angelegt", fuhr er fort, „und ja, es war vielleicht ein Fehler. Aber daran bist nicht *du* schuld, okay?!" Er ließ sich auf einem der Barhocker nieder und fuhr sich mit einer Hand durchs Gesicht.

Ein Fehler?! Es war für ihn also ein Fehler? Wow…

„Vielleicht wird alles einfacher, wenn du wieder ein Mensch wärst", versuchte ich verkrampft zu erklären.

„Wenn du das sagst", erwiderte er emotionslos, ohne mich dabei anzusehen. Wieder entstand beklemmendes Schweigen.

Mein Magen grub sich um. Ich musste alle Kraft aufwenden, um nicht augenblicklich in Tränen auszubrechen. *Weg, Miri, du musst sofort hier weg*, schrie plötzlich alles in mir.

„Ich geh wohl besser", sagte ich mit einem dicken Kloß im Hals. „Ich rufe mir ein Taxi. Kannst du mir die Adresse sagen?"

„Ist schon bestellt. Du musst nur den Weg runter, dann findest du das Taxi schon", entgegnete er ohne aufzublicken.

Er hatte bereits ein Taxi für mich bestellt? Scheinbar konnte er es überhaupt nicht abwarten, mich loszuwerden. Wie ein stumpfes Messer bohrte sich dieser Satz durch mein Herz. Das war das schlimmste, das er mir je angetan hatte. Keiner seiner Versuche, mich zu töten, kam an das Leid heran, das er mir in diesem Moment zufügte. Selbstzweifel übermannten mich und fraßen mich von innen auf. Ich konnte nun nicht mehr verhindern, dass mir Tränen in die Augen schossen.

„Klar. Danke", flüsterte ich, während meine Stimme wegbrach.

Ich eilte ins Schlafzimmer, hob meine Kleidung vom Boden und zog sie in Windeseile an. Als die Haustür hinter mir ins Schloss fiel, fing ich an zu rennen, schneller und schneller. *Nicht jetzt, Miri, noch nicht! Halte dich zurück, er kann dich noch hören.* Immer hastiger rannte ich, bis ich endlich das Taxi am Waldrand sah. Ich riss die hintere Tür auf und stürzte hinein. Atemlos ließ ich sie hinter mir zuknallen.

„Lakerstreet 28", keuchte ich.

Sobald der Taxifahrer losfuhr, rannen die Tränen unaufhaltsam über mein Gesicht.

26

Immer und immer wieder drückte ich stürmisch auf die Klingel der Wohnungstür, bis Anna endlich öffnete.

„Gott, Miri. Was ist passiert?"

„Ich, ich möchte nicht reden", schluchzte ich.

„Komm her, Süße!"

Sie nahm mich fest in den Arm, als die Tränen nur so meine Wangen herunterliefen. Ich konnte nicht aufhören zu weinen. Konnte nicht reden. Noch nicht. Die Abweisung, die ich auf brutalste Weise zu spüren bekommen hatte, tat so unfassbar weh. Ich fühlte mich einfach nur klein und wertlos.

Am Abend saßen wir beide eingemummelt in Annas Kuscheldecke auf dem Sofa und schauten uns schlechte Liebeskomödien an. Anna bestellte uns eine riesige Pizza und wählte ohne Pause alte Filme mit Jennifer Aniston, Cameron Diaz und Co. aus.

„Möchtest du mir erzählen, was passiert ist?", fragte sie schließlich.

Doch was konnte ich ihr überhaupt erzählen, ohne Gefahr zu laufen, dass sie zu viel wusste und er sie umbringen würde. Ich zupfte niedergeschlagen an meinem zerknüllten Taschentuch herum.

„Es war ein Fehler", brachte ich schließlich heraus. Sie schaute mich fragend an.

„Was war ein Fehler?"

„Sagt er. Es war vielleicht ein Fehler."

„Letzte Nacht?"

Ich schluchzte.

„Ja."

„Wie kommt er darauf?" Empört beugte sie sich nach vorne, um mir ein weiteres Taschentuch zu reichen.

„Es ist alles so kompliziert. *Er* ist so kompliziert. Guck ihn dir doch an, ich spiele überhaupt nicht in seiner Liga. Es war einfach nur dumm von mir zu glauben, dass aus uns irgendwas werden kann."

„Bist du jetzt völlig verrückt? Du denkst, du bist nicht gut genug für ihn? Hat er dir *das* etwa eingeredet? Miri, du bist die tollste, hübscheste, witzigste und warmherzigste Person, die ich kenne. Kaum ein Mann hat dich verdient, und nicht anders herum. Hast du mich verstanden?!"

Ich nickte schluchzend.

„Und wieso soll es bitte ein Fehler gewesen sein? *Er* ist zu deinem Arbeitsplatz gekommen, um dich zu sehen. Und *er* war nur deinetwegen bei der Party, das hat er mir doch selber erzählt. Miri, er ist doch total verrückt nach dir."

Wenn sie nur wüsste. Kontrollieren wollte er mich, weiter nichts. Von wegen, er wollte mich beschützen. Diese Wunschvorstellung war nur meiner Fantasie entsprungen! Wobei, er hatte mich vor Christina beschützt. Er ist zu meinem Arbeitsplatz gekommen, nachdem ich den Mutanten in der Bahn erkannt hatte, und er ist in den Club hineingekommen, obwohl es doch gar keinen Grund gab, mich dort zu kontrollieren. Mit seinen Fähigkeiten hätte er von draußen hören können, ob ich mich auffällig verhalte. Die betrunkenen Mutanten, die dort waren, hätte ich im Leben nicht als Mutanten identifiziert. Galt dies alles wirklich nur der Kontrolle, weil er nicht wollte, dass ich das Haus verließ? Oder war er vielleicht doch meinetwegen dort gewesen? Puh, mir brummte der Kopf vor Verwirrung. Aus diesem Mann konnte doch keiner schlau werden. Was würde ich bloß dafür geben, Anna alles erzählen zu können, um ihre Meinung zu hören.

„Möchtest du über Nacht bleiben?" riss Anna mich aus meinen Gedanken. Ich nickte erleichtert. Sie sprach das Thema nicht mehr an, sondern lenkte mich den ganzen Abend mit aufheiternden Geschichten und Filmen ab. Ach, Anna war einfach die Beste.

27

Als Anna zur Arbeit fuhr, machte ich mich auf den Weg nach Hause. Zu Hause angekommen füllte ich mir ein heißes Bad ein, stöpselte die Kopfhörer an mein Handy und drehte die Musik ganz laut. Erschöpft schloss ich die Augen und versuchte alles Geschehene auszublenden. Ich verbrachte Stunden in der Wanne, setzte schließlich die Kopfhörer ab und tauchte den Kopf unter Wasser. Ich rieb mir beim Auftauchen die von dem seifigen Wasser gereizten Augen und streckte die Hand nach meinem Handtuch aus, das ich an den Handtuchhalter neben der Wanne gehängt hatte. Dabei berührte ich eine Hand, die mir das Handtuch hinstreckte. Erschrocken riss ich die Augen auf. Es war Alexander. Seine Augen strahlten wieder und die roten Ränder unter den Augen waren verschwunden. Doch mein Schmerz war nicht so einfach verschwunden, wie seine rot unterlaufenden Augen.

„Du warst gestern nicht zu Hause…", fing er an.

„Nein!", schrie ich, riss ihm das Handtuch aus der Hand und hielt es schützend vor meinem Körper. „Verschwinde hier!" Ich deutete mit dem Finger auf die Tür.

„Miri, es tut mir leid…", fuhr er fort, doch ich unterbrach ihn.

„Ich will nichts hören. Verschwinde!"

„Miri bitte, lass uns darüber reden."

Ich schubste ihn so fest ich konnte vor mir weg, doch er bewegte sich natürlich keinen Millimeter.

„RAUS HIER!", schrie ich. „Bitte... geh einfach."

Alexander sah mich schuldbewusst an, bis er aufgebend das Badezimmer verließ. Im Türrahmen blieb er stehen und drehte sich zu mir um.

„Deine Jacke liegt auf deinem Bett. Sie lag noch bei mir im Flur." Dann war er weg. Ich schloss die Augen und atmete tief durch, bis ich mich langsam wieder fing.

Als ich ins Schlafzimmer ging, sah ich bereits die schwarze Lederjacke auf dem Bett liegen. Sie war fein säuberlich zusammengelegt. Ich ging zum Bett und ließ meine Finger sacht über das weiche Leder gleiten. In Sekundenschnelle schossen mir Bilder dieser Nacht in den Kopf, wie er mich gegen die Tür gedrückt, mich voller Leidenschaft geküsst und mir die Jacke vom Leib gerissen hatte. Nein, aufhören! Die Bilder sollen sofort aus meinem Gedächtnis verschwinden! Mit voller Wucht schmiss ich die Jacke in die Ecke und ließ mich aufs Bett fallen. Stundenlang lag ich regungslos auf dem Rücken und starrte an die alte Holzdecke. Ich wollte an nichts mehr denken, nichts mehr fühlen. Aber am besten wollte ich durch nichts mehr an diese Nacht erinnert werden. Nie wieder.

Mitten in der Nacht wachte ich von einer Nachricht auf meinem Handy auf. Ich richtete mich auf, nachdem ich auf dem Rücken liegend in meinem Handtuch eingewickelt eingeschlafen war. Eine unbekannte Nummer schrieb

Es tut mir leid

Alexander? Woher hatte er meine Nummer? Hastig schaltete ich die Nachttischlampe ein, doch der Raum war leer. Mich erreichte eine weitere Nachricht. Ich schaltete die Lampe wieder aus und las die zweite Nachricht.

Ich war ein Idiot

Nein, ich wollte das alles nicht hören! Ich schmiss mein Handy ans andere Ende des Bettes und vergrub meinen Kopf unter dem Kopfkissen. Als mein Handy nach einigen Minuten erneut ertönte, konnte ich jedoch nicht widerstehen.

Ich BIN ein Idiot

Verdammt, ich konnte mir ein Schmunzeln nicht verkneifen. Ja, das bist du in der Tat! Wieder kam eine Nachricht.

Ich habe Panik bekommen, weil ich Angst hatte. Angst, dass die Situation zu kompliziert wird. Aber was macht es noch für einen Unterschied

Bleib stark, Miri, ermahnte ich mich. Lass ihn zappeln, er hat es nicht anders verdient. Wieder legte ich mein Handy zur Seite und vergrub meinen Kopf unter dem Kopfkissen. Nach ein paar Minuten ertönte es wieder. *Guck ja nicht nach,* schrie meine innere Stimme mich an. Eine ganze Weile verharrte ich unter dem Kopfkissen, doch irgendwann hielt ich es nicht mehr aus. Langsam gruben sich meine Finger unter der Bettdecke hervor und zogen das Handy zu mir heran. *Idiotin!* schrie meine innere Stimme.

Verzeihst du mir?

Miri, nein! Bleib stark. Wieder kam eine Nachricht.

Bitte

Kurze Zeit später eine weitere.

Bitte Miri

Verdammter Mist! Ich stand auf, ging zum Fenster und öffnete es. Keine Sekunde später stand er vor mir.

„Es tut mir wirklich leid", flüsterte Alexander, während er nach meinem Handtuch griff, das um meinen Körper geschlungen war, und mich vorsichtig an sich heranzog. Behutsam strich er mir über die Wange. Tausend Schmetterlinge machten sich in meinem Bauch breit, als seine Lippen meine berührten und er nicht aufhörte, mich zu küssen.

28

Voller Glücksgefühle wachte ich auf. Der Raum war vom Tageslicht hell erleuchtet. Ich reckte mich ausgiebig und drehte mich zu Alexander um, als ich bemerkte, dass das Bett leer war… Wie von einer Biene gestochen schreckte ich hoch. Er war weg! Das durfte doch nicht wahr sein! Hastig sprang ich auf und eilte von Raum zu Raum, rannte die Treppe hinunter, schaute auch unten überall nach. Doch er war nicht da. Tiefe Enttäuschung machte sich in mir breit. War ich wirklich so verdammt naiv gewesen? Regungslos stand ich in der Küche. Ich stand einfach nur da und wusste nicht, wohin mit mir und meiner unendlichen Enttäuschung. Plötzlich ging die Haustür auf und Alexander trat mit einer Tüte in der Hand hinein. Erleichtert fuhr ich mir mit den Händen durchs Gesicht. Gott sein Dank! Mir fielen tausend Steine vom Herzen. Alexander sah meinen erleichterten Blick und hob entschuldigend eine Tüte hoch.

„Ich habe dir Brötchen besorgt. Ich hoffe es ist ok, dass ich mir dafür dein Auto geborgt habe. Ich bin seit Jahren kein Auto mehr gefahren, das war schon etwas komisch."

Ich fiel ihm freudestrahlend in die Arme. Er hob mich hoch und küsste mich.

„Ich weiß nicht, ob sich jemals irgendjemand so über Brötchen gefreut hat", lachte er.

Als ich aus dem Badezimmer kam, blieb ich im Türrahmen zur Küche stehen und beobachtete Alexander, wie er völlig überfordert vor dem Tresen stand und darüber grübelte, ob er irgendetwas für das Frühstück vergessen hatte. Der Tisch war reichlich mit Aufschnitt, Kaffee und einem Brotkorb mit zwei verschiedenen Brötchen und einem Croissant gedeckt. Alexander stand davor und strich sich unsicher durchs Haar. Mit der anderen Hand stützte er sich an einem der Barhocker ab. Er sah mit diesem ratlosen Ausdruck in seinem Gesicht einfach nur zum Anbeißen aus. Ich konnte mir ein Schmunzeln nicht verkneifen.

„Ich habe bestimmt irgendwas vergessen", entschuldigte er sich.

„Es ist perfekt."

Er beobachtete jeden meiner Bisse, als ich genüsslich in das Croissant hineinbiss. Das war schon ein wenig gewöhnungsbedürftig. Andererseits würde ich wahrscheinlich dasselbe tun, wenn ich seit 20 Jahren nicht mehr gegessen hätte.

„Hast du denn auch etwas zu dir genommen?" fragte ich vorwurfsvoll. Ein kleiner roter Schatten deutete sich heute schon wieder unter seinen Augen an. Er rieb sich seine sichtlich müden Lider.

„Ich muss nur schlafen, dann geht es schon wieder."

Natürlich, während ich heute Nacht geschlafen hatte, hatte er logischerweise kaum ein Auge zugemacht.

„Möchtest du dich hinlegen?"

„Passt schon, danke."

Während meines Frühstückes konnte man sehen, wie ihm nach und nach die Augen zufielen. Es war erst zehn Uhr morgens, normalerweise ging er doch eh erst irgendwann morgens schlafen. Dann plötzlich dämmerte es mir. Er wird gestern tagsüber nicht geschlafen haben, weil ihm die Sache zwischen uns keine Ruhe gelassen hatte.

Als ich fertig war mit frühstücken, nahm ich seine Hand und führte ihn ins Bett. Er strich sich halb schlafend die Kleidung vom Körper und ließ sich wie ein Stein ins Bett fallen. Ich deckte ihn zu, küsste sanft seine Stirn und ließ ihn in Ruhe schlafen. Er sah so friedlich aus, wenn er schlief. Ich ertappte mich dabei, wie ich ihn minutenlang beobachtete. Seine Gesichtszüge waren weich und ließen ihn viel jünger aussehen, als er wirklich war. Niemals würde jemand in diesem Augenblick erahnen, welche Seite noch in ihm verborgen war. Welche Gestalt er annehmen konnte. Welche unwirkliche Kraft in ihm steckte und wie unglaublich gefährlich er war. Ich strich ihm sanft übers Haar, während mein tiefstes Inneres mir verriet, wie sehr ich mir wünschte, es gäbe diese andere Seite in ihm nicht. Wenn er einfach nur ein Mensch sein könnte. Wenn er nie wieder töten würde und in dieser grausamen anderen Welt, in der Menschen nichts verloren hatten, leben müsste. Wie einfach könnte alles sein.

Im Laufe des Tages räumte ich das Haus auf und telefonierte mit Anna. Ich erklärte ihr, dass er sich tatsächlich entschuldigt hatte und wieder alles in Ordnung sei, was sie wirklich freute, da sie Alexander auf Anhieb in ihr viel zu großes Herz geschlossen hatte.

Anschließend packte ich mich schließlich im Wohnzimmer vor den Fernseher. Es dauerte keine zwei Minuten, da torkelte Alexander schlaftrunken zu mir auf die Couch, kuschelte sich an mich, schlang seine Arme fest um mich und schlief erneut tief und fest ein.

29

Am nächsten Tag ging Alexander nach Hause, um etwas zu trinken. Auch diese Nacht über war er geblieben, weswegen ich davon ausging, dass er mit Trinken wieder nur ein paar seiner Blutvorräte aus seinem Kühlschrank meinte. Aber er musste dringend wieder vernünftig trinken, man sah ihm regelrecht an, dass er am Ende seiner Kräfte war. Ich wusste, dass mein Wunsch zur Folge hatte einen unschuldigen Menschen zu töten, aber was war, wenn ihn einer der anderen Mutanten angriff? Laut Alexander passierte dies in deren Welt öfter, als man annahm, und er war völlig auf sich allein gestellt. Ich könnte als Mensch nichts ausrichten. Sollte er angegriffen werden, müsste ich hilflos zusehen, wie sie ihn auseinandernehmen und womöglich am Ende töteten. Eine grauenvolle Vorstellung! In diesem Moment fielen mir die Unterlagen meiner Großmutter wieder ein. Der Safe! Ich musste schleunigst die Zahlenkombination herausfinden.

Also saß ich erneut im Schneidersitz vor dem Safe und dachte angestrengt über eine mögliche Kombination nach. Da ich die meisten Kombinationen, wie Geburtstag, Geburtsjahr meiner Großeltern, sowie meiner Mutter, sogar meine Geburtsdaten bereits ausschließen konnte, ging ich alle Hobbys meiner Großmutter durch. Doch ihr einziges Hobby waren die Pflanzen und Kräuter, und dazu fiel mir beim besten Willen keine Zahlenkombination ein. Ach Oma, könntest du mir doch irgendein Zeichen geben. Gab es nicht irgendeine Rose, die du geliebt hast, mit einer bestimmten Verbindung zu einem Datum? Ich stützte meinen Kopf in beide Hände und grübelte. Rose... Rose deWitt Bukater. Rose und Jack. Titanic...

„Natürlich!", rief ich. Meine Großmutter hatte zum Schluss in ihrem dementen Zustand nach Opas Tod nur noch davon fantasiert, wie sie Opa auf der Titanic kennengelernt habe. 1912 ist die Titanic untergegangen. Vier Zahlen, das passt genau! Ich sprang auf und drehte das Zahlenschloss auf die vier Zahlen 1-9-1-2. Es klickte und die Tür öffnete sich einen kleinen Spalt. Yippiiie! Ich hüpfte mehrmals in die Luft und klatschte dabei wie ein kleines Kind in die Hände. Endlich war das Rätsel gelüftet. Neugierig schob ich die Safetür auf und entnahm den Stapel Blätter, der fein säuberlich zusammengelegt war.

Vorsichtig durchblätterte ich den gesamten Stapel handschriftlich zusammengetragener Rezepte, Heilmittel und Anleitungen für diverse Wundermittel. Auf einigen Zetteln stand oben in fetten Buchstaben FAMILY SECRET. Dies mussten die wahren Schätze sein, von denen Alexander gesprochen hatte. Zehn Anleitungen für verschiedene Zaubermittel, unter anderem für die Immunität gegen Morde und Vampirangriffe, die in meinen Genen steckte. Ich kannte die meisten Pflanzen nicht, prägte mir die Anleitung aber präzise ein. Wer weiß, ob es vielleicht doch noch irgendwo eine der Pflanzen gab, die man für die Rezeptur brauchte. Vielleicht hatten die Mutanten ja nicht alle zerstört. Eine Formel für die Rückverwandlung eines Mutanten konnte ich jedoch nicht finden. Enttäuscht blätterte ich jedes einzelne Blatt erneut durch, doch keines der Mittel hatte mit dieser Rückverwandlung zu tun. Dahin war der Traum, jemals mit Alexander ein normales, menschliches Leben führen zu können. Diese Erkenntnis betrübte mich zutiefst. Warum war das Schicksal nicht auf unserer Seite, wenn es uns schon in Rumänien zusammengeführt hatte? Das war einfach nicht fair. Warum bitte gab es eine Formel für die Aufhebung der Immunität, aber keine für die Rückverwandlung eines Mutanten? Moment mal! Eilig blätterte ich die Zettel durch, bis ich das Stück Papier in meinen Händen hielt. Eine Formel für die Aufhebung meiner Immunität?! Meine Hände fingen unter dem Blatt Papier an zu zittern. Heiliger Mist, wenn das jemals ein Mutant in die Finger kriegen würde... Es war die einzige Waffe gegen mich! Das durfte niemals, niemals in falsche Hände geraten! Und ich konnte mittlerweile nur zu gut erahnen, wie viele Mutanten es nur hier in Folksville gab. Alleine zwei von ihnen waren schon in meinem Haus gewesen und ein weiterer war mir im Zug begegnet. Ich musste um jeden Preis verhindern, dass Christina oder ein anderer Mutant jemals davon erfuhr. Doch was war mit Alexander? Konnte ich ihm genug vertrauen, um ihn in das Geheimnis einzuweihen? Was wäre, wenn Christina herausfände, dass er das Geheimnis kennt und ihn mit irgendetwas erpresst? Nein, niemand durfte die geheime Formel kennen. *Vernichte es, Miri, auf der Stelle!* schrie mein Unterbewusstsein.

Ich prägte mir die Formel immer wieder und wieder ein, schloss den Rest der Papiere zurück in den Safe und rannte mit dem einen Blatt Papier hinunter in die Küche. Ich rannte so schnell, dass ich fast die Treppen hinunterstürzte. Zitternd kramte ich ein Feuerzeug aus der Schublade in der Küche, hielt das Blatt Papier mit der besagten Formel über die Spüle und zündete es an. Als das Stück Papier vollständig verbrannt war, und nur noch die Aschereste des alten Papiers kleine glühende Funken in die Luft wirbelten, stützte ich mich voller Erleichterung mit beiden Händen an dem Rand der Spüle ab. Mein rasendes Herz beruhigte sich langsam wieder. Doch alleine die Tatsache, dass es eine solche Formel gab, beunruhigte mich zunehmend. Was ist, wenn einer dieser Mutanten die Formel bereits kannte? Wieder fing mein Herz an zu rasen. Ich musste sofort an die frische Luft, um einen klaren Kopf zu bekommen. Schnell griff ich nach meinem Haustürschlüssel und stürmte nach draußen.

Nach einem ausgiebigen Sparziergang im Wald fühlte ich, wie der erste Schock über diese Neuigkeit überwunden war. Wer weiß, vielleicht war ich einer der ganz wenigen Menschen auf der Welt, der nun im Begriff war, die Immunität eines Menschen aufheben zu können. Als es bereits dunkel wurde, ging ich ins Haus zurück und steuerte schnurstracks auf den Kühlschrank zu. Ich hatte nach meinem stundenlangen Spaziergang einen Bärenhunger. Nachdem ich gefühlte Minuten ratlos in den Kühlschrank starrte, was ich mir zu Essen machen könnte, kramte ich einige Zutaten für ein Sandwich hervor. Als ich mich umdrehte, stand Alexander hinter mir. Ich erschrak und stolperte rückwärts gegen den Kühlschrank.

„Wirst du jemals damit aufhören?", fragte ich gespielt empört.

Er schaute frech an mir herunter.

„Niemals."

Glücklich ließ ich mich in seine Arme fallen und küsste ihn. Er legte seine Hände um meine Taille und betrachtete mich. Sein unfassbar süßes Lächeln brachte mich jedes Mal aufs Neue um den Verstand. Ob das jemals aufhören würde? Ich sah an seinen Augen, dass er so gut wie nichts getrunken hatte, sagte aber nichts, um keinen Streit anzufangen.

„Wie war dein Tag?", fragte er.

„Stell dir vor, ich habe den Safe aufbekommen", strahlte ich. Seine Augen blitzten auf.

„Das ist doch fantastisch!"

Ich senkte enttäuscht den Kopf. Alexander fasste mir unters Kinn und hob meinen Kopf an.

„Was hast du?"

„Ich habe nichts zu einer Rückverwandlung für Mutanten gefunden", sagte ich betrübt. Er beugte sich zu mir herunter und küsste mich sanft.

„Es war eh nur ein Gerücht, Miri. Ich hätte wissen müssen, dass keine Rückmutationen möglich sind. Keinerlei Rückmutationen sind denkbar, das hätte mir klar sein müssen."

„Doch, es gibt sie bestimmt. Ich glaube fest daran. Nur meine Vorfahren kannten die Formel nicht. Aber das bedeutet ja nicht, dass sie nicht existiert. Schließlich gibt es sogar eine Rückverwandlung für *mein* genverändertes Blut." Alexander blickte hellhörig auf.

„Dann stimmt dieses Gerücht also?"

Ich runzelte überrascht die Stirn.

„Du wusstest davon?"

„Wie gesagt, es gibt viele Gerüchte. Daran geglaubt habe ich nicht. Aber hör mir gut zu, du musst die Unterlagen darüber gut verstecken. Sie dürfen niemals in die falschen Hände geraten. Niemals, hörst du? Das ist enorm wichtig." Nervös blickte er sich um. „Hast du die Unterlagen gut verschlossen?"

„Beruhige dich, Alex. Ich habe sie verbrannt."

„Du hast sie…" Kleine Äderchen bildeten sich um seine Augen, als er angespannt die Lippen aufeinanderpresste. „Gut, das war gut. Wirklich, das war sehr klug von dir!" Etwas Hektisches lag in seinem Tonfall. Er drückte mir einen flüchtigen Kuss auf die Stirn, als er mir mit seinen Händen an die Schultern fasste.

„Du darfst niemandem außer mir davon erzählen, hörst du? Nimm das Geheimnis mit ins Grab. Egal, wer dich fragt oder was passiert! Versprichst du es mir?"

„Ich verspreche es."

„Du weißt, dass du mir vertrauen kannst, Miri? Wenn du die Formel jemandem anvertrauen möchtest, dann nur mir, okay?"

Ich nickte. Er schloss mich fest in seine Arme.

30

Plötzlich riss Alexander seinen Kopf zur Seite.

„Nein! Um Himmels willen, nein!", flüsterte er fast unhörbar. Ich blickte zu ihm auf. Seine Stimme klang furchtbar besorgt, gar verängstigt. „Es ist zu spät, ich habe sie nicht gehört!" Er sprach mehr zu sich selber, als zu mir.

„Was zum Teufel ist denn los, Alex? Du machst mir Angst."

Gänsehaut überzog im selben Moment meinen ganzen Körper. Ich wollte mich fester an ihn drücken, doch Alexander ließ mich schlagartig los und starrte wie versteinert über mich hinüber. Ich folgte Alexanders Blick und sah eine junge Frau am anderen Ende der Küche an der Wand lehnen, die Arme vor der Brust verschränkt. Ihre überaus gefährliche Erscheinung ließ mich schaudern. Sie war sehr groß, bestimmt 1,80m, hatte ihr blondes langes Haar zu einem hohen Zopf gebunden und auf beiden Seite Sidecuts rasiert. Ihr enges schwarzes Top und die Armee-farbene Hose, die in ihre schwarzen Boots gesteckt waren, ließen sie unglaublich selbstbewusst und stark, aber gleichzeitig feminin und sexy wirken. Und doch zog mich ihre Erscheinung sofort in den Bann. Diese Selbstsicherheit… dieser Ausdruck in ihren Augen, der mir unmissverständlich zu verstehen gab, dass ich in ihrer Gegenwart ein Nichts war. Sie war die Art Frau, die eine unfassbare Anziehungskraft ausstrahlte. Es gab keinen Zweifel, es war Christina.

Die Frau, die in jener Nacht schon einmal in mein Haus gekommen war, um Alexander aufzusuchen. Ich wollte mich vor Angst dichter an Alexander pressen, doch dieser stand nun einige Schritte von mir entfernt. Plötzlich war jegliches Gefühl von Sicherheit und Geborgenheit in Alexanders Nähe verschwunden. Ich fühlte mich auf einmal so verloren…

Christina neigte den Kopf und wartete ungeduldig auf eine Erklärung für das, was sich hier gerade abspielte. Alexander lehnte sich mit dem Rücken gegen den Tresen und drehte sein Gesicht von Christina weg.

„Alex, *was ist hier los?*" Sie betonte jedes einzelne Wort. Alexander riss seinen Kopf zu ihr.

„Verschwinde, Christina!" Seine Augen funkelten sie eindringlich an. Diesen Ausdruck hatte ich lange nicht mehr an ihm gesehen.

„Schatz, das kannst du vergessen. Ich wusste gleich, dass da was faul ist, als ich dich letztes Mal hier im Haus gesehen habe. Und jetzt finde ich dich in den Armen eines Menschen?"

„Ich sagte *verschwinde!*" Sein Gesicht verwandelte sich in die brutale Bestie, während er sie mit einem eiskalten Blick durchfuhr. Auch sie verwandelte sich und knurrte:

„Das kannst du vergessen!"

Diese beiden Kreaturen zusammen in meiner Küche schüchterten mich unglaublich ein. Ich kam mir vor wie ein hilfloses Mäuschen in einem Käfig zweier kämpfenden Riesen-Anakondas. Nie zuvor habe ich mich so bedeutungslos gefühlt, wie in diesem Moment.

„Das ist keine Bitte, Christina! Du wirst auf der Stelle verschwinden!"

„Alex, du weißt, dass ich das jetzt nicht mehr kann. Eigentlich müsste ich dich auf der Stelle töten! Aber wir wissen beide, dass du noch was gut bei mir…" In dieser Sekunde stürmte Alexander auf Christina zu und rammte sie gegen den Kühlschrank. Ein heftiger Knall hallte durch die Küche.

„Sei verdammt nochmal still!"

Was sagte sie da? Auf der Stelle töten? Ich verstand überhaupt nicht, was gerade vor sich ging.

„Das kann ich nun nicht mehr, Alex. Und das weißt du."

Alexander drückte sie fester gegen den Kühlschrank.

„Du versaust alles!"

„Ich versaue was?"

Beide fletschten sich gegenseitig an. Verwirrt blickte ich zwischen ihnen hin und her.

„Was versauen, Alex? Was meint sie mit *dich töten müssen*?", fragte ich heiser. Keiner von beiden schenkte mir Beachtung. Alexander ließ Christina los und atmete tief aus.

„Sie ist eine von ihnen…", sagte er schließlich zu ihr.

„Eine von wem?", fragte Christina.

„Eine von denen, die man nicht töten kann."

„Wirklich?" Christina musterte mich interessiert von oben bis unten, als sei ich ein Außerirdischer. Plötzlich stand sie direkt neben mir und strich mit ihrer Nase meinen Hals entlang. Mein Puls ging schlagartig schneller, während die Gänsehaut sich in ein heftiges Zittern verstärkte. *Bleib ruhig, Miri, sie kann dir nichts tun.* Das hoffte ich zumindest…

„Faszinierend. So etwas habe ich noch nie gesehen." Sie legte ihren Zeigefinger nachdenklich auf die Lippen.

So etwas? Ich war immer noch ein menschliches Wesen! Schließlich drehte sie sich zu Alexander.

„Und du hast wirklich alles…?"

Er nickte.

„Was dagegen, wenn ich…?" Sie strich ihrem Finger über meine Halsschlagader und beugte ihren Kopf Richtung Kehle. Mein Herz raste vor Angst, doch ich blieb wie erstarrt stehen.

„Unnötig", stoppte Alexander sie. Zitternd atmete ich aus.

„Du weißt, dass das keinen Unterschied macht?"

Alexander fletschte die Zähne.

„Ich weiß!"

Keinen Unterschied…? Unterschied zu was? Einem *normalen* Menschen?

„Alex, wir wissen beide, dass ich tief in deiner Schuld stehe. Deswegen werde ich dich dieses Mal verschonen. Das Problem ist nur, dass ich nun genauso mit drinstecke. Und ich werde mein Leben nicht für sie aufs Spiel setzten."

Ich drehte mich zu Alexander, der mir keines Blickes würdigte.

„Verschonen? Leben aufs Spiel setzten? Alex, was meint sie damit?"

Ich schaute panisch zwischen den beiden hin und her, doch keiner schenkte mir Beachtung. Alexander sprach weiterhin zu Christina.

„Ich habe doch gesagt, du sollst verschwinden!"

„Dafür ist es jetzt leider zu spät! Ich werde nicht wegen ihr sterben. *Wir* werden nicht ihretwegen sterben, verstanden?!"

„Sterben? Wieso sterben?", fragte ich mit zunehmend unsicherer Stimme.

Christina fasste sich nachdenklich an die Stirn.

„Es gibt ein Mittel, dass die Immunität aufheben soll."

Alexander fletschte erneut die Zähne.

„Das hast du gerade versaut!"

Ich riss die Augen auf und starrte Alexander an. Was hatte er gerade gesagt?! Langsam umschlich mich ein verdammt ungutes Gefühl.

„Ich war gerade dabei es herauszufinden, bis du hereingeplatzt bist!", fuhr er zähnefletschend fort. In diesem Moment fiel das Kartenhaus um mich herum zusammen! Christina hob fragend die Arme.

„Na, und was ist das Problem?"

„Sie hat die Unterlagen verbrannt."

Nun drehte sie sich zu mir um und grinste mich an.

„Tatsächlich? Schlaues Ding."

Doch ich beachtete sie nicht.

„Nein…", war das Einzige, was ich erstickend hervorbrachte, als mir endlich klar wurde, was hier los war! Wie ein immer weiterwachsendes Geschwür breitete sich die unerträgliche Erkenntnis in meinem Kopf aus. Alexander hatte mich nur benutzt! Er hatte mich komplett verarscht, um mein Vertrauen zu gewinnen! Ich sollte ihm den einfachsten Weg bieten, mich loszuwerden: das Gegenmittel meiner Immunität! Er hatte mich mit seinem perfiden Spiel so manipuliert, dass ich denken sollte, ich suche nach dem Mittel, das ihn in einen Menschen zurückverwandeln könne, während ich ihm die ganze Zeit nur das Gegenmittel meiner Immunität liefern sollte, um mich endlich auslöschen zu können! Deswegen auch die Beulen in dem Safe. Das war der Grund, warum er bereits erfolglos versucht hatte, ihn zu öffnen. Er brauchte mich, um an die Unterlagen meiner Großmutter heranzukommen, um mich endlich ausschalten zu können. Keine Worte, kein Gefühl konnten ausdrücken, wie in mir gerade alles zusammenbrach…

Ich rang nach Luft. Versuchte, gegen den Schwindel, der dafür sorgte, dass sich alles um mich herum drehte, anzukämpfen. Doch mein Körper resignierte. Alexander hatte mich gebrochen... Hatte mich, den dummen, einfältigen Menschen, ohne jegliche Anstrengung manipuliert und benutzt. Ich war für ihn nichts weiter als die naive, lästige Beute. Die *einzige* Beute, die er nicht so einfach ausschalten konnte. Wie konnte ich nur so blind, so dumm sein? Ich fühlte, wie mein Magen sich vor Beschämung und tiefer Hilflosigkeit immer weiter zusammenkrümmte.

31

Alexander blickte mich an. Seine Augen versprühten nun pure Abneigung. Er war wieder das Monster, das ich von unseren ersten Begegnungen nur zu gut kannte. Ich konnte nicht anders, als seinen Blick wie paralysiert zu erwidern, in seine kalten, verachtenden Augen zu starren. Als mein Verstand langsam wiedereinsetzte, wich ich reflexartig ein paar Schritte von ihm ab.

„Du hast mir alles nur vorgemacht! Du hast mich belogen und mich denken lassen, es gäbe eine Chance, dich wieder zurück zu verwandeln. Dich wieder menschlich werden zu lassen, damit ich in Wirklichkeit beim Suchen auf das Geheimnis stoße, das du brauchst, um mich zu beseitigen!" Meine Stimme brach bei den letzten Worten weg.

„Wieder menschlich werden lassen? Was für einen Quatsch erzählt die da?", fragte Christina belustigt. Plötzlich stand Alexander direkt vor mir und blickte herablassend an mir herunter.

„Was hast du erwartet? Hast du wirklich geglaubt, *wir beide* könnten zusammen sein? Bist du wirklich so dumm zu glauben, *ich* könnte etwas für *dich* empfinden?!" Er schüttelte verachtend den Kopf. „Wenn wir es nicht schaffen unsere Beute zu töten, müssen wir sterben, Mirjam! Das ist der Grund, warum ich dich nicht in Ruhe lassen konnte, bis du endlich tot bist. Wir werden von den anderen Mutanten umgebracht, sollten wir es nicht schaffen, unsere Beute zu töten. Niemand darf von unserem Geheimnis wissen. Und wenn wir es nicht schaffen, dass das so bleibt, müssen wir sterben! Doch du…", er verzog voller Abscheu das Gesicht, „du bist mein Todesurteil!"

Oh mein Gott! Jetzt wurde mir alles klar. Nun verstand ich, warum es so wichtig war, mich um jeden Preis zu töten. Deswegen ließ er mich nie aus den Augen. Es ging nie darum, mich zu beschützen. Es ging tatsächlich darum, mich zu kontrollieren, dass ich auch ja nichts tun würde, was *ihn* verriet. Denn es ging von Anfang an nur darum, sich selbst vor dem Tod zu bewahren! Das war der Grund, warum er auch weiterhin vorbeikam, als bereits klar war, dass er mich nicht töten konnte. Er *musste* mich kontrollieren. Er musste sicher sein, dass ich niemandem von dem Geheimnis erzähle. Alexander musste in meiner Nähe bleiben, um sicherzustellen, dass ich mich nicht vor einem anderen Mutanten verriet, weil dann klar war, dass irgendein Mutant mir das Geheimnis erzählt haben musste. Es ging in Wahrheit nie um meinen Schutz oder Gefühle für mich. Nein, es ging ihm einzig und alleine darum, sich selbst zu schützen. Und nur deswegen hatte er mich damals vor Christina versteckt und dafür gesorgt, dass ich nicht mehr zur Arbeit gehen konnte, bis er endlich eine Möglichkeit gefunden hätte, mich zu töten! Und diese Möglichkeit sollte ich ihm liefern… Das erniedrigenste daran war, dass ihm von Anfang an klar gewesen war, wie verrückt ich nach ihm war und wie leicht er mich damit manipulieren konnte. Ich dummer, naiver, schwacher, und verdammt durchschaubarer Mensch!

Fassungslos blickte ich in sein bestialisches Gesicht, das nun viel besser zu seinem wahren Charakter passte. Sein menschliches Gesicht war nichts weiter als eine Fassade, eine Maske, die er benutzt hatte, um mich zu täuschen. Er beherrschte die Scharade des unwiderstehlichen Mannes in Perfektion. Und ich? Ich war das perfekte Opfer: dumm, naiv und ganz offensichtlich völlig verrückt nach ihm! Er musste sich nicht einmal großartig bemühen, mich in die richtigen Bahnen zu lenken. Ich hasste mich selbst dafür noch mehr als ihn.

„Deswegen wolltest du mich hier am liebsten einsperren! Deshalb hast du mich jedes Mal verfolgt, wenn ich das Haus verlassen habe. Du wolltest mich nie beschützen, du wolltest nur dich selber schützen!"

Verachtend blickte er an mir herunter.

„Ich werde nicht wegen einem Menschen sterben!"

Ich zuckte vor Scham zusammen bei dem Gedanken daran, wie dieses Monster mich angefasst, mich überall berührt hatte. Meine Haut begann wie Feuer zu brennen an jenen Stellen, an denen seine Lippen mich berührt hatten. Ich fühlte mich wie eine seiner zahlreichen, billigen Affären, die er benutzt und hinterher wie ein Stück Dreck weggeworfen hatte. Und wahrscheinlich war ich in seinen Augen auch nie mehr als das gewesen… Tränen füllten meine brennenden Augen.

„Und um mich, den dummen Menschen, komplett zu demütigen, hast du als Krönung noch mit mir geschlafen!"

Auf einmal kippte die Stimmung zu einer unerträglichen Anspannung. Alexander stand das Entsetzen ins Gesicht geschrieben, während Christinas amüsierter Blick sich schlagartig in einen Ausdruck voller Demütigung und Bestürzung wandelte.

„BITTE WAS?!", schrie sie Alexander wutentfacht an, doch dieser wandte seinen Blick nicht von mir ab.

„Hast du wirklich geglaubt, ich würde etwas für *dich* empfinden?! Ich hätte mich für *dich* zurückverwandeln wollen? Wie hast du dir das vorgestellt? Ein Mutant, der wieder ein Mensch ist, ohne seine alte Stärke, seine alten Fähigkeiten, der aber über die Existenz der Mutanten, über alle Geheimnisse Bescheid weiß. Wie lange würde ich überleben, Mirjam? WIE LANGE?!" Sein Ausdruck wandelte sich in ein hämisches Grinsen. „Ich liebe, was ich bin. Ich liebe mein Leben", er beugte sich herunter, bis sein Gesicht nur noch wenige Zentimeter vor meinem war, und er jedes einzelne Wort betonte, *„und ich liebe es zu töten!"*

Es fühlte sich an, als ob er ein stumpfes Messer direkt in mein Herz rammte. Ich bekam kaum Luft, meine Kehle schnürte sich immer fester zu. Das war sein wahres Gesicht! Das Gesicht, das er mir zu Anfang präsentiert hat, bevor er begonnen hatte, mir seine menschliche Seite vorzugaukeln, seine inszenierte Scharade vorzuspielen. Jede einzelne Faser meines Körpers brannte vor Wut und Enttäuschung, aber vor allem vor Selbsthass. Ich war so naiv gewesen. Ich hatte zugelassen, dass er mich verletzen konnte, weil ich mir einreden wollte, ich könnte seine menschliche Seite entfachen. Weil ich glauben wollte, das

Wesen, das mich von Anfang an töten wollte, könnte sich stattdessen in *mich* verlieben! Doch wer war ich schon, dass jemand wie er, ein menschenjagendes Raubtier, etwas für mich empfinden würde...

Aufhören, sofort! schrie meine innere Stimme. *Er* war es, der dich auf die übelste Art und Weise verarscht und benutzt hat. Ich durfte nicht zulassen, dass ich mir auch nur den Funken an Schuld dafür gab. Ja verdammt, er hat mich gebrochen. Aber ich musste endlich anfangen zu kämpfen und mich stark machen. Alexander durfte mich nicht komplett zerstören. Ich nahm all meine Kraft und Mut zusammen und bäumte mich vor ihm auf.

„Ich hätte dir das Geheimnis meiner Rückverwandlung nie verraten!"

Doch Alexander lachte nur.

„Du dummes Ding hast mir doch aus der Hand gefressen! Du hättest alles für mich getan."

Jedes Wort aus seinem Mund versetzte mir einen noch tieferen Stich ins Herz. Wie konnte jemand so kalt und gefühllos sein? So brutal verletzend? Doch langsam fand ich mein Selbstvertrauen wieder.

„Du hättest mich einfach aus deiner Tür gehen lassen können, als ich nach der Party bei dir war. Und du hättest am Tag danach nicht bei mir angekrochen kommen müssen, dass dir alles so leidtut. Du bist kein bisschen stärker als ich!"

Christina wurde hellhörig. Mit geneigtem Kopf schaute sie mich an. Alexander jedoch blickte weiterhin herablassend an mir herunter.

„Das war alles Teil meines Plans. Und du hast es mir so leicht gemacht. Du bist für mich einfach nur ein nichtsbedeutender Mensch!"

Ich holte aus und feuerte meine Hand in sein Gesicht. Alexander schloss kurz die Augen, regte sich aber nicht. Christina jedoch stürmte nun wutentfacht auf mich zu, doch Alexander fing sie mit einem Arm ab, bevor sie es schaffte, mir an die Kehle zu springen. Sie schaute ihn verwirrt an, wich aber schließlich einen Schritt zurück. Dann neigte sie plötzlich ihren Kopf und grinste mich an.

„Weißt du was, Alex. Sie gefällt mir." Sie ging einen Schritt auf mich zu, strich mir nachdenklich übers Haar, nahm eine Haarsträhne in ihre Hand und ließ sie sanft durch ihre Finger gleiten.

„Sie hat Mumm, widersetzt sich dir. Ausgerechnet *dir*, der sonst immer bekommt, was er will. Alle Frauen himmeln dich an, Alexander. Doch sie, sie ist eine Kämpferin. Natürlich ist sie deinem Charme verfallen, wer ist das bisher nicht. Doch ausgerechnet das Mädchen, das du nicht töten kannst, verführst du." Sie lachte auf. „Und dann lässt du noch so mit dir umgehen. Lässt dir von einem Menschen eine ins Gesicht feuern, ohne sie dafür in Fetzen zu reißen… Schatz, du musst nun keine Rücksicht mehr auf sie nehmen, sie ist eh gleich tot."

Ich wurde kreidebleich. Christina schaute einen Moment lang nachdenklich an mir herunter.

„Alex, du weißt, wie sehr ich deine rebellische Art liebe. So in Hochform habe ich dich noch nie erlebt. Aber man kommt auch nicht alltäglich in den Genuss, auf eine immune Beute zu treffen. Auch wenn ich deine Vorgehensweise absolut missbillige, weil du mal wieder versucht hast den, typisch für dich, moralischen Weg zu gehen und nach einer Möglichkeit zu suchen, das Mädchen so erträglich wie für sie nur möglich zu töten. Aber du bekommst meine Anerkennung für deine Manipulation, Täuschung und Lügerei. Chapeau, mein Süßer. Wir sind uns doch gar nicht so unähnlich, wie du denkst. Und das macht mich unglaublich an."

„Pass auf, was du sagst, Christina", drohte Alexander. Doch Christina fuhr ungehindert fort, während sie von mir abließ, auf Alexander zuging und an dem Reißverschluss seines dunklen Sweatshirts herumspielte. Alexander rührte sich keinen Millimeter, jedoch bildeten sich plötzlich - kaum merklich - kleine Adern um seine Augen. Alleine dieser Anblick, wie Christina an ihm rumbaggerte, war wie ein weiterer Stich ins Herz.

„Alex, Schatz, ich bin noch nicht fertig. Ich kann jedoch nicht billigen, dass du in deinem *ach so tollen* Plan vorgesehen hattest, mit diesem Mädchen zu schlafen."

Alexanders rote Adern schwollen nun merklich an.

„Du bist krank, Christina."

Irgendetwas lag zwischen den beiden in der Luft, was ich nicht greifen konnte. Schon bei der ersten Begegnung war es deutlich spürbar. Was war das bloß für eine merkwürdige Spannung zwischen ihnen, die mir schon damals aufgefallen war? Christina fuhr ungehindert fort.

„Ich werde dich wie versprochen am Leben lassen, obwohl du entgegen unserer Gesetze mit diesem Menschen verkehrt hast. Aber das du mit ihr geschlafen hast, das wirst du büßen."

Alexander rollte missbilligend mit den Augen.

„Christina, was soll denn das schon wieder?"

„Es tut mir leid Schatz, aber damit demütigst du mich. Und das werde ich nicht tolerieren. Deswegen werde ich diesem Mädchen das schlimmste antun, was du dir für eine Frau vorstellen kannst."

„NEIN!", schrie Alexander, doch Christina stürmte bereits auf mich zu. Alexander fing sie mit einer für mich viel zu schnellen Bewegung ab und rammte sie mit voller Wucht gegen den Kühlschrank. Die harte Aluminiumtür beulte unter dem Druck stark ein, als es laut knackte. Ein tiefer Riss zog sich von der unteren linken Ecke bis quer nach oben. Die Ausmaße seiner wahrhaftigen Kraft wurden mir in diesem Moment erst richtig bewusst.

„Niemals!", flüsterte Alexander drohend. „Niemals, hast du mich verstanden? Du weißt genau, was passieren würde, wenn sie nicht getötet werden kann. *Du* weißt am besten, dass es schlimmer ist, als tot zu sein! Niemals, Christina. Ich werde dich töten, solltest du sie verwandeln!"

Hatte ich das gerade richtig verstanden? Christina wollte mich verwandeln, wollte mich also am Leben lassen, und Alexander hielt sie davon ab? Verabscheute er mich denn wirklich so sehr?

„Warum dann die Sorge um das kleine Ding, wenn sie dir sowieso egal ist, Alex?"

Alexander presste angestrengt die Lippen aufeinander, antwortete aber nicht. Plötzlich wechselte Christina ins Deutsche.

„Du machst einen ganz schönen Aufriss um das Mädchen, dafür, dass du nur mit ihr gespielt hast um an die Rückverwandlung zu kommen, mein Lieber. Ob ich dir auch trauen kann?"

„Abgesehen davon, dass es dich überhaupt nichts angeht, weißt du genau, dass ich nicht zulasse, sie in unsere Welt zu verbannen. Sie nicht und keinen anderen", erwiderte Alexander ebenfalls auf Deutsch.

„Wozu die Aufregung? Ob sie nun stirbt oder eine von uns wird kann dir doch egal sein."

„Hör auf, Christina und geh endlich. Ich kümmere mich hier um den Rest."

Christina lachte gekünstelt.

„Damit du es mit diesem Ding wieder versaust und womöglich nochmal mit ihr in der Kiste landest, statt dich wirklich darum zu kümmern, sie endlich zu beseitigen? Vergiss es. Nun steht ebenso mein Leben auf dem Spiel. Ab jetzt kümmere ich mich selber darum, damit ich auch sicher sein kann, dass sie aus deinem Leben verschwindet. So wie du sie immer noch vor unserer Welt beschützt und mit aller Kraft verhindern willst, sie zu verwandeln, muss ich ja fast denken, sie wäre dir nicht egal!" Christina warf mir einen verabscheuenden Blick zu.

„Rede nicht so einen eifersüchtigen Unsinn, Christina. Du weißt, dass ich niemandem freiwillig unsere Welt antun würde. Das hat nichts mit dem Mädchen zu tun."

„Niemanden?!", fragte Christina sarkastisch.

„Du weißt, dass das eine völlig andere Situation war."

32

Ich verstand nicht im Geringsten, worüber die beiden überhaupt sprachen. Aber ich konnte mich auch nicht darauf konzentrieren. Das einzige, was ich begriff, war, dass Alexander mich unter keinen Umständen verwandeln wollte. Was damit gleichzusetzten war, dass als einzige Option nur noch mein Tod infrage kam.

Christina wechselte zurück ins Englische, als sie sich mir zuwandte:

„So, Kleine. Es ist Zeit für dich Lebewohl zu sagen."

Sie holte eine silberne Pistole aus ihrer hinteren Hosentasche und schmiss sie neben mich auf den Tresen. „Ich erkläre dir einmal wie es läuft, also höre genau zu. Wenn du dir nicht binnen einer Minute eine Kugel durchs Hirn gejagt hast, werde ich deinen Vater töten. Ich gehe davon aus, dass ihre Mutter ebenfalls dieses verseuchte Gen in sich trägt?"

Sie warf Alexander einen fragenden Blick zu, der sich mit leidiger Miene von uns abwandte.

„Nein", flehte ich, „bitte nicht!" Ich blickte hoffnungsvoll zu Alexander, doch der schaute einfach nur weg.

„Das werde ich nicht tun", flüsterte ich.

„50 Sekunden, dann ist dein geliebter Daddy tot." Sie tippte ungeduldig mit ihren Fingern auf den Tresen.

Alexander schloss die Augen, rührte sich jedoch nicht. Ich fing am ganzen Körper an zu zittern. So einfach war es also, mich auszuschalten? Ein Satz. Eine einfache Erpressung. Eine banale und doch so wirkungsvolle

Drohung? Eine Angelegenheit von 60 Sekunden, um mich aus dem Weg zu räumen? Es war so simpel, natürlich würde ich für meine Familie sterben. Selbstverständlich würde ich meinen Vater retten, bevor er Opfer eines blutrünstigen Überfalls von menschen-jagenden Bestien werden würde. So einfach, so wirkungsvoll... warum hatte Alexander es nicht auf diese Weise getan?

Alles in mir wehrte sich die Pistole in die Hand zu nehmen. Doch was hatte ich für eine Wahl? Schließlich nahm ich die Pistole in meine rechte Hand. Ich dachte darüber nach, einfach einen von beiden zu erschießen. Aber ich könnte, wenn es mir überhaupt gelang, auch nur einen von ihnen zu treffen, keinesfalls beide erschießen. Der andere würde mir augenblicklich die Waffe aus der Hand reißen und meinen Vater töten. Es war ausweglos. Mein Tod war binnen ein paar Sekunden besiegelt und der einzige, der es verhindern könnte, stand einfach nur da, am Tresen lehnend, seinen Kopf vom Geschehen abgewandt. Also ergab ich mich meinem Schicksal. Ich nahm die Pistole in die Hand, als Alexander plötzlich verschwand.

„Du weißt, es ist nicht persönliches", sagte Christina.

Ich schloss die Augen und atmete ergebend ein und aus. Meine Hand zitterte wie verrückt, als ich die Augen öffnete und die Pistole anschaute.

„Verdammt, was ist da draußen los?", fragte Christina aufgelöst. Plötzlich war auch sie verschwunden.

Verwirrt schaute ich mich um. Wo waren sie bitte hin? Egal, ich war vorerst am Leben! Ich glitt mit dem Rücken am Tresen entlang und ließ mich kraftlos auf den Boden sinken. Ok Miri, beruhige dich erstmal. Du lebst noch und die beiden Mutanten sind vorerst verschwunden, weiß der Teufel warum.

Draußen im Garten waren verschiedene Stimmen zu hören. Ich konnte nur ein Gemurmel entnehmen, doch es lag eine gereizte Spannung zwischen den verschiedenen Stimmen in der Luft. Sofort packte mich die Neugier. Es musste einen triftigen Grund geben, dass mein - nur wenige Sekunden entferntes - Ende urplötzlich zur Nebensache wurde, so bedeutend es ihnen war, den zu viel wissenden Menschen, der ihr eigenes Leben mit diesem Wissen in große Gefahr brachte, endlich zu beseitigen.

Ich rannte nach oben und hockte mich an das Schlafzimmerfenster, das durch die diversen Einstiege von Alexander nicht mehr komplett zu schließen war. So war es mir möglich der Konversation unauffällig zu folgen.

Alexander und Christina hatten sich nebeneinander positioniert. Ihnen gegenüber standen zwei fremde Gestalten, ebenfalls ein Mann und eine Frau. Der Mann mit kantigem Gesicht, kurz geschorenen Haaren und komplett dunkler Kleidung war bullig und kräftig, jedoch ein ganzes Stück kleiner als Alexander. Seine Adern sprießen aus seinen muskulösen Armen hervor. Die Frau, die Alexander gegenüberstand, hatte schwarze, kürzere lockige Haare, blasse Porzellanhaut, eine schlanke, puppenartige Figur, zart und zerbrechlich. Sie war optisch das Gegenteil von Christina. Auch sie trug komplett schwarze, enganliegende Kleidung. Sie war die kleinste von den vieren, und doch strahlte sie etwas Besonderes aus. Es war nicht recht in Worte zu fassen, was mich an dieser Frau so faszinierte. Vielleicht die Tatsache, dass sie, trotz ihrer Größe und Zartheit, etwas Gefährliches und gleichzeitig etwas Verführerisches an sich hatte. Wie eine Katze, die dich mit ihren großen unschuldigen Augen in ihren Bann zieht und im nächsten Moment ihre scharfen Krallen in deine Haut bohrt.

Die Frau starrte Christina Hass versprühend an. Ihre ganze Haltung wirkte wie eine Art Lauerstellung, jederzeit bereit Christina anzugreifen.

Alexander und Christina wirkten, im Vergleich zu den anderen beiden, wie zwei große, gutaussehende Models. Wie ein perfekt harmonierendes Paar. Alexander, einschüchternd schön, und trotzdem extrem stark und absolut gefährlich. Christina, wild, verrucht, frech und ebenfalls wunderschön. Ich musste mir eingestehen, dass ich von Anfang an keine reelle Chance gegen Christina hatte. Doch augenscheinlich war ich nicht die einzige, die so empfand. Die Frau mit den schwarzen, lockigen Haaren wandte ihren Blick keine Sekunde von Christina ab.

Das Gespräch war bereits in Gange. Die Frau sprach mit einem französischen Akzent.

„Du siehst trotzdem schlescht aus, Alexander. Völlisch ausgehungert. Hält dieses Biest disch etwa so in Gange, dass du nischt mal mehr zum Trinken kommst, mein Lieber?" Ihre Abneigung Christina gegenüber war unverkennbar.

„Es freut mich dich zu sehen, Patrick. Auch wenn deine Begleitung sehr zu wünschen übriglässt." Christina zwinkerte dem bulligen Mann, der ihr gegenüberstand, zu. Die Frau fauchte Christina an.

„Wir sind uns vor ein paar Wochen zufällig begegnet und hatten dieselbe Richtung", entschuldigte Patrick sich. Seine Augen leuchteten vor Freude, als er Christina betrachtete. „Auch wenn ich ebenso wenig erfreut bin, dich wieder an *seiner* Seite zu sehen." Er nickte abfällig in Alexanders Richtung.

„Dass du wieder mit ihr verkehrst, Alexander, dieser Schlampe! Dieser *mir liegt jeder Mann zu Füssen.* Eine Hure bist du!" Die Frau mit dem französischen Akzent deutete drohend mit dem Finger auf Christina, diese schenkte ihr nur ein überhebliches Grinsen. „Wir hätten glücklisch sein können, Alexander", fuhr die Frau fort.

Ich kam mir vor wie in einer Art Mutanten-Soap. War dies das Wiedersehen der Ex-Freunde? Es stimmte in dem Fall also was Alexander erzählte, unter ihnen gab es immer Ärger, Streit und Kämpfe. Und es ging fast immer um die weiblichen Mutanten. In diesem Fall ein weiterer weiblicher Mutant, der völlig verrückt nach Alexander war.

Alexander verdrehte genervt die Augen.

„Monique, geht der Ärger etwa wieder los? Das Ganze ist eine Ewigkeit her, kannst du es nicht einfach gut sein lassen?"

Doch Monique wandte sich Christina zu.

„Du Nimmersatt. Du nimmst dir einen nach den anderen und lässt sie dann fallen wie ein Häufchen Elend." Sie warf Patrick einen flüchtigen Blick zu, bevor sie fortfuhr, „du hast disch auf Alexander gestürzt, ihn mit deinen Klauen gepackt und mir entrissen!"

Alexander rieb sich genervt über die Augen.

„Monique, wir waren seit Jahren getrennt. Ich bin diese Diskussion so leid."

In diesem Moment verstand ich, wer die Frau war. Christina hatte beim ersten Mal von einer Französischen Ex-Freundin gesprochen, für die Alexander ebenfalls Gefühle gehabt haben soll. *Sie* war diese besagte Ex-Freundin. Das erklärte auch den Hass beider Frauen aufeinander.

Christina wandte sich zu Alexander.

„Alex, Schatz, ich weiß überhaupt nicht was sie will. Schließlich muss sie ja noch jemand nach dir angefasst haben, unverständlicher Weise. Ich verstehe überhaupt nicht, warum sie dir dann immer noch hinterherläuft wie eine räudige Hündin."

Dieser verbale Schlag hatte gesessen. Monique stürmte wutentbrannt auf Christina los, doch Patrick hielt sie auf. Christina feierte ihren Triumph, Monique zur Weißglut gebracht zu haben, unbeeindruckt davon, dass Monique sie am liebsten zerfleischen würde. Im Gegenteil, ihr schien es einen tierischen Spaß zu machen, Monique bis aufs Blut zu provozieren. Und somit fuhr sie ungehindert fort.

„Ach verstehe, der Vater hat sich auch schon wieder aus dem Staub gemacht. Und deswegen schmeißt du dich wieder, armselig wie du bist, an Alex ran. Wie lange hat es dieser Mann bei dir ausgehalten? Nur ein paar Monate, wie Alex? Oder ist er wenigstens bis zu Geburt geblieben?"

„Du miese Schlampe!" Monique war nicht mehr zu bändigen. Mit einem riesigen Satz sprang sie auf Christina zu, doch Alexander sprang ihr entgegen und fing sie in der Luft ab, bevor sie Christina erreichen konnte. Erst jetzt erkannte ich den kleinen Jungen, der sich zuvor hinter Monique versteckt hatte. Er war vielleicht fünf Jahre alt und hatte die gleichen schwarzen lockigen Haare wie seine Mutter. Monique deutete auf ihren Sohn.

„Das hätte unser Sohn sein können, Alexander. *Wir* hätten zusammen einen Sohn bekommen können. Stell dir das nur mal vor, einer der stärksten unserer Art. Schau ihn dir an", sie ging zu ihrem Sohn und streichelte ihm über den Kopf, „zwei Blutlinien unserer Art, er wird so stark sein wie kein anderer."

Alexander beeindruckte Moniques Ansprache jedoch nicht im Geringsten.

Auf einmal blickten alle fünf Mutanten Richtung Straße. Ich versuchte zu sehen, was sie sahen, konnte jedoch nichts erkennen. Doch die Mutanten verschwanden nicht, sie blieben einfach stehen und warteten ab. Dann sah ich Brad um die Ecke kommen. Er wollte sich wahrscheinlich bei mir für seinen peinlichen Auftritt im Club entschuldigen.

Oh nein! *Verdammt, Brad, hau ab!* Unruhig wackelte ich hin und her. Was konnte ich bloß tun, um ihm zu signalisieren, dass er schleunigst verschwinden musste. Doch es war bereits zu spät. Bevor er die fünf überhaupt sehen konnte, stand Patrick direkt neben ihm und drehte mit Schwung seinen Kopf zur Seite, bis es laut knackte. Brad fiel regungslos zu Boden.

33

NEEEEEIN! Verdammte scheiße, nein! Ich hielt mir mit aller Kraft den Mund zu, um nicht zu schreien. Starr vor Angst blickte ich auf den regungslosen Körper hinunter. *Brad, steh auf,* flüsterte ich immer wieder, doch es war vergebens. Brad war Tod. *Er war Tod!* Ich verbarg mein Gesicht in meine Hände. Ich wollte nur noch hier weg, wollte diese brutalen Bestien nicht mehr sehen, keinen von ihnen. Diese Welt war abscheulich und nun griff sie unmittelbar in mein Leben ein. Brad, der auf dem Weg zu mir war, war tot, und das nur, weil sie mich bisher nicht umgebracht hatten. Dieses Leben, das sie führten, war einfach nur grausam. Lügen, Manipulationen, Hass, Gewalt, Mord… Alexander hatte mich mehrmals davor gewarnt, hatte mich nicht mit der Wahrheit verschont, aber jetzt war alles so real. Mit einer flüchtigen Handbewegung schalteten sie ohne Reue ein Menschenleben aus, nur, weil dieser zur falschen Zeit am falschen Ort war – so wie ich damals!

Die Stimmung unten spitzte sich zu. Monique hatte die Ablenkung genutzt und sich in Angriffsstellung vor Christina positioniert. Dann rannte sie los und stürzte sich direkt auf Christinas Kehle. Alexander ging dazwischen und riss Monique von ihr weg. Er packte sie erneut und schmiss sie mit voller Wucht gegen eine große Eiche. Ein heftiger dumpfer Knall hallte in den Wald hinein. Patrick knurrte laut und griff Alexander an. Er sprang auf ihn und umklammerte ihn mit seinen muskelbepackten Armen. Alexander konnte sich befreien, doch Patrick riss ihn immer wieder zu Boden. Patricks Überlegenheit war nun deutlich zu sehen. Er sah satt getrunken aus, während Alexander seit eineinhalb Wochen außer ein paar

Reserven nicht richtig getrunken hatte. Die Blutreserven aus seiner Wohnung dienten nur dem Überleben, reichten aber bei weitem nicht, um ihn zu stärken. Das bedeutete, dass Alexander völlig unterlegen war.

Was kümmerte mich das überhaupt? *Soll der Scheißkerl bloß verrecken*, schrie mein Unterbewusstsein. Aber so sehr ich ihn auch hasste, ihn mehr als verabscheute und ihn am liebsten persönlich einen Dolch ins Herz gerammt hätte, er wurde gerade von einem Mutanten getötet, weil er nicht genug getrunken hatte, um sich um mich zu kümmern. Auch wenn es vielleicht aus purem Egoismus war. Trotzdem hatte er mir nie gedroht, jemandem, den ich liebte, etwas anzutun, damit ich mich selbst erschießen würde. Es wäre so einfach für ihn gewesen mich aus dem Weg zu räumen, wie man dank Christina gesehen hat. Doch er hatte diese simple Möglichkeit nie genutzt.

Die Kampfszenen wurden immer brutaler. Überall floss Blut. Man hörte lautes Grollen und Reißzähne, die sich in die Haut des anderen bohrten. Und dann stand da noch dieser kleine Junge, völlig unbeeindruckt von den brutalen Szenen, die sich direkt vor seiner Nase abspielten. Er ging seelenruhig auf Brads leblosen Körper zu, trank ein paar Schlucke seines Blutes und wischte sich genüsslich den Mund ab.

Christina warf Monique zu Boden, bohrte ihre Knie in ihren Rücken, nahm ihren Kopf in beide Hände und riss mit aller Kraft daran. Monique schrie laut auf. Der kleine Junge stand plötzlich auf und sprang Christina an die Kehle. Christina schrie und versuchte den Jungen von sich zu reißen. Nun konnte Monique sich befreien und sprang auf Christina. Mutter und Sohn fingen an, gleichzeitig an ihrem Kopf zu reißen.

In diesem Moment fiel mir ein, was Alexander mir erzählt hatte: ein einzelner Mutant hatte keine Chance gegen zwei von ihnen. Das war fast immer der sichere Tod. Ich konnte nicht zulassen, sie sterben zu sehen. Ja, Alexander hatte recht, ich war zu weich, zu moralisch. Ein paar Minuten zuvor wollte Christina dafür sorgen, dass ich mir eine Kugel durchs Hirn jagte. Es wäre die Chance, Christina sterben zu lassen. Aber sie war es auch, die mich verwandeln wollte. Wenn ich sie rettete, würde sie mich vielleicht doch am Leben lassen.

Ich blickte auf die Pistole in meiner Hand, während ich Christina unten laut schreien hörte. Alexander stieß Patrick mit aller Kraft weg und eilte zu Christina, doch Patrick fing ihn in der Luft ab und warf ihn erneut zu Boden. Ich setzte die Pistole an und zielte auf Monique. Die Bewegungen waren für mein Auge viel zu schnell, doch mir blieb keine Zeit mehr. Schließlich drückte ich ab.

Der laute Knall brannte sich in meine Ohren, während der heftige Rückschlag mir die Waffe aus den Händen feuerte. Zeitgleich erklang unten ein lauter Schrei.

„Neeeeeeeeeeeeeein!"

Monique blickte schreiend auf ihren toten Sohn, schmiss sich auf ihn und schüttelte ihn immer wieder kräftig. Doch der Junge regte sich nicht mehr. Eine immer größer werdende Blutlache bildete sich unter dem toten kleinen Körper und breitete sich bis zu Moniques Knien aus. Plötzlich riss sie ihren Kopf nach oben in meine Richtung. Ich erstarrte. Ihre mit Tränen gefüllten, blutunterlaufenden Augen versprühten etwas so Dämonisches, dass ich aufhörte zu atmen. Dann sprang sie los in Richtung Schlafzimmerfenster. Doch bevor sie das Fenster erreichte, fing Alexander sie in der Luft ab und warf sie metertief zu Boden. Ihr Körper schlug mit einem dumpfen Knall auf. Alexander sprang auf ihren Rücken und ergriff ihre Arme. Christina eilte dazu und riss ihren Kopf zur Seite. Es knackte laut, bis sie sich nicht mehr regte.

Patrick beobachtete die Hinrichtung unbeeindruckt. Als Monique sich nicht mehr rührte, schaute er hoch zu meinem Fenster.

„Wer ist das da oben?"

Schnell duckte ich mich, in Hoffnung, dass er mich bisher nicht gesehen hatte.

„Ich nehme an, wir waren wohl etwas laut. Wir kümmern uns darum", sagte Christina keuchend zu Patrick. Dieser nickte.

„Ich möchte mit dir reden, Christina. Deswegen bin ich hergekommen." Hoffnungsvoll blickte er in ihre ketzerischen Augen.

„Lass mich hier kurz aufräumen, Schatz, dann können wir reden. Gleicher Ort, wie damals? Die Hütte am Fluss?" Er nickte verlegen wie ein kleines Kind, bevor er in den Wald rannte.

Alexander hob Brads lebloser Körper auf, während Christina in Brads Richtung nickte. Sofort fletschte Alexander die Zähne, doch Christina nickte energischer. Lieblos ließ Alexander Brads Körper zu Boden fallen, ging zu den Leichnamen von Monique und dem Jungen, hob sie auf und verschwand mit ihnen in den Wald. Triumphierend hob Christina Brads Körper auf und verschwand ebenfalls.

Völlig kraftlos sank ich zu Boden. Das war alles zu viel für mich. Ich hatte gerade einen kleinen Jungen erschossen! Und das nur, um die beiden Bestien zu retten, die mich umbringen wollten. Ich vergrub das Gesicht in meine Hände. Die schrecklichen Bilder des toten Jungen drängten sich in mein Unterbewusstsein. Was habe ich nur getan? Dann sah ich Alexander und Christina in meinen Gedanken, wie sie Monique zu Boden drückten und ihr das Genick brachen. Und Brad... Brad, der nur meinetwegen sterben musste. Den ich egoistisches Miststück um Hilfe gebeten hatte, meine Fenster vor Alexanders Einstiegen zu sichern. Der mich geküsst hatte und von mir hinterher eiskalt ignoriert und abgewiesen wurde. Ich hatte Brad *und* einen kleinen Jungen auf dem Gewissen! Ich war eine eiskalte Mörderin. Ich war – wie sie.

34

Einige Minuten vergingen, in denen eine unheimliche Totenstille den Raum einschloss. Wie sollte es nun weitergehen? Was würde jetzt aus mir werden? Doch lange musste ich nicht auf eine Antwort warten, denn Christina stand plötzlich vor mir. Ich blickte mit leerem Blick zu ihr hoch. Sie reichte mir die Hand und half mir auf. Ihre vielen Wunden, die sie vom Kampf erlitten hatte, begannen bereits zu heilen. Sie lächelte mich an, strich mir sanft eine Haarsträhne aus dem Gesicht und steckte sie mir hinters Ohr.

„Ich werde dir nie vergessen, was du gerade für uns getan hast, Liebes. Ich stehe in deiner Schuld", sagte sie sanftmütig, „und das alles, nachdem du heute die Hölle durchleiden musstest."

Christina war auf einmal wie ausgewechselt. Sie sprach mit mir, als wären wir jahrelange Freundinnen. Ich wusste, dass sie nicht nur auf den Selbstmord, sondern auch auf Alexander anspielte.

„Und dein Leben wird von nun an so bleiben", fuhr sie fort. „Es gibt nun drei von uns, die von deiner Existenz wissen, die also Gefahr laufen, getötet zu werden, weil du noch lebst und von unserer Existenz weißt. Selbst wenn Alex und ich dich aus Dankbarkeit am Leben lassen, würdest du wahrscheinlich keinen einzigen Tag länger am Leben bleiben. Du weißt zu viel und jeder Mutant, der das herausfindet, wird dafür sorgen, dass du stirbst. Angefangen mit Patrick, der noch eine Weile hier in der Stadt bleiben wird. Und wenn er sieht, dass du noch ein Mensch und am Leben bist, sind Alex und ich dran."

„Ich habe einen kleinen Jungen getötet", war das einzige, was ich hervorbrachte. Ich konnte mich nicht darauf konzentrieren, was sie sagte, konnte nur daran denken, dass ich vor wenigen Minuten ein Kind erschossen hatte.

„Du hast ihm das Hirn rausgepustet. Eiskalt. Ich wusste, du hast das Zeug dazu, eine von uns zu sein", lachte sie.

„Und Brad. Er ist nur gestorben, weil er zu mir wollte."

„Keine Sorge, Brad wird einer von uns."

Was hatte sie gerade gesagt? Hatte ich das richtig verstanden?

„Alex ist strikt dagegen, aber er ist immer dagegen, jemanden zu verwandeln. Er würde es nie freiwillig tun. Außer das eine Mal… Aber Brad wird mein neues Spielzeug, weißt du? Brad ist echt heiß. Und er passt perfekt zu uns, er ist jung, groß und stark. Alex kann ihn aus irgendwelchen Gründen nicht ausstehen, aber ich kriege immer meinen Willen. Er wird mein neuer Beschützer."

Ich wusste nur zu gut, warum Alexander ihn nicht ausstehen konnte.

„*Außer das eine Mal?*", wiederholte ich, „was meinst du damit?"

Christina neigte ihren Kopf zur Seite.

„Er denkt, alles sei seine Schuld, aber das ist völliger Blödsinn!"

„Du meinst Alexander? Was ist seine Schuld? Erzähl es mir, bitte Christina", flehte ich.

„Tut mir leid, Süße. Von mir wirst du niemals etwas darüber erfahren."

„Warum nicht? Bitte Christina, ich muss es wissen!"

„Tut mir wirklich leid", sagte sie kopfschüttelnd.

„Hat es damit etwas zu tun, dass er mich unter keinen Umständen verwandeln will? Christina, er hat dir mit dem Tod gedroht, solltest du mich verwandeln. Und bei Brad tut er nichts dagegen, obwohl er Brad nicht ausstehen kann? Sag mir die Wahrheit, Christina. Bitte…"

Sie seufzte.

„Er wird dich niemals verwandeln, Mirjam. Und das aus gutem Grund. Das Leben als Frau unter unseresgleichen ist gleichzusetzten mit der Hölle, verstehst du? Es gibt lediglich eine Hand voll Frauen in einer anarchistischen Welt voller männlicher, hungriger Mutanten. Was meinst du, passiert mit uns Frauen? Wie meinst du, sieht unser Leben aus? Das heute ist unser Alltag, Süße. Du brauchst als Frau immer einen Begleiter, der dich beschützt. Hast du ihn eine Zeitlang nicht, bist du Frischfleisch. Und du siehst, einer ist stärker als der andere. Du hast keine Chance. Wenn du nicht umgebracht wirst, wirst du von ihnen benutzt. Mit Glück nur einmal, mit Pech verschleppen sie dich, um dich ganz für sich alleine zu haben. Ganz zu schweigen von den allnächtlichen Kämpfen um unser Überleben. Die Kinder überleben übrigens so gut wie nie. Viel zu groß ist die Gefahr, dass sie später einmal zu stark sein könnten, durch das doppelte Mutanten-Blut. Mach dir also keine Sorgen, ich hätte das Balg sowieso getötet, hätte ich heute überhaupt überlebt. Und dass ich noch lebe, habe ich nur dir zu verdanken." Sie lächelte mich dankerfüllt an. Doch ich konnte mich nur darauf konzentrieren, dass Alexander mich partout nicht verwandeln wollte.

„Das heißt, er weiß mich lieber tot, als mich zu einer von euch zu machen?" Ich schüttete enttäuscht den Kopf. „Ich war so dumm. Ich habe wirklich geglaubt, er könnte etwas für mich empfinden. *Für mich!*" Ich schaute bedrückt auf die Pistole, die unter dem Fenster auf den Holzdielen lag.

Sie nahm mein Kinn zwischen ihren Daumen und Zeigefinger und drehte mein Gesicht zu ihr.

„Du wirst es ihm heimzahlen können, mit mir an deiner Seite."

„Wie denn? Er ist doch nicht mal hier, nachdem ich euch geholfen habe!"

„Indem ich dich verwandle." Christina grinste. „Wie gesagt, ich stehe in deiner Schuld. Und damit wären wir quitt."

Sie zwinkerte mir zu. Es war mir bewusst, dass Christina nicht aus Nächstenliebe, geschweige denn aus Dankbarkeit handelte. Christina war die Ausgeburt des Bösen. Was auch immer sie zu dieser Entscheidung trieb, ob sie sich endgültig an Alexander rächen wollte, weil er mit mir geschlafen hatte, als Gefallen für ihre Rettung war mit Sicherheit nicht der ausschlaggebende Grund. Denn wenn ich heute eines gelernt hatte, dann, dass man diesen falschen, verlogenen Wesen in keinsterlei Weise trauen konnte. Niemanden von ihnen! Sollte ich also wirklich mein Leben gegen diese Welt eintauschen? Ich hätte keinen, der mich beschützt. Niemanden, dem ich trauen könnte. Ich wäre völlig auf mich allein gestellt, in einer

Welt, die ich jetzt schon fürchtete und zutiefst verabscheute. Würde ich wahrhaftig dieses Leben führen können, in dem ich Menschen eiskalt ermorden müsste? Menschenleben einfach so ausschalten würde, wie Brad es widerfahren ist? Mutanten standen über den Menschen. Für sie waren wir nichts weiter als ihre Beute, unbedeutend, dumm und lästig... ihr Spielzeug, das ihnen in jeglicher Hinsicht unterlegen war. Würde ich nach einer Weile als Mutant genauso herablassend, instinktgesteuert und emotionslos denken und handeln? Mochte die Dunkelheit, Einsamkeit, Isolation aus Angst vor der eigenen Spezies mich nach kurzer Zeit in dasselbe eiskalte, blutrünstige Monster verwandeln, das sie waren? Würde ich ebenfalls irgendwann ausblenden, dass auch ich einmal ein Mensch gewesen war? Könnte ich das Aussaugen und Töten wirklich mit meiner Moral und meinem Gewissen vereinbaren? Ein Leben bestehend aus Menschenjagd und Mord... Was wäre mit Anna? Meinen Eltern? Würde ich sie jemals wiedersehen? Wäre ich wirklich bereit das jetzige Leben aufzugeben, um es gegen ein diabolisches, makabres, anarchistisches Leben einzutauschen? Nein, das war ich gewiss nicht!

Doch was hatte ich für eine Wahl? Die Alternative war mein sicherer Tod. Christina hatte recht, es wussten nun bereits drei Mutanten von meiner Existenz und riskierten damit ihr eigenes Leben. Ich hatte also die Wahl zwischen meinem Tod und einem Leben, das offensichtlich schlimmer war als der Tod. Tolle Perspektive! Meine Gedanken kreisten wie verrückt in meinem Kopf umher.

Am liebsten wollte ich weglaufen, mich irgendwo verstecken und nie wieder aus meinem Versteck hervorkommen. Eine Alternative war schlimmer als die andere. Wofür sollte man sich bitte entscheiden, wenn eigentlich keine Möglichkeit auch nur ansatzweise infrage kam? Ich wollte mein menschliches Leben behalten, wollte mein altes Leben vor der Begegnung mit Alexander in Rumänien zurück! Doch diese Option gab es nicht.

„Ich mache jetzt einen kleinen Schnitt in mein Handgelenk und du wirst so viel trinken wie es nur geht. Anschließend wirst du dich verwandeln. Das kann einige Stunden dauern und wird etwas unangenehm werden, um es mal untertrieben auszudrücken."

Na toll, das wollte man doch hören, bevor man sein Leben aufgab, um in einer anarchistischen, frauenfeindlichen Höllen-Welt zu leben, mit dem Wissen, dass man niemandem, wirklich niemandem von ihnen trauen konnte.

„Bist du bereit?"

Endlos lange stand ich regungslos vor ihr. Alles in mir wollte einfach nur wegrennen, bis ich schließlich aufgebend meine Augen niederschlug und nickte. Meine Entscheidung war gefallen. Egal, wie das neue Leben auch aussehen mochte, alles war besser als mein Tod.

35

Christina deutete an, dass ich mich hinlegen sollte. Ich gehorchte. Sie biss eine kleine Wunde in ihr Handgelenk und führte die Wunde an meinen Mund heran. Das warme Blut berührte meine nervös pochenden Lippen. Schon alleine der Geruch des Blutes schnürte mir allerdings die Kehle zu. Mir graute bereits davor, es zu trinken. Ich verzog angewidert das Gesicht, bevor ich meine Lippen langsam öffnete.

Wie aus dem Nichts erschall plötzlich ein dumpfes Knallen. Ich sah, wie Christina im hohen Bogen von mir weggeschleudert wurde und mit einem heftigen Rumms gegen die gegenüberliegende Wand prallte. Alexander stand keuchend über mir, seine Muskeln zuckten an jedem seiner angespannten Körperteile. Christina rappelte sich langsam auf.

„Ich habe dich gewarnt!" Alexanders Stimme bebte. „Spiele mit wem du willst. Aber nicht mit mir!"

Christina richtete sich auf und klopfte unbeeindruckt den Staub von ihrer Hose.

„Es muss sein, Alex. Ich werde nicht für das Mädchen draufgehen! Patrick bringt uns beide um, wenn er sieht, dass sie noch lebt. Ich habe keine Wahl, *wir* haben keine Wahl."

„Das ist nicht der Grund, warum du hier bist. Wir wissen beide, warum du sie verwandeln möchtest, doch das ist keine Option! Ich lasse nicht zu, dass sie meinetwegen den Rest ihres Lebens durch die Hölle geht, nur weil du dich an mir rächen willst!"

Seinetwegen sollte ich nicht durch die Hölle gehen müssen? Diese Erkenntnis kam jawohl etwas zu spät, nachdem er mich seit unserem ersten Aufeinandertreffen sowohl körperlich als auch seelisch durch die grausamsten aller Höllen geschickt hatte, in jeglicher Hinsicht! Was nahm er sich überhaupt heraus, zu entscheiden, dass ich lieber tot sein sollte, statt einer von ihnen zu sein? Nein, jetzt reichte es! Ich hatte mich schweren Herzens für ihre Welt entschieden, diese Entscheidung würde Alexander jetzt auf keinen Fall torpedieren! Ich richtete mich auf und stellte mich vor ihn.

„Deinetwegen soll ich nicht leiden müssen? Was bist du bloß für ein Mistkerl! Was habe ich denn für eine Wahl? Wenn Christina mich nicht verwandelt, werde ich tot sein!"

Christina hob anerkennend die Arme in die Luft.

„Siehst du, sie hat es kapiert."

„Und du", ich wandte mich zu Christina, „du bist kein bisschen besser als er. Ich bin es leid eure Marionette zu sein! Eure Versuche mich für eure Zwecke zu gebrauchen, jetzt ist Schluss!"

Christina lachte laut auf.

„Alex, Schatz, ich müsste sie nicht verwandeln, wenn du wieder an meiner Seite wärst. Dann wäre alles vergeben und vergessen." Sie ging auf Alexander zu und warf sich ihm an den Hals, doch Alexander stieß sie erbarmungslos weg.

„Schluss jetzt! Du wirst sie nicht verwandeln. Verschwinde jetzt auf der Stelle, bevor ich mich vergesse!"

Christina wich wutentbrannt zurück, als sie auf Deutsch zu ihm sagte:

„Ich hoffe für dich, dass du ihr wirklich lieber den Tod wünschst und sie nicht doch beschützt!"

Sie sprang auf den Fensterrahmen des offenen Schlafzimmerfensters.

„Ich gebe dir drei Tage, Alex. Drei Tage, um dein Problem aus dem Weg zu schaffen. Solange werde ich Patrick beschäftigen. Und das mache ich nur, weil sie uns gerettet hat. Aber in drei Tagen, genau zur selben Uhrzeit, ist sie tot."

Alexander fletschte die Zähne. Dann war sie fort. Er blickte Christina ausdruckslos hinterher. Eine ganze Weile war es totenstill.

„Warum bist du hier?", fragte ich schließlich leise, doch er drehte sich nicht zu mir um.

„Wie ich schon sagte, die Verwandlung ist keine Option.", antwortete er knapp.

„Und wer gibt dir das Recht das zu entscheiden? Wer gibt dir das Recht, zu bestimmen, dass ich lieber tot sein sollte?"

„Es ist die bessere Wahl."

„Wahl? Welche Wahl? Du lässt mir ja keine!"

Doch er antwortete nicht.

„Ich will jetzt endlich die Wahrheit wissen. Warum willst du mich nicht verwandeln? Hasst du mich? Ist es das?

Hasst du mich so sehr, dass du mich nicht weiter um dich haben möchtest?"

Alexander reagierte nicht.

„Willst du wirklich, dass ich lieber sterbe? Willst du, dass ich mich erschieße? Mir eine Kugel in den Kopf jage? Ist es wirklich das, was du dir für mich wünschst?"

Alexander schloss verbittert die Augen, antwortete aber nicht.

„Weißt du, was ich glaube? Du belügst jeden. Du belügst uns alle, mich, Christina, aber vor allem dich selbst. Du willst dir nicht eingestehen, dass du etwas für mich empfindest. Und weil du denkst, dass mein Tod der einzige Ausweg ist, lässt du mich in dem Glauben, dass du mich hasst. Ist es nicht so? Deine unnahbare Art ist nur ein Selbstschutz. Das war schon immer deine Art, dich zu beschützen, diese kalte, abweisende Mauer. Du hasst es, was man dir angetan hat. Du hasst es, dass deine Familie denkt, du seist tot. Und du hasst die kaltblütige Bestie, die du sein musst. Die Zeit mit mir hat dir gefallen, weil du endlich wieder der sein konntest, der du schon seit 20 Jahren nicht mehr warst. Und das ist der wahre Grund, dass du die Nähe zu mir zugelassen hast. Das ist die wirkliche Begründung, warum du irgendwann angefangen hast, es hinauszuzögern, nach einer Möglichkeit zu suchen, mich umzubringen. Es wäre für dich so einfach gewesen, mir anzudrohen, jemandem etwas anzutun, den ich liebe. Aber du hast es nicht getan. Gib es zu. Sag, dass ich recht habe!"

Ich ging auf ihn zu und stellte mich vor ihn.

„Soll ich dir etwas verraten? Ich habe alles verstanden, was ihr auf Deutsch gesprochen habt. Ich weiß, dass du bereits jemanden verwandelt hast. Ich weiß, dass selbst Christina daran zweifelt, dass du mich belogen und manipuliert hast."

Alexander blickte mich einen Augenblick lang überrascht an, doch dann schaute er wieder regungslos über mich hinweg.

„Alex, du bist kein Monster, ich weiß es. Du möchtest mich nicht verwandeln, um mich vor deiner Welt zu schützen. Du hattest die ganze Zeit vor mich, zu beschützen, nicht wahr?"

Ich streckte meine Hand nach ihm aus. Alexander blickte in meine Hände. Doch dann schaute er mich mit tief traurigem Blick an, während er etwas Schweres, Kaltes in meine Hände legte und es mit seinen Händen umschloss. Langsam ließ er seine Hände aus meinen gleiten, dabei strich er mit seinen Fingerspitzen sanft über die Innenseite meine Finger. Ich konnte erkennen, dass seine Augen glasig wurden.

„Leb wohl, Mirjam."

Wie in Trance starrte ich in den leeren Raum. Meine Hände fingen an zu zittern. Immer stärker und stärker, bis mir die Pistole, die in meinen Händen lag, aus den Fingern glitt.

36

Regungslos starrte ich an die Wand. Ich nahm nicht einmal wahr, wie die Pistole auf die Holzdielen aufschlug und dabei eine tiefe Kerbe in eine der alten Holzdielen schlug.

Von dem dumpfen Aufprall erwachte ich aus meiner Starre. Christina! Sie wollte mich verwandeln. Der Grund war mir jetzt völlig egal. Ich musste sie finden! Nein, ich würde nicht sterben! Nicht, damit ich ihnen das Leben leichter machte. Und erst recht nicht für *ihn*. An ihn zu denken tat so unendlich weh, dass meine Glieder schmerzten. Augenblicklich schossen mir Erinnerungen in den Kopf. Wie Engel und Teufel, die in meinem Unterbewusstsein darum kämpften, die wunderschönen und die grausamen Erinnerungen abwechselnd in meinen Kopf zu projizieren. Ich wollte diese Erinnerungen nicht mehr vor Augen haben, wollte sie verdammt nochmal nicht mehr fühlen. Nein, ich wollte am liebsten nie wieder irgendetwas fühlen! Es gab keine Worte, kein Gefühl, das annähernd beschreiben konnte, was Alexander mir angetan hatte… Der bittere Schmerz, den ich versuchte, irgendwie zu betäuben, breitete sich nun wie ein loderndes Feuer in mir aus, dass sich tief in meine seelischen Wunden brannte und immer größere Flammen spuckte. Nach und nach wurde aus den brennenden Flammen ein immer mächtigeres Gefühl von purem Hass. In diesem Moment fühlte ich nur noch einen Gedanken:

Alexander wird dafür büßen!

Ich hob die Pistole vom Boden auf und steckte sie in die Innentasche meiner Jacke. Anschließend rannte ich nach draußen in den Wald, mitten in die Dunkelheit hinein.

Christina hatte von einer Hütte am Fluss gesprochen. Ich wusste genau welche Hütte sie meinte. Es gab eine uralte unbewohnte Jägerhütte, die ungefähr eine Stunde zu Fuss durch den Wald entfernt lag. Während ich loslief, schaltete ich die Taschenlampe auf meinem Handy an. Immer wieder stolperte ich über den unebenen Waldboden und heruntergefallene Äste, aber das war mir egal. Unbeirrt lief ich tiefer und tiefer in den Wald hinein.

Als ich die Stelle am Fluss erkannte, die in unmittelbarer Nähe der Hütte lag, rief ich leise nach Christina. Keine Sekunde später schmiss mich jemand zu Boden, während mir eine Hand die Kehle abschnürte. Panisch schnappte ich nach Luft.

„Bist du völlig übergeschnappt?!" Es war Christina. „Willst du, dass Patrick mich umbringt?" Sie löste ihren Griff etwas.

„Christina, du musst mich sofort verwandeln", flüsterte ich keuchend.

„Vergiss es. Alex bringt mich um, wenn ich das tue."

Doch so schnell gab ich nicht auf. Ich hatte eine Mission. Ich wollte leben. Egal, wie das Leben als Mutant aussehen würde.

„Ich habe meine Entscheidung getroffen. Ich will eine von euch sein. Ich will leben. Und ich will, dass Alexander dafür bezahlt was er mir angetan hat!"

Schlagartig wurde Christina hellhörig.

„Du willst dich also an ihm rächen?"

Ich erkannte in der Dunkelheit, dass sie nachdenklich ihren Finger an die Stirn klopfte.

„Bitte Christina!", flehte ich sie an.

„Ich werde es bestimmt nicht tun. Du hast ja keine Ahnung, wie unglaublich stark Alexander ist, selbst wenn er so durstig und geschwächt ist, wie im Moment. Nein, das Risiko gehe ich nicht ein. Aber frag doch deinen neuen Vampir-Freund."

Neuer Vampir-Freund? Wovon redete sie bitte? Ich versuchte im Dunkeln ihrem Blick zu folgen.

„Wen meinst du?"

„Ach ja, vergessen. Ihr seht ja im Dunkeln nichts. Hier, viel Spaß mit ihm. Aber denk daran, ich will ihn unbeschadet wieder zurück."

Sie hob mich in die Luft und setzte mich unsanft ein paar Meter weiter ab. Ich fiel auf meine Knie und tastete den Waldboden nach meinem Handy ab.

„Christina?", fragte ich in die Dunkelheit hinein. Doch ich bekam keine Antwort. Schließlich ertastete ich mein Handy und schaltete wieder die Taschenlampen-Funktion ein. Als das Licht eine kleine Fläche des

Waldbodens erhellte, erkannte ich Brad, bibbernd auf dem Boden kauern.

„Oh mein Gott, Brad!" Ich packte ihn an der Schulter und schüttelte ihn vorsichtig. „Brad, kannst du mich hören? Geht es dir gut?"

Er drehte sich langsam in meine Richtung. Sein Gesicht war kreidebleich und seine Augen blutunterlaufen. Er öffnete leicht seinen Mund, als wenn er antworten wollte, doch seine völlig vertrockneten Lippen brachten keinen Ton heraus. Lediglich die langen scharfen Eckzähne ragten aus seinem Mund hervor. Plötzlich fing er am ganzen Körper an zu zucken. Seine Pupillen weiteten sich, bis sie sich schließlich nach oben rollten, sodass man nur noch das Weiße des Auges sah. Der Anblick ließ mir einen kalten Schauer über den Rücken laufen. Er hatte so gut wie nichts mehr von dem Brad, den ich einmal kannte. Ich schüttelte ihn kräftiger.

„Brad, wir müssen hier weg! Komm schon, antworte mir, kannst du dich bewegen?"

Doch Brad drehte sich von mir weg, zog seine Knie fest an seinen Oberkörper und krümmte sich vor Schmerzen zusammen. Ich stand auf, packte ihn am Pullover und versuchte ihn über den Waldboden zu ziehen, doch nach wenigen Metern gab ich auf. Keuchend ließ ich ihn los und stützte mich mit den Händen auf den Knien ab. Das hatte überhaupt keinen Zweck, es weiter zu versuchen. Zumal mein Akku des Handys wahrscheinlich nicht mal ausreichen würde, um für mich alleine die Taschenlampen-Funktion bis zu mir nach Hause nutzen zu können. Ich hatte keine andere Wahl, ich musste ihn zurücklassen.

Ich ließ mich auf die Knie fallen und schüttelte Brad am Arm.

„Brad, hör mir zu. Sobald du dich bewegen kannst, komm zu mir nach Hause. Es ist nicht weit von hier, du bist in dem Waldstück am Fluss. Wenn du von hier aus Flussaufwärts läufst, findest du mein Haus, hörst du? Ich lasse mein Schlafzimmerfenster auf und warte auf dich, okay?"

Brad reagierte nicht.

37

Zu Hause angekommen lief ich rastlos auf und ab. Brad in diesem grausamen Zustand alleine dort liegen gelassen zu haben, verfolgte mich unentwegt. Klar konnte ich nichts anrichten, ich war einfach nicht stark genug gewesen ihn mitzunehmen. Trotzdem quälten mich schwere Vorwürfe, dass er nur meinetwegen gerade halbtot im Wald lag. Hätte ich ihn nicht gefragt, ob er mir bei den Sicherheitsvorrichtungen hilft, hätte ich nicht zugelassen, dass er mich an dem Tag küsst, würde er heute sein normales, unbeschwertes Leben fortführen. Was ist, wenn er es nicht schaffte? Wenn er gerade dabei war zu sterben? Ich fuhr mir nervös mit den Fingern durch die Haare.

Plötzlich stand er da. Brad. Direkt neben mir, immer noch in denselben grausamen Zustand wie zuvor. Seine Haut war kreidebleich, die Augen dunkelrot unterlaufen und seine Lippen völlig ausgetrocknet. Mit einem leeren Ausdruck in seinen Augen starrte er mich an.

„Gott sei Dank!", rief ich und fiel ihm erleichtert um den Hals. Doch Brad reagierte nicht. Lediglich sein Kopf neigte sich fast unmerklich in Richtung meines Halses. Vorsichtig wich ich ein wenig zurück.

„Brad?"

Er stupste mit seiner Nasenspitze gegen meinen Hals und atmete tief ein, während sich seine Nüstern weit aufblähten und seine Oberlippe anfing zu zucken.

Scheiße! Das war gar nicht gut. Blitzartig drehte ich mich um und rannte Richtung Tür, doch Brad packte mich am Arm. Er drückte so heftig zu, dass ich vor Schmerz laut schrie. Im nächsten Moment schmiss er mich zu Boden und warf sich auf mich. Die Holzdielen knatschten laut unter der Wucht des Aufpralls. Sein viel zu starker Körper erdrückte mich. Mit aller Kraft versuchte ich ihn wegzustoßen, doch er packte meine Arme, umfasste beide Handgelenke mit einer Hand und riss sie über meinen Kopf. Mit der anderen Hand drückte er meinen Kopf zur Seite, während seine Zähne erbarmungslos in meinen Hals stießen. Ich schrie aus voller Kehle, versuchte mich mit allen Mitteln zu wehren, doch es war vergebens. Als er merkte, dass er die Ader nicht getroffen hatte, zog er die Zähne wieder heraus und biss erneut zu. Dieses Mal traf er und fing an, erbarmungslos mein Blut herauszusaugen. Qualvolles Brennen durchzog all meine Glieder. Nie zuvor hatte ich solche Schmerzen erlitten. Es war kein Vergleich zu den Bissen von Alexander. Meine Gliedmaßen krümmten sich zusammen und meine Sinne benebelten sich augenblicklich.

Brad setzte ab und streckte seinen Hals nach hinten, um das Blut seine Kehle herunterlaufen zu lassen. In dem Moment spürte ich schon, wie mein Körper das Blut in Höchstgeschwindigkeit nachproduzierte und durch meine Arterien pumpte, bis es schließlich aus der klaffenden Wunde stieß. Er hatte mich viel zu schnell ausgesaugt, sodass mein Körper nun auf Hochtouren lief, um den Blutverlust auszugleichen. Brad starrte auf das pulsierende Blut, das aus meinem Hals rann, und riss gierig die Augen auf. Dann stürzte er sich wieder auf mich. Gierig trank und trank er das Blut, dass immer wieder von meinem Körper nachproduziert wurde. Die brutalen Höllenqualen nahmen kein Ende. Immer wieder fiel ich in Ohnmacht, wenn er mein Blut fast leergetrunken hatte, doch wie in einer Art Rausch stieß er seine Reißzähne immer wieder in meinen Hals.

Ich nahm Brad nicht mehr richtig wahr, sah nur noch einen verschwommenen Schatten, der sich schließlich verdoppelte. Zwei schwarze Schatten, die vor meinen Augen hin und her flackerten. Doch dann vernahm ich ein lautes Brüllen zweier Gestalten. Kraftlos kniff ich die Augen zusammen, um etwas erkennen zu können und sah, wie Brad mit einem brutalen Schlag ans andere Ende des Zimmers katapultiert wurde.

„Bist du völlig wahnsinnig?!"

Ich erkannte Alexanders Stimme. Sie klang jedoch, als wäre mein Kopf unter Wasser. Alles war so dumpf. Er sprach offensichtlich mit mir, doch ich konnte nur seine Umrisse erkennen.

„Ich wollte, dass du dummes Ding nicht mehr wegen uns leiden musst und du holst dir einen frisch gebackenen Vampir ins Haus?!"

Dieses dumpfe Rauschen in meinen Ohren nahm zu. Ich versuchte, mich aufzurichten, während Alexander auf Brad zustürmte, der gerade dabei war, sich aufzurappeln. Auf einmal war nur noch ein einziger Knäul zweier kämpfender schwarzer Schatten zu sehen. Ich hörte lautes Knurren aus beiden Kehlen, hörte, wie sie sich gegenseitig zu Boden rammten und kämpften, bis es laut knackte und ein Schatten regungslos zu Boden ging.

„Alex!", schrie ich mit aller Kraft, die ich noch besaß.

„Christina hätte ihn niemals verwandeln dürfen. Sie baut nur Mist. Ich kann nicht immer hinter ihr herräumen… Früher oder später bringt ihr Leichtsinn uns alle um."

Es war einfach nur beruhigend seinem launischen Monolog zu hören.

Ich startete einen weiteren Versuch, mich aufzurichten, bis ich sah, warum ich dieses dumpfe Rauschen vernahm. Mein halber Kopf hatte in einer riesigen Blutpfütze gelegen. Brad hatte mit mir ein regelrechtes Massaker angerichtet. Dieser Anblick war einfach zu viel des Guten. In diesem Moment sackte ich bewusstlos zusammen.

38

Als ich die Augen öffnete, war alles um mich herum dunkel. Ich tastete den Nachttisch nach meiner Nachttischlampe ab, konnte sie aber nicht finden. Überhaupt, irgendwie fühlt sich das Bett ganz anders als meines. Verdammt, wo zum Teufel war ich? Ich versuchte mich aufzurichten, um etwas zu erkennen, doch mich verließ die Kraft und ich sackte zurück ins Kopfkissen.

„Du sollst weiterschlafen", mahnte mich Alexanders herrischer Ton. Gott sein Dank, ich war nicht alleine. Und ich war scheinbar in Sicherheit. Diese Erkenntnis reichte mir aus, um im selben Moment wieder einzuschlafen.

Als ich erneut aufwachte, war ich mir sicher, dass ich in Alexanders Schlafzimmer war. Die Jalousien waren so heruntergelassen worden, dass ein kleiner Spalt das Tageslicht in den Raum scheinen ließ. Der Sonnenuntergang, der den Himmel in ein wunderschönes Rot-Orange tauchte, verlieh dem Raum ein mystisches Flair. Vorsichtig richtete ich mich auf und blickte mich um, bis ich Alexander schlafend neben mir im Bett erblickte. Dieser unschuldige Ausdruck in seinem Gesicht, wenn er schlief…

Alles nur Fassade! schrie meine innere Stimme.

Ich tastete meinen Hals ab. Sowohl die Wunden, in denen Brad mit seinen Reißzähnen eingedrungen war, als auch das viele Blut an meinem gesamten Hals, Kopf und Schultern war weg. Alexander musste mir das ganze Blut abgewaschen haben. Oh Gott, lag ich etwa unbekleidet in seinem Bett? Ein zutiefst unwohles Gefühl stieg in mir hoch. Langsam schob ich die Bettdecke einen Spalt nach oben und schaute an mir herunter. Er hatte mich in eines seiner T-Shirts und seine Boxershorts gesteckt. Puh, Gott sei Dank! Doch das unwohle Gefühl wollte nicht nachlassen. Wenn ich seine Kleidung trug, bedeutete das, er hatte mich überall angefasst, mir die Kleidung ausgezogen und mich am ganzen Körper abgeduscht. Mir wurde übel… Wie ein Strudel aus Gefühlen mischte sich tiefe Dankbarkeit seiner Rettung vor Brad mit den immer stärker aufflackernden Gedanken an die letzten abscheulichen Ereignisse. Dann übernahmen die unfassbar qualvollen Erinnerungen die Oberhand, wie er mir die Pistole in die Hand gelegt hatte, damit ich mich selbst erschieße. Mir mein Leben nehme, damit er seines unbekümmert weiterleben konnte. Meine Gedanken kreisten unentwegt: *Er wollte, dass du dich umbringst. Vergiss das niemals! Er hat dich benutzt, belogen und verraten. Er hat dir eine Waffe in die Hand gedrückt, damit du dich selber tötest! Lass dich nicht mehr täuschen, nie mehr! Er hat dir deine Seele genommen, hat dich komplett gebrochen. Nie wieder würde er dich verletzten. Nie wieder!* Und dann schoss mir ein unfassbar grauenvoller Gedanke in den Sinn. Ein Gedanke, der sich wie eine Saat in meinem Kopf einpflanzte und immer weiter gedieh, bis der einst grauenvolle Gedanke zu einem ausgereiften Entschluss herangewachsen war. Und dieser Entschluss war unwiderruflich. Es gab nur einen Ausweg:

Alexander musste sterben!

Je länger ich ihn ansah, desto mehr füllten sich meine Gefühle mit Hass. Keine Sekunde länger wollte ich neben ihm im Bett liegen, auch nur mit ihm in einem Raum sein. Nein, ich wollte ihn nie, nie wiedersehen!

Ich schlich mich aus dem Bett und ging zielstrebig zum Mülleimer, aus dem meine blutdurchtränkte Kleidung herausragte. Vorsichtig hob ich die Jacke hoch und zog die Pistole aus der Innentasche heraus. Ich nahm die Pistole in beide Hände, schlich auf Zehenspitzen an die Seite des Bettes, in der Alexander schlief, und richtete die Waffe auf seine Stirn. Meine innere Stimme befahl mir: *Komm schon, Miri, knall ihn ab! Er hat es nicht im Geringsten verdient zu leben. Schieß! Schieß endlich!*

Meine Hände fingen an zu schwitzen. Ich blickte über die Waffe hinweg in sein schlafendes Gesicht. *Nein, lass dich nicht wieder von seinem Anblick in den Bann ziehen. Er ist ein Mörder, er will deinen Tod!*

Nervös zog ich den Hahn herunter, bis aus dem Lauf ein leises Klicken ertönte. Im selben Moment stand Alexander neben mir. Lediglich mit einer Boxershorts bekleidet und vom Schlaf zerzausten Haare lächelte er mich an.

„So bin ich noch nie geweckt worden."

Sein blödes Lächeln machte mich noch rasender vor Wut. Er nahm mich nicht einmal ansatzweise ernst. Ich ging einen Schritt zurück und richtete erneut die Pistole auf ihn.

„Das ist kein Spaß, Alexander. Ich habe eure Lügen und Manipulationen so satt! Ich ertrage das einfach nicht mehr. Ich ertrage *dich* nicht mehr!"

Er sah mich wehmütig an, während er die Hände aufgebend hochhob.

„Das, was ich getan habe, war ein riesen Fehler und es gibt nichts, was meine Taten und Handlungen entschuldigen könnte. Ich war ein riesen Arschloch und habe unverzeihliche Dinge getan, Miri. Drück ab, ich werde nicht fliehen."

Alexander ging einen Schritt auf mich zu, sodass die Pistole gegen seine nackte Brust drückte.

„Ich möchte nur, dass du weißt, dass mir mittlerweile bewusst ist, was für einen riesen Fehler ich gemacht habe. Ich möchte, dass du weißt, dass meine Gefühle dir gegenüber echt waren. Doch als Christina uns zusammen gesehen hat, dachte ich, es gibt keinen anderen Ausweg. Ich musste vor Christina so tun, als würde ich dich hassen. Du hast nicht die leiseste Ahnung, was sie mit dir anstellt, wenn sie wüsste, wie ich wirklich für dich empfinde. Ich dachte, du durchschaust es, aber du hast mir sofort geglaubt."

Ich wich kopfschüttelnd einen Schritt zurück. Er versucht mich doch nur wieder zu manipulieren, damit ich nicht schieße.

„Ja, ich gebe es zu. Lange Zeit war es mein Plan, dich für mich nach der Aufhebung der Immunität suchen zu lassen. Ich wollte dir im Schlaf das Mittel geben und dich anschließend töten, damit du es überhaupt nicht mitbekommst. Zuviel hatte ich dir bis dahin bereits angetan. Ich war es dir einfach schuldig, dich nicht länger zu quälen. Doch je länger ich Zeit mit dir verbracht habe, desto weniger wollte ich, dass du stirbst."

„Du hast nichts unternommen, als Christina mir eine Pistole in die Hand gedrückt und gedroht hat, meinen Vater umzubringen. Und was ich dir niemals verzeihen werde: Du hast mir zum Abschied selbst die Pistole in die Hand gedrückt, damit ich mein Leben beende." Meine

Stimme bebte vor tiefer Verachtung. Alexander hingegen klang wirklich reumütig.

„Ich habe keinen anderen Ausweg mehr gesehen. Als du vor Christina gesagt hast, dass ich mit dir geschlafen habe, war dein Schicksal besiegelt, Miri. Seit dem Zeitpunkt will Christina dich leiden sehen, egal auf welche Art, das ist ihr völlig egal."

„Sie hätte mich wenigstens verwandelt."

„Miri, du musst mir glauben, dass ich dich lediglich davor bewahren wollte, dich zu verwandeln. Und ein Leben für dich als Mensch ist jetzt nicht mehr möglich. Nicht, nachdem zu viele Mutanten von dir wissen. Ich war mir sicher, es sei der einzige Weg, dich vor noch mehr Leid zu schützen. Aber ich habe nicht das Recht über deinen Tod zu entscheiden. Nicht mehr. Nicht, was zwischen uns war."

„Hör auf!", befahl ich, doch Alexander fuhr fort.

„Es war egoistisch von mir und ich kann nicht einmal ansatzweise erahnen, was ich dir angetan habe." Er ging einen weiteren Schritt auf mich zu, sodass die Pistole sich tiefer in seine Haut bohrte. Doch ich wich ebenfalls einen Schritt zurück, während ich abermals den Kopf schüttelte.

„Nein, nein, hör auf! Ich will das alles nicht hören!"

„Miri, glaube mir, es tut mir unendlich leid. Nur *du* sollst entscheiden, welchen Weg du für dich wählst. Und ich verspreche dir hiermit, was auch geschehen mag, dass ich alles tun werde, um dich zu beschützen. Das bin ich dir mehr als schuldig."

Mir brummte der Kopf. Was sollte ich nur glauben? Waren das wieder alles Lügen? Einfachste Lügen, weil ich dummer Mensch sowieso alles glaubte, was aus seinem Mund kam? Oder meinte er es tatsächlich ernst? Ich versuchte auf mein Bauchgefühl zu hören, doch selbst das hob in meiner Vorstellung ratlos die Arme in die Luft. Alexander war ein perfekter Schauspieler, ein Manipulator sondergleichen. Was ist, wenn er wieder nur mit mir spielte. Ich wusste einfach nicht, was ich tun sollte.

„Du manipulierst mich nur wieder! Ihr Mutanten tut alles, um euer eigenes Leben zu schützen. Aber nicht mehr auf meine Kosten."

„Ich manipuliere dich nicht.", sagte Alexander mit sanftmütiger Stimme. Er nahm seine Hand und streckte sie meinem Gesicht entgegen, doch ich presste die Pistole fester gegen seine Brust.

„FASS MICH NICHT AN!"

Langsam senkte er seinen Arm wieder.

„Ich lüge dich nicht an. Und ich habe dich auch nie angelogen, bis Christina dazukam. Meine Zuneigung dir gegenüber ist echt, das musst du mir glauben."

„Nein! Ich glaube dir gar nichts mehr!"

„Dann schieß! Ich habe es mehr als verdient!"

Er hob die Arme und wartete. Ich erwiderte seinen Blick und sah in seine dunklen, reumütigen Augen. Dieser eindringliche Blick, das war doch alles nur Taktik, weil er wusste, dass ich ihn eh niemals erschießen würde. Aber war es nicht ein leichtes für ihn, mir die Waffe zu entreißen? Wahrscheinlich kostete es ihn nicht mal einen Wimpernschlag. Meinte er es also tatsächlich ernst? Mein Kopf dröhnte immer stärker vor Verwirrung. Ich wandte meinen Blick von ihm ab und starrte auf die Pistole. Was sollte ich tun?

„Miri, wenn ich dir irgendwie beweisen kann, dass ich es ernst meine, mache ich es sofort. Ich verspreche dir hiermit, dass ich dich nie wieder belügen oder manipulieren werde. Sag, was kann ich tun?"

Ich stockte nachdenklich. Dann lockerte ich den Griff der Pistole.

„Du wirst mich verwandeln."

Er atmete tief aus.

„Wie du willst."

„Sofort!"

Doch Alexander schüttelte den Kopf.

„Das geht nicht."

Augenblicklich festigte ich den Griff der Pistole wieder. Alexander hob entschuldigend die Arme.

„Ich würde es tun, aber du bist noch viel zu geschwächt. Brad hat deinem Körper mehr als zugesetzt, du würdest die Verwandlung nicht überleben."

„Ich glaube dir nicht", erwiderte ich, während ich versuchte, den Kloß in meinem Hals herunterzuwürgen.

„Ich habe es dir versprochen, Miri, keine Lügen mehr. Und ich halte mein Wort. Ich werde dich verwandeln, aber um die Verwandlung zu überstehen, braucht dein

Körper noch zwei, drei Tage Genesung. Du hast Brad gesehen, selbst er hat die Verwandlung gerade eben überlebt."

Ich dachte an Brad, wie er krümmend vor Schmerzen auf dem Waldboden gelegen hatte. Dieser Anblick würde sich für immer in meinem Kopf einbrennen.

„Wann läuft die Frist von Christina aus?", fragte ich.

„Morgen Abend."

„Morgen Abend schon?!" Meine Güte, ich hatte jegliches Zeitgefühl verloren.

„Du hast zwei Tage geschlafen. Brad hat dich immer wieder ausgesaugt, nachdem dein Körper neues Blut produziert hat. Miri, du musst unerträgliche Qualen durchlitten haben."

Die Erinnerung an die Höllenqualen brannten sich in mein Gedächtnis. Nie zuvor hatte ich vergleichbare Schmerzen erlitten wie bei diesem Überfall von Brad. In dem Moment wurde mir klar, dass Alexander tatsächlich immer versucht hatte, die Schmerzen so gering wie möglich zu halten, immer wenn er versucht hatte, mich zu töten.

„Aber wenn du mich frühestens in zwei, drei Tagen verwandeln kannst, ist die Frist abgelaufen. Du musst versuchen, sie zu überreden, die Frist zu verlängern."

Alexander lachte verachtend.

„Sie fragen, ob sie die Frist verlängert? Miri, du hast ja keine Ahnung was passiert, wenn sie herausfindet, dass ich sie deinetwegen angelogen habe. Wenn sie sieht, dass ich wirklich etwas für dich empfinde. Du ahnst nicht, wozu diese Frau imstande ist. Außerdem habe ich ein weiteres Problem mit ihr", sagte er, als sei dies eine beiläufige Information. Ich schaute ihn fragend an. Ein leichtes Lächeln umspielte seine Lippen.

„Ich habe ihr neues Spielzeug getötet."

„Du meinst Brad?"

Er nickte.

„Sobald sie herausfindet, dass ich ihn getötet habe, um dich zu retten, wird sie wirklich böse. Wenn sie dann noch erkennt, dass ich ihr etwas vorgemacht habe, ihr weisgemacht habe, du wärst mir egal, obwohl ich in Wahrheit die ganze Zeit etwas für dich empfinde, wird es richtig ungemütlich. Zumal sie gerade Patrick an ihrer Seite hat. Die beiden zusammen machen kurzen Prozess mit uns."

Panik stieg in mir auf. Ich schaute ihn angsterfüllt an.

„Aber Christina würde dir doch nie etwas tun."

Wieder lachte Alexander verachtend.

„Du hast nicht die leiseste Ahnung, wozu diese Frau fähig ist. Und wir liefern ihr gleich zwei Gründe. Sie ist nicht mehr die, die sie mal war, sie scheut nicht mal mehr davor zurück, *mich* aus dem Weg zu räumen, sobald sie die Wahrheit über uns beide erfährt."

„Nicht mehr die, die sie mal war", wiederholte ich, „wie meinst du das?"

Er stockte, als er merkte, dass er scheinbar zu viel gesagt hatte. Plötzlich wandte er sein Gesicht von mir ab.

„Vergiss, was ich gesagt habe."

Doch ich dachte nicht daran.

„Was hat sie so verändert, Alexander? Rede mit mir!"

Blitzschnell drehte er sich zu mir um, seine Miene wurde kalt und roten Adern stießen um seine Augen hervor.

„Verdammt nochmal, gar nichts!"

Mit einer viel zu schnellen Bewegung schlug er die Pistole aus meiner Hand. Doch dann stockte er abrupt. Die Pistole knallte ein paar Meter entfernt auf die Fliesen und rutschte weiter bis in den Flur hinein.

Alexander sah mich wie versteinert an, als hätte ihn sein Ausbruch selbst überrascht.

„Tut mir leid."

Keine Sekunde später stand er vor mir und hielt mir die Pistole hin. Als ich in der Lage war, mich aus meiner Schockstarre zu befreien, griff ich wütend nach der Pistole, während Alexander versuchte sich zu erklären.

„Miri, ich versuche nicht umsonst mit allen Mitteln deine Verwandlung zu verhindern."

„Du redest von den Misshandlungen und Überfällen, die mich erwarten könnten? Christina hat mir davon erzählt."

Alexander schaute gequält zu Boden.

„Ich kann dich nicht immer beschützen. Das ist einfach nicht möglich."

„Was ist Christina zugestoßen? Warum ist sie, wie sie ist?"

„Es ist reiner Selbstschutz, den sie sich über die Jahre angeeignet hat, um nicht weiterhin ein Opfer zu sein."

„Aber *dir* kann sie doch vertrauen? Du würdest ihr doch nie etwas antun. Warum sollte sie dich umbringen wollen, nur, weil du sie verärgert hast?"

Alexander antwortete nicht. Also fuhr ich fort.

„Ich glaube, dass sie dir niemals etwas tun würde. Ich mache mir mehr Sorgen um Patrick. Er scheint ziemlich stark zu sein, selbst für eure Spezies."

Alexander schaute auf.

„Das solltest du auch. Was meinst du, wird er mit dir anstellen, wenn er dich in die Finger bekommt. Du denkst, er kann dich nicht töten? Wenn er herausbekommt, dass er dich nicht so einfach umbringen kann, wird er mit dir Dinge anstellen, bei denen du dir wünschst, du wärest tot!"

Seine Augen funkelten hasserfüllt auf. Mir lief es eiskalt den Rücken herunter. Doch damit wurde meine Entschlossenheit, einer von ihnen zu werden, nur noch gestärkt. Solange ich ein Mensch war, hatte ich nicht den Hauch einer Chance, mich zu wehren, obwohl mich ab jetzt das gleiche Schicksal erwartete. Alexander musste mich verwandeln, und zwar so schnell wie möglich.

Doch das war eigentlich nicht, was ich meinte, als ich sagte, dass ich mir wegen Patrick Sorgen machte. Ich schaute ihm in die Augen, die mittlerweile so unterlaufen waren, dass die komplette Augenpartie schwarz umrandet war. Sein Teint war fahl und blass wie nie zuvor und man sah ihm die entschwundene Stärke förmlich an. Ich wusste nicht, wann er das letzte Mal etwas getrunken hatte, aber wenn es die paar Flaschen aus seinem Kühlschrank waren, die er nur für Notfälle vorrätig hatte, dann war er am Ende seiner Kräfte.

„Die Sorge um Patrick war nicht auf mich bezogen. Ich mache mir Sorgen um *dich*." Ich deutete auf seine schwarz unterlaufenden Augen. „Wir sollten die nächsten Tage untertauchen."

39

„Wie du willst", entgegnete Alexander.

Wie jetzt, keine Widerworte? Keine Diskussion? Dafür gab es nur eine Erklärung: Er hatte selbst bereits mit dem Gedanken gespielt. Seine Sorge um die Situation mit Christina und Patrick machte ihm scheinbar mehr zu schaffen, als ich angenommen hatte.

In diesem Moment merkte ich, wie mein Kreislauf drohte, zusammenzusacken. Ich hatte eindeutig unterschätzt, wie sehr Brad mir zugesetzt hatte. Doch ich unterdrückte das Schwindel-Gefühl, das dafür sorgte, alles im Raum nur noch verschwommen zu sehen. Es gab noch mehr, dass ich ihm zu sagen hatte, denn ich war mit meinen Bedingungen, um ihm irgendwann wieder vertrauen zu können, noch nicht am Ende.

„Meine Verwandlung ist noch nicht alles", fuhr ich fort, „du wirst bis zu meiner Verwandlung das erleiden, was du mir angetan hast. Ich werde in dieser Zeit über dein Leben und Tod bestimmen. Ich werde jederzeit die Waffe bei mir tragen und entscheiden, ob du es wirklich ernst mit mir meinst. Und sollte ich den leisesten Verdacht hegen, dass du wieder mit mir spielst, mich benutzt und anlügst, mich manipulierst oder mich nicht ernst nimmst, werde ich dich töten. Ich vertraue dir noch lange nicht und ich möchte, dass du auch nur ansatzweise erahnst, was du mir angetan hast."

Alexander setzte an, um etwas zu erwidern, doch er hielt inne. Stattdessen nickte er.

„Das ist nur fair. Es liegt in deiner Hand, ich werde nichts dagegen unternehmen."

„Gut. Dann kommen wir zu meiner letzten Forderung. Du wirst mich bis zu meiner Verwandlung nicht küssen. Keine zärtlichen Berührungen, nichts."

Nun lachte er.

„Okay, das kann ich wirklich nicht versprechen."

„Du nimmst mich nicht ernst", zischte ich. Er lachte weiter.

„Doch das tue ich."

„Du denkst, ich würde dir eh niemals etwas antun, habe ich recht? Aber du weißt nicht, wie sehr ich dich verabscheue für das, was du mir angetan hast."

„Doch das weiß ich." Er hob seine Hand und strich mir sacht übers Haar.

In dem Moment brodelte alles in mir. Es hatte keine Minute gedauert, bis er meine Forderung, mich nicht zärtlich zu berühren, eiskalt ignorierte. Wenn er sich nicht einmal an die kleinste Forderung hielt, wieviel war dann von dem Rest gelogen? Die Enttäuschung darüber, dass er mich in keinerlei Weise ernstnahm, wurde immer größer. Ich war nicht in der Lage, klar zu denken. Ich zielte mit der Pistole auf Alexanders Schulter und drückte ab.

Es gab einen heftigen Knall, während die Wucht des Schusses meinen Arm nach hinten riss. Alexander ging zu Boden und hielt sich die stark blutende Schulter. Seine Reißzähne schossen hervor, als er vor Schmerz aufschrie.

„Fuck! Verdammte Scheiße! Fuck!"

Angestrengt kniff er die Augen zusammen, um die komplette Verwandlung zu unterdrücken. Langsam bildete sich auf dem Boden eine riesige Blutpfütze, die sich nach und nach auf den anthrazitfarbenen Fussbodenfliesen ausbreitete. Was hatte ich bloß getan? Ich starrte an die Wand, in der die Patrone eine tiefe Kerbe hineingeschlagen hatte. Zum Glück, es war ein glatter Durchschuss - was allerdings die Tatsache, dass ich ihn gerade hinterrücks angeschossen hatte, keinesfalls abmilderte. Ich war kurz davor, mich zu ihm herunterzubeugen und ihn um Verzeihung zu bitten, doch ich biss mir auf die Zunge und blieb eisern.

„Sind die Regeln nun klar?"

„Scheiße!", war das einzige, das Alexander hervorbrachte.

„Ich deute das als ja."

Ich ging ins Badezimmer und holte zwei Handtücher. Mit dem einen Handtuch band ich die Wunde ab. Ich wusste, dass die Wunde schnell heilen würde, ich hatte bei Christinas Verletzungen gesehen, wie schnell es bei ihrer Spezies ging. Mit dem anderen Handtuch wischte ich die Blutlache auf den Fliesen auf.

„Ich möchte, dass du mich nach Hause bringst", sagte ich forsch. Alexander kniff schmerzerfüllt die Augen zusammen.

„Verdammt, das geht nicht. Dein Haus ist das reinste Schlachtfeld. Brad hat dich völlig auseinandergerissen, bevor ich dich gerettet habe."

Mir war durchaus bewusst, dass er seine Heldentat mit Absicht erwähnte, doch ich ignorierte es gekonnt.

„Ist Brads Körper noch da?"

Alexander stand auf, während er das Handtuch fester gegen seine Wunde drückte.

„Nein, ich habe ihn schon verbrannt."

Langsam siegte das Mitgefühl in mir. Vorsichtig packte ich seinen Arm, nahm ihm das blutdurchtränkte Handtuch ab und tauschte es gegen ein frisches aus dem Badezimmer. Anschließend holte ich ein paar weitere Handtücher und Reinigungsmittel und begann den Fussboden gründlich zu säubern, während Alexander im Badezimmerspiegel seine Wunde beäugte, die bereits anfing zu heilen. Doch auf einmal verabschiedete sich mein Kreislauf völlig.

„Es dreht sich alles", flüsterte ich, als ich merkte, wie der Fussboden immer näherkam und ich kurz davor war, mit dem Kopf auf die Fliesen aufzuschlagen. Da kniete Alexander bereits neben mir und fing meinen Aufprall ab.

„Wusste ich doch, dass du gleich schlapp machst", sagte er leise, während er mich aufhob und behutsam an seinen Oberkörper heranschmiegte. Sofort überkam mich ein Gefühl von Geborgenheit, als ich seine Haut an meiner spürte, und seine starken Arme mich fürsorglich einschlossen.

„Der Anschuss, es tut mir leid", flüsterte ich schwach. Alexander schenkte mir ein warmes Lächeln.

„Das glaube ich dir nicht."

Ich ließ meinen Kopf an seine Brust sinken. Sein Herzschlag ging langsam und ruhig.

„Du musst was trinken, du bist kaum noch bei Kräften", sagte ich schon halb schlafend.

„Nicht heute Nacht."

Er legte mich sanft in sein Bett und deckte mich zu. Ich konnte meine Augen kaum noch offenhalten. Meine Zähne fingen vor Erschöpfung an aufeinander zu klappern. Ich sah mit halb geöffneten Augen, dass Alexander mir über die Wange streicheln wollte, doch er hielt, kurz bevor er mich berührte, inne. Wenigstens schien er mich nun endlich ernst zu nehmen.

„Dir wird es bald besser gehen", war das letzte was ich hörte, bevor ich einschlief.

40

In der Nacht schreckte ich klitschnass geschwitzt hoch. Mittlerweile kannte ich den fiebrigen Zustand, der mich nun wieder ereilte, nur zu gut. In der Dunkelheit konnte ich nichts sehen, doch ich fühlte, wie Alexander seine Hand auf meine Stirn legte.

„Durst", flüsterte ich schwach.

Ehe ich merkte, wie er seine Hand von meiner Stirn nahm, führte er meine Hand an ein Glas. Hastig trank ich das kalte, klare Wasser. Als das Glas leer war, reichte ich es zurück in die Dunkelheit. Plötzlich spürte ich seine Finger, die das Glas umschlossen und dabei leicht meinen Handrücken streiften. Wie ein elektrischer Schlag durchfuhr die Berührung meinen Körper. Konnte ich, nach allem was passiert war, immer noch so starke Gefühle für Alexander haben?

„Noch mehr?", fragte er?

Ich schüttelte fast unmerklich den Kopf.

„Schlaf jetzt weiter", befahl er mit sanfter Stimme.

Bevor ich meine Augen öffnete, vernahm ich einen herrlichen Geruch. Einen Geruch, den ich seit Tagen nicht mehr genossen hatte – Kaffee. Ein Lächeln umspielte meine Lippen, als ich die Augen öffnete. Der Raum erstrahlte in hellem Tageslicht, alle Jalousien waren komplett hochgezogen und die Fenster weit geöffnet. Milde Luft hauchte in mein Gesicht. Alexander, der ein weißes T-Shirt und eine kurze Sporthose zu den weißen Sneakers trug, stützte sich mit beiden Händen auf der Stuhllehne ab und starrte grübelnd auf den Esstisch, der mit allen möglichen Leckereien gedeckt war. Brötchen, Croissants, Aufschnitt, Marmelade, Kaffee, Orangensaft, Wasser… Der Tisch quoll fast über.

„Ich weiß nicht, ob was fehlt, aber ich glaube ich werde besser", sagte er voller Stolz. An seinen müden Augen konnte ich erkennen, dass er den letzten Tag und auch die Nacht nicht geschlafen hatte. Ich konnte dennoch nicht anders, als über beide Ohren zu grinsen. Natürlich war es nicht das erste Mal, dass mir jemand Frühstück zubereitete, aber die Unbeholfenheit, die in diesem Moment in Alexanders Gesicht geschrieben war, war einfach zuckersüß.

Ich ließ mich auf einem Stuhl nieder, schenkte mir ein Glas Wasser ein und trank es hastig aus. Als der erste Durst gestillt war, schenkte ich mir Wasser nach, füllte Kaffee in den Becher und griff nach dem herrlich duftenden Croissant.

„Wo hast du das alles her?", fragte ich begeistert.

„20 Jahre lang war ich nicht mehr dort, und nun habe ich innerhalb kurzer Zeit schon zum zweiten Mal ein Lebensmittelgeschäft betreten." Er strahlte regelrecht vor Stolz. Ich lachte.

„Ich habe dir ein paar Klamotten und andere Sachen aus deinem Haus mitgebracht, auch wärmere Kleidung", wechselte er kurzerhand das Thema. „Es ist zwar warm draußen, aber in deinem Zustand ist es vielleicht besser, dich wärmer anzuziehen. Um das Schlachtfeld in deinem Haus habe ich mich ebenfalls gekümmert, es ist soweit alles beseitigt."

„Danke", entgegnete ich, beeindruckt von seiner Fürsorge. Man, er legte sich wirklich ins Zeug, das musste man ihm lassen.

Während ich mir ein Stück des leckeren Croissants in den Mund schob, richtete ich meinen Blick auf seine Couch, auf der mehrere Stapel Kleidungsstücke, sowie eine randvoll gefüllte Kulturtasche, lagen. Bei dem Anblick des Stapels Unterwäsche wurde ich rot. Es waren nicht nur die neuesten Teile mit Spitze darunter, sondern ebenso die uralten Modelle, die eher für den Sonntag-Nachmittag-auf-der-Couch-Tag gedacht waren. Unwillkürlich dachte ich an die perfekt sitzende Ansammlung von Alexanders Marken-Boxershorts und fühlte mich hundeelend. Egal was ich jemals tragen würde, egal wie sexy ich mich kleiden würde, er spielte einfach in einer anderen Liga als ich. Ich blickte zu ihm herüber, wie er mir auf einem der Stühle gegenübersaß und seinen Blick, wie ein Kind vor einem Berg Süßigkeiten, über die Köstlichkeiten auf dem Tisch schweifen ließ.

„Was passiert, wenn du etwas davon isst?"

„Kotzen", antwortete er so ausdruckslos, dass ich losprusten musste. Er sah mich entgeistert an, doch dann stimmte er in mein Lachen mit ein.

Nach einer Weile fragte ich schuldbewusst:

„Wie geht es deiner Schulter?"

Er schob sein T-Shirt am Ärmel hoch. Tatsächlich war nur noch eine dunkle Narbe an der Einschussstelle zu erkennen. Beruhigt widmete ich mich wieder meinem

Croissant, das ich nach jedem Bissen in die Waldbeerenmarmelade tunkte.

„Ich müsste mal ins Bad", sagte ich etwas verlegen, als ich den letzten Bissen hinuntergeschluckt hatte. Ich schlich auf Zehenspitzen über die kalten Fliesen, griff nach der Kulturtasche und beugte nun grübelnd über den Stapel Kleidung. Alexander hatte recht, es wäre mit Sicherheit sinnvoller, sich wärmer zu kleiden, in Anbetracht meines angeschlagenen Gesundheitszustandes. Aber das Essen und der Kaffee hatte mir einen regelrechten Energieschub verpasst. Also würde ich mich nach den letzten Tagen endlich mal wieder ansprechend kleiden. Außerdem sollte er ja auch ein wenig leiden, nachdem ich ihm die Regel auferlegt hatte, mich nicht anzufassen. Ich griff nach einer meiner schönsten Dessous und verschwand ins Badezimmer.

Minutenlang betrachtete ich mich im Badezimmerspiegel. Doch egal, wie lange ich hineinstarrte, der Anblick wurde nicht besser. Ich sah aus wie der wandelnde Tod. Jetzt ist Schluss damit, befahl ich. Diese Mutanten hatten mir das letzte Mal meine Seele herausgesaugt. Ich konnte mein eigenes Spiegelbild, die zerzausten Haare, das eingefallene Gesicht und den fahlen Teint, nicht mehr ertragen. Vorher war ich ein nettes, hübsches Mädchen, mit einem strahlenden Lächeln und stets Farbe im Gesicht, und so würde ich verdammt nochmal ab jetzt auch wieder herumlaufen. Außerdem war ich es leid, ständig neben diesem Adonis in irgendwelchen viel zu großen Klamotten von Alexander herumzulaufen. Jetzt war endgültig Schluss damit!

Ich sprang unter die Dusche und ließ eine gefühlte Ewigkeit das heiße Wasser über meinen Körper laufen.

Anschließend föhnte ich meine langen Haare, sodass meine natürliche Welle mein Gesicht umspielte. Endlich saßen die Haare wieder, wie sie sollten und standen nicht mehr in alle Richtungen. Schon gleich fühlte ich mich ein wenig ansprechender. Ich durchkramte die Kulturtasche nach meinem Make-Up. Tatsächlich hatte Alexander selbst daran gedacht. Zwar nur eine geringe Auswahl, aber es genügte fürs erste. Ich trug ein wenig Rouge auf und tuschte meine Wimpern. Das letzte Mal, dass ich mich geschminkt hatte, war an dem Tag, als meine Freundin ihre Abschiedsparty in dem Club Savage gegeben hatte. Der Abend, an dem ich mit Alexander das erste Mal… Bei dem Gedanken daran kribbelte mein ganzer Körper. Es war eine wahnsinnig schöne Nacht voller Schmetterlinge im Bauch. Doch dann schossen die Erinnerungen an den Morgen danach in mein Gedächtnis. An die unfassbar kalte, abweisende Art, die mein Herz für den Moment in tausend Stücke zerrissen hatte. Seine Sprunghaftigkeit war es, die mich am meisten fertigmachte. Man konnte nie sicher sein, woran man bei ihm war. Nicht einmal jetzt wusste ich, ob er mir die Wahrheit sagte. Würde das jemals anders sein? Konnte ich mich eines Tages voll und ganz fallen lassen und ihm zu 100% vertrauen? War dieser Zeitpunkt vielleicht schon jetzt? Eines wusste ich jedenfalls mit Sicherheit: Die Forderung, die ich gestellt hatte, er dürfe mich nicht zärtlich berühren, dürfte mich nicht küssen oder sonst irgendwas mit mir anstellen, war mehr eine mir selber auferlegte Strafe. Eine Art Selbstschutz vor seiner Sprunghaftigkeit und seinem Manipulationstalent. Wie lange würde ich diese Regel selber durchziehen können, wenn ich alleine bei seinem Anblick dahinschmachtete? Fakt war, ich würde es ihm weiß Gott nicht so einfach machen! Das hatte ich mir jedenfalls fest vorgenommen.

41

Selbstbewusst, und lediglich mit meiner schwarzen Spitzen-Unterwäsche bekleidet, stolzierte ich ins Wohnzimmer, um mir ein paar Kleidungsstücke vom Stapel auf der Couch herauszusuchen. Dies tat ich natürlich in einer zeitlupenartigen Geschwindigkeit. Ich spürte Alexanders Blick auf meinem kaum bekleideten Körper haften. *Was du kannst, kann ich schon lange,* dachte ich verschmitzt. Wie oft stand er Oberkörperfrei vor mir, während ich in einem seiner alten T-Shirts aussah wie ein Kartoffelsack. Zielstrebig griff ich nach einer knappen Hotpants und zog sie mir Stück für Stück über meine Beine. Dann griff ich zu einem engen schwarzen Top, das meinen Körper an den richtigen Stellen betonte. So fühlte ich mich wieder vorzeigbar. Auf meinen Zehenspitzen drehte ich mich gekonnt zu Alexander herum und hüpfte gut gelaunt zum Esstisch zurück. Alexander beobachtete meinen Anflug von guter Laune erst kritisch, doch dann steckte meine gute Laune ihn an. Er fing an zu strahlen, als er sah, dass es mir wieder besserging. Ich griff mir ein Körnerbrötchen aus dem Brotkorb, pulte das Innere heraus, rollte es zu einer Kugel und schob es mir genüsslich in den Mund. Anschließend schnappte ich mir das Geschirr, ging in die Küche und spülte alles ab, während ich vergnügt vor mich hin summte.

Ich spürte Alexander direkt hinter mir stehen, so nah, dass sein T-Shirt meine Haut streifte. Seine Begierde mich zu berühren war so greifbar, dass ich voller Schadenfreude in mich hineinschmunzelte. Ob Mensch oder Mutant, in diesem Punkt waren Männer doch alle gleich manipulierbar. Seine Lippen waren nur wenige

Zentimeter von meinem Ohr entfernt, als er fast flüsternd fragte:

„Kann man dir irgendwie helfen?"

Mit einer eleganten Bewegung drehte ich mich zu ihm um. Nun waren unsere Körper so nah, dass nicht einmal mehr ein Blatt Papier zwischen uns passte. Unsere Blicke trafen sich und ich fühlte die brennende Leidenschaft in unseren Augen. Mein Bauch kribbelte wie verrückt. Man konnte regelrecht spüren, wie auch er sich bemühte, mich nicht umgehend zu packen und zu küssen. Wie Magneten fingen unsere Lippen an, sich wie von alleine aufeinander zuzubewegen. Doch als ich spürte, dass er kaum noch in der Lage war, sich zurückzuhalten, erwiderte ich triumphierend:

„Du könntest mir die Pistole bringen, solltest du es wagen, mich anzufassen."

Alexander schürzte beleidigt die Lippen.

„Du spielst nicht fair, kleine Lady."

Ich riss mich von seinem anziehenden Blick los und ging mit erhobener Brust ins Wohnzimmer zurück.

„Das hast du auch nie", rief ich ihm zu.

Als ich den restlichen Tisch abräumen wollte, stand er wieder hinter mir, dieses Mal jedoch mit einem größeren Sicherheitsabstand.

„Bevor du alles abräumst, sollest du dir die restlichen Brötchen schmieren."

Verwundert drehte ich mich zu ihm herum. Dabei sah ich, wie das hereinscheinende Licht der mittlerweile tiefer stehenden Sonne ihn so blendete, dass er die Augen zusammenkneifen musste. Ich ging zu den Fenstern und ließ die Jalousien so weit runter, dass nur noch ein kleiner Spalt des Tageslichtes den Raum erhellte.

„Brötchen schmieren? Wofür?"

„Ich habe uns Flugtickets für heute Nacht gebucht. Sobald du fertig bist, kannst du deinen Koffer packen, den ich dir aus deinem Haus mitgebracht habe."

„Wo fliegen wir überhaupt hin?"

„Nach Rumänien", flüsterte er. Ich sah ihn überrascht an. Dass es besser war, für eine Weile unterzutauchen, war mir bewusst. Allerdings dachte ich eher an einen anderen Staat, nicht an das andere Ende der Welt. Die Sorge um Christina und Patrick war scheinbar deutlich realer, als mir bewusst war.

„In deine Heimat?"

„Da kenne ich mich am besten aus", erklärte er.

„Ist die Gefahr wirklich so groß?" Ich wollte einfach nicht wahrhaben, dass von Christina so eine enorme Gefahr uns gegenüber ausging. Alexander antwortete nicht. Doch ich brauchte keine Antwort, wenn ich in sein besorgtes Gesicht sah. Heute Abend würde die Frist ablaufen, und sie würde nicht lange suchen müssen, um mich hier zu finden.

„Was meinst du, wird sie tun, wenn sie herausfindet, dass ich noch lebe *und* bei dir bin…?"

Alexander packte mich mit ernster Miene an den Schultern.

„Ich möchte, dass du mir gut zuhörst. Egal, was diese Frau tut, egal was sie sagt, vertraue ihr niemals, hörst du?! Niemals! Alles was sie sagt, ist gelogen. Alles was sie tut, ist zu ihrem Vorteil. Diese Frau geht über Leichen, sie ist unberechenbar, verstehst du?"

„Ich verstehe das nicht. Sie hat doch gegen Monique und Patrick an deiner Seite gekämpft."

„Sie hat nicht an meiner Seite gekämpft. Monique hatte es auf *sie* abgesehen! Sie war nur froh, dass ich da war, um ihr zu helfen. Und Patrick hatte sie bereits so in ihren Bann gezogen, dass er ihr nie etwas angetan hätte."

Moment mal, Alexander hatte recht! Moniques Hass richtete sich einzig und allein gegen Christina. Deswegen hatte sie Alexander bei mir im Haus überhaupt von Moniques Besuch erzählt. Sie hatte Angst um ihr Leben und brauchte Alexander zu ihrem Schutz. War Christina wirklich zu allem fähig? Ich musste unbedingt wissen was damals zwischen Alexander und Christina vorgefallen ist. Wie sollte ich sonst verstehen, was in beiden vorging und wie groß die Gefahr wirklich einzuschätzen war. Doch wie fing ich das Thema bloß an, ohne dass er wieder abblocken würde? Jeder bisherige Versuch wurde vehement von ihm abgetan. Vielleicht ließ ich mich bisher aber einfach nur zu leicht abwimmeln. Die Situation hatte sich geändert. Er hat sich entschlossen an meiner Seite zu sein. Doch dann musste ich auch die ganze Wahrheit mit all ihren Geheimnissen kennen. Nein, dieses Mal würde ich mich nicht wieder abwimmeln lassen, egal wie wütend er werden würde.

„Ich habe eine weitere Forderung", sagte ich zielstrebig. Alexander wartete schweigend ab. „Du sagst, du hast dich endgültig dazu entschlossen, mit mir zusammen zu sein, richtig?" Er nickte kurz, schaute mich jedoch abwartend an, als wenn er wusste, worauf ich hinauswollte.

„Ich möchte, dass du mir die ganze Geschichte über dich und Christina erzählst."

Alexander schüttelte abweisend den Kopf.

„Miri, versteh bitte, dass…"

„Nein Alex! Ich akzeptiere keine Ausflüchte mehr. Wenn du willst, dass ich dir zu 100% vertraue, gehört dieser Teil deines Lebens dazu. Es geht nicht nur mehr um dich. Ich bin ebenso in Gefahr. Also bitte, hilf mir zu verstehen, was in Christinas Kopf vorgeht."

Er fing an hektisch im Zimmer auf und abzugehen, seine Hände über dem Kopf zusammengeschlagen. Ich konnte nur erahnen, wie sehr er mit sich rang. Was auch immer vorgefallen war, es beschäftigte ihn seither mehr, als er jemals zugeben würde. Schließlich setzte er sich mir gegenüber an den Tisch.

„Es ist alles meine Schuld, okay?!"

„Was meinst du damit?"

„Christina… Es war ein riesen Fehler." Er strich sich mit einer Hand übers Gesicht. „Ich hätte sie niemals verwandeln dürfen!"

Bitte was?! Ich starrte ihn entgeistert an. Natürlich! Christina hatte bereits angedeutet, dass er schon einmal jemanden verwandelt hatte. Sie sprach damals von sich selbst… Ich schaute betroffen zu Boden. Alexander hatte sie zu einer von ihnen gemacht, doch *mich* wollte er nicht verwandeln. Das war einfach nicht fair. Warum sie, doch mich nicht? Ich merkte, wie unweigerlich die Eifersucht in mir hochstieg.

„Du hast sie aus Liebe verwandelt?", fragte ich, wobei ich nicht sicher war, ob ich die Antwort überhaupt ertragen konnte. Doch Alexander schüttelte zu meiner Erleichterung den Kopf.

„Das Ganze ist ungefähr zwölf Jahre her. Ich war gerade in Deutschland unterwegs. Meine Mutter machte ihren alljährlichen Verwandten-Besuch in Hamburg, bei dem ich sie heimlich begleitete. Davon weiß sie natürlich nichts, aber ich beobachte sie gerne zu Hause in ihrer alten Heimat. Ihre Augen strahlen, wenn sie ihre Schwester und ihren Bruder in die Arme schließt. Viele Erinnerungen verbinden meine Jugend mit ihrer Heimatstadt."

Er machte eine kleine Pause, in der er gedanklich ganz weit weg schien. Dann fuhr er fort.

„Ich war eines nachts in den Seitenstraßen des Kiezes auf der Jagd nach Beute, als ich Christina zwischen zwei riesigen Müllcontainern liegen sah. Man konnte, wenn man sie sah, schon erahnen, was ihr widerfahren sein musste. Wer als junges Mädchen alleine in den übelsten Straßen des Rotlichtviertels von Hamburg, in den dunklen, dreckigen Gassen, samt Nutten und Zuhältern, unterwegs ist, muss schlimmes im Leben durchgemacht haben. Sie atmete kaum noch, ihre Kleidung war völlig zerrissen und ihr Körper von Blutergüssen und blauen Flecken übersät. Sie hat mir später erzählt, dass sie damals als Punk auf der Straße gelebt hat und versucht hatte, einigen Zuhältern Geld zu stehlen. Diese haben sie daraufhin mit mehreren Männern brutal misshandelt und anschließend halb totgeprügelt."

Wieder machte er eine kurze Pause, in der er sich nachdenklich auf die Lippen biss. „Ich habe sie mitgenommen und sie in dieser Nacht verwandelt. Es wäre so einfach gewesen von ihr zu trinken und sie anschließend zu töten, sie hätte diese Nacht sowieso nicht überlebt!"

„Doch du hast sie verwandelt, weil dir der Anblick leidtat, wie sie dort zwischen den Müllcontainern weggeschmissen wurde", fügte ich hinzu. Alexander sah mich leidvoll an.

„Ich war in dem Moment schwach! Ich habe mich von menschlichen Gefühlen leiten lassen und dieses Mädchen vor dem Tod bewahrt."

„Das war wirklich heldenhaft von dir", sagte ich.

„Es war das Dümmste, was ich je getan habe."

„Warum denkst du das?"

Alexander schaute verachtend an sich herab.

„Was für ein Leben habe ich ihr denn bitte geschenkt?!"

„Das gleiche Leben, das sie vorher auch hatte, wenn sie zuvor als Punk auf der Straße gelebt hat. Ein Leben in einer grausamen, anarchistischen Welt. Eine Welt, die sie bereits lebte und die ihr das Leben gekostet hätte, wenn du nicht gewesen wärst."

Alexander entgegnete nichts. Zu groß waren die gegen sich selber gerichteten Vorwürfe.

„Was ist dann passiert?", fragte ich weiter.

„Ich habe ihr alles beigebracht, was sie über unsere Welt wissen muss. Wir haben zwei Jahre zusammen verbracht und sie schien tatsächlich glücklich, dass ich ihr dieses Leben geschenkt habe. Doch ich konnte sie nicht immer beschützen, verstehst du?!"

Er sprang auf und schlug erneut die Hände über dem Kopf zusammen.

„Erzähl mir was passiert ist. Bitte."

Alexander setzte sich wieder, doch seine Miene blieb angespannt.

„Eines nachts haben sie mehrere von uns überfallen. Ich war nicht da, nicht einmal in der Nähe. Ich konnte nichts tun. Sie haben sie für eine Nacht verschleppt und am nächsten Morgen wieder dort abgelegt, wo sie sie gefunden haben. Mehr hat sie mir nie erzählt."

Ich hielt mir vor Entsetzen die Hand vor den Mund. Diese Vorstellung war unfassbar grausam, zumal es ihr bereits das zweites Mal wiederfahren war. Jetzt endlich verstand ich, dass Alexander mich nicht verwandeln wollte. Nun wurde mir klar, was in seinem Kopf vorging. Aber seine Vorwürfe waren völlig unberechtigt. Er durfte sich keine Schuld geben für das, was Christina wiederfahren war.

„Alex, du hattest überhaupt keine Schuld an dem, was Christina zugestoßen ist. Du konntest sie nicht rund um die Uhr beschützen, auch wenn ich mir sicher bin, dass du in der ganzen Zeit dein Bestes getan hast."

„Miri, ich habe überhaupt erst zuglassen, dass ihr das erneut passieren konnte, indem ich sie verwandelt habe."

Man sah ihm an, wie sehr ihn dieser Gedanke zutiefst quälte. Ich stand auf und ging zu ihm herüber. Als ich mich neben ihn setzte, nahm ich seine Hand.

„Alex, du hast ihr das Leben geschenkt. Sie war schon tot ohne dich. Und was ihr erneut wiederfahren ist, hättest du in keinem Fall verhindern können."

Ich schaute ihm tief in die Augen, die seine ganze Trauer verrieten.

„Was ist anschließend passiert?", fragte ich nach einer Weile.

„Sie war nicht mehr dieselbe. Wochenlang habe ich sie nicht mehr gesehen. Irgendwann stand sie wieder vor meiner Tür, völlig abgemagert und verstört. Ich habe versucht sie aufzupäppeln, habe versucht für sie da zu sein, doch sie war nur noch eine leere Hülle ihrer Selbst. Von da an machte sie Jagd auf jeden Menschen, jeden Mutanten, der ihr in die Quere kam, tötete unvorsichtig und aus reinem Frust. Schlief mit so gut wie jedem männlichen Mutanten. Niemand war mehr vor ihr sicher. Ich habe versucht damit klar zu kommen, doch ich hielt es irgendwann nicht mehr aus. Schließlich habe ich dafür gesorgt, dass unsere Wege sich trennen. Doch von da an wurde es immer schlimmer. Egal wo ich bin, egal was ich tue, sie ist nie weit weg."

„Weil sie nur dich hat, dem sie vertrauen kann…", schlussfolgerte ich nachdenklich.

Das war eine grausame Vorstellung. Alexander hatte nur versucht das richtige zu tun. Doch es hatte ihm nichts als Ärger und Leid gebracht.

„Wenn ich das richtig verstehe, wird Christina es niemals akzeptieren, wenn sie die Wahrheit über uns erfährt?"

Alexander schaute mich besorgt an.

„Verstehe mich nicht falsch, Miri, aber du musst dich darauf einstellen, dass wir Christina früher oder später töten müssen."

Ich schluckte.

„Heute schon?"

„Wenn du es verhindern möchtest, sollten wir uns langsam auf den Weg machen."

Ich sprang auf und eilte ins Badezimmer, um meinen Krempel in die Kulturtasche einzupacken.

„Iss erstmal in Ruhe auf, wir haben noch etwas Zeit. Solange es nicht Stockdunkel ist, wird sie nicht kommen. Wichtiger ist, dass du zu Kräften kommst."

Doch ich hörte ihm nicht zu. Ich wollte um jeden Preis verhindern, dass wir Christina mit ihrem Muskel-Paket Patrick heute noch in die Arme liefen. Solange ich noch ein Mensch war, hatte Alexander alleine keine Chance gegen die beiden. Dieses Risiko wollte ich auf keinen Fall eingehen.

„Und was ist mit dir?", fragte ich, „wann kommst du wieder zu Kräften? Und wann hast du das letzte Mal geschlafen? Das ist doch schon mehr als 24 Stunden her."

Er stand plötzlich neben mir und reichte mir den Rollkoffer.

„Unnötig", warf er ein.

„Alex, bitte. Ich sehe es an deinen Augen. Sie sind schwarz und blutunterlaufen."

Doch er ignorierte mich.

„Pack dir genug Essen und Trinken ein. Du musst zu Kräften kommen, wenn ich dich schnellstmöglich verwandeln soll."

Das war tatsächlich ein Argument, das bei mir Gehör fand.

„Wirst du mitfliegen?", fragte ich, während ich den Koffer fertigpackte. Er deutete mit einer Nickbewegung auf einen bereits gepackten Koffer, der startbereit im Flur stand.

„Wir sehen uns im Flieger. Ein Taxi steht in ein paar Minuten dort bereit, wo du letztes Mal rausgelassen wurdest. Weißt du noch, wo das war?"

Ich nickte leidig. Wie sollte ich den Tag nach unserer ersten Nacht vergessen, an dem ich an derselben Stelle im Taxi zusammengebrochen war.

„Hör mir zu, das ist extrem wichtig", fuhr er mit eindringlicher Stimme fort, „wir sitzen nicht zusammen. Du wirst mich nicht suchen und erst recht nicht ansprechen, nicht am Flughafen, nicht im Flieger, nirgendwo, bis wir am Zielort angekommen sind, verstanden?"

Mir gefiel die Vorstellung gar nicht, aber mir war bewusst, dass es zu unserem eigenen Schutz sein musste. Also nickte ich erneut.

„Miri, das ist kein Spaß. Am Flughafen habe ich keinen Überblick wann und wo einer von uns ist. Es laufen sekündlich neue Leute dort herum, und es gibt keine Erklärung dafür, wenn mich einer von ihnen mit dir zusammen sieht. Und im Flieger gibt es kein Entkommen. Ich möchte, dass du den Ernst der Lage verstehst."

„Ich verstehe", sagte ich knapp. Der Ernst der Lage war mir nach den letzten Wochen deutlich bewusst.

„Die Adresse, in die dich das Taxi in Rumänien bringen wird, habe ich dir auf dein Handy geschickt. Nicht wundern, es sind ein paar Stunden Fahrt." Er verschwand ins Schlafzimmer und stand keine Sekunde später wieder vor mir.

„Bevor ich es vergesse…", er drückte mir die Pistole in die Hand, „du wolltest doch Gerechtigkeit, falls ich mich nicht benehme."

Er zwinkerte mir zu. Ich griff mit der Hand zur Waffe, doch bevor ich sie entgegennahm, stockte ich. Alexander streckte seinen Arm weiter aus.

„Steck sie ein. Glaube mir, ich würde mir an deiner Stelle auch kein bisschen mehr vertrauen."

Ich nahm die Pistole und legte sie beim Herausgehen auf die Kommode.

„Damit komme ich eh nicht durch die Kontrolle."

42

Nervös wackelte ich auf dem Sitz am Gate hin und her. Ich wusste, dass ich nicht nach ihm Ausschau halten durfte, doch aus dem Augenwinkel beäugte ich jeden in der näheren Umgebung, während ich so tat, als würde ich die neueste InStyle durchblättern. Von Alexander gab es jedoch keine Spur. Verschiedene Szenarien gingen mir durch den Kopf. Sollte er mich vielleicht alleine nach Rumänien schicken, um mich in Sicherheit zu wissen, und sich alleine Christina stellen? Schickte er mich alleine fort, um Zeit zu schinden, mich vorerst nicht verwandeln zu müssen? War ich wieder einmal zu naiv gewesen und hatte ihm zu Unrecht mein Vertrauen geschenkt? Verdammt, ich hielt die Unsicherheit kaum noch aus.

Im Flieger stieg meine Anspannung an. Ich saß am Fenster in der sechsten Reihe und widerstand nur äußerst schwer der Versuchung, nicht jeden, der nach mir in den Flieger stieg, hoffnungsvoll anzustarren. Es setzte sich ein sehr junger, großer Mann mit markantem, osteuropäischen Gesicht neben mich. Seine makellose Figur und seine Sonnenbrille stachen mir sofort ins Auge. Verdammt, die kalte Aura, die der junge Mann ausstrahlte, ließen keinen Zweifel daran, dass er einer von ihnen war! Mein Herz fing wie wild an zu pochen. Bitte nicht! Nicht elf Stunden lang hier im Flugzeug. Ich dachte unmittelbar an den Mutanten im Zug und Alexanders Warnungen, die Mutanten würden sofort merken, dass ich ihr Geheimnis kannte. Wie sollte ich dann bitte elf Stunden lang direkt neben einem Mutanten eingesperrt überstehen? *Du schaffst das, Miri*, ermutigte ich mich. Irgendwie schaffst du das...

Langsam drehte ich mich zum Fenster, steckte mir die Kopfhörer meines Handys ins Ohr, schloss die Augen und drehte die Musik extra laut auf. *Verhalte dich unauffällig, schaue ihn nicht an*, mahnte ich mich.

Eine halbe Stunde, nachdem wir gestartet waren, hielt ich es vor Anspannung nicht mehr aus. Ich sprang auf und bat die beiden Herren neben mir, mich durchzulassen, ohne einen von ihnen anzusehen. Eilig hastete ich zum WC am Ende des Flugzeugs, obwohl das WC im vorderen Bereich des Fliegers viel dichter war. Aber ich brauchte Klarheit, brauchte Gewissheit, dass Alexander im Flieger war. Ich stand kurz vor einem Nervenzusammenbruch.

Dann sah ich ihn. In der vorletzten Reihe am Fenster, die Augen hinter einer schwarzen Sonnenbrille versteckt, lehnte sein Kopf an der Jacke, die er zwischen sich und dem Fenster geklemmt hatte. Er schien tief und fest zu schlafen. Kein Wunder, er hatte meinetwegen eineinhalb Tage kein Auge zugemacht. Nun schien er völlig erschöpft in einen komatösen Schlaf gefallen zu sein. Für den Bruchteil einer Sekunde ruhte mein Blick auf ihm. Sein Anblick war so bezaubernd, wenn er schlief. Er hatte wahrscheinlich nicht einmal wahrgenommen, wie die beiden Mädels, die vor ihm saßen, immer wieder einen Blick durch den Spalt ihrer Sitzlehnen warfen und tuschelten, was für eine verdammt heiße Schnitte der Typ hinter ihnen sei.

Als ich die WC-Tür von innen schloss, schlug mein Herz Purzelbäume vor Freude. Er war da. Schon schien mir das Problem mit dem Mutanten, der während des gesamten Fluges neben mir sitzen würde, nicht mehr unlösbar. Er war da. Und er würde mich beschützen. Wenn er doch jetzt hier bei mir wäre... Wenn ich mich einfach nur in seine Arme fallen lassen könnte. Das Verlangen nach ihm wurde durch meine eigens aufgestellte Regel und durch den gezwungenen Abstand hier im Flieger unerträglich groß. Ich hätte in diesem Moment alles gegeben, ihn einfach berühren, einfach nur in den Arm schließen zu können.

Acht Stunden später sah ich Alexander den Gang nach vorne zum WC gehen. Im Augenwinkel konnte ich sein Handy sehen, dass er in der Hand hielt. Das musste ein Zeichen sein, denn schließlich saß er hinten in unmittelbarer Nähe der WCs. Wahrscheinlich wollte er mich wissen lassen, dass er im Flieger war. Er konnte ja nicht ahnen, dass ich bereits völlig paranoid durch den Flieger geeilt war, um ihn zu suchen. Der junge Mutant neben mir schlief schon eine Weile. Ich hatte bisher kein Auge zubekommen, nicht neben diesem Typen. Ich warf einen prüfenden Blick hinüber, ob er wirklich schlief, bevor ich Alexander eine Nachricht schickte.

Es sitzt einer neben mir, schrieb ich. Augenblicklich bekam ich zwei aufeinanderfolgende Nachrichten zurück.

Ich weiß

Bleib ruhig

Witzig, was sollte ich denn sonst tun?

Den Rest des Fluges verbrachte ich damit, mein Proviant aufzuessen. Mit dem Argument, mich schneller verwandeln zu können, hatte ich bereits alle Gerichte, die einem im Flieger zur Verfügung standen, restlos verputzt. Der Flieger setzte zum Landen an, als ich meinen Blick über die unendlichen Weiten der Wälder schweifen ließ. Kleine Seen glitzerten in der Sonne. Es war ein wolkenloser Himmel und die Schönheit der Natur war einfach atemberaubend. Ob Christina bereits nach uns suchte? Ahnte sie schon, dass Alexander ihr nur etwas vorgespielt hatte und nun mit mir untertauchte? Vielleicht kannte sie ihn ja gut genug, um zu erahnen, wo er sich verstecken würde? Nein, Miri, mach dich nicht verrückt. Alexander wird bewusst seine Heimat gewählt haben, weil es jetzt wahrscheinlich der sicherste Ort für uns ist. Das hoffe ich zumindest...

Als der Flieger landete und alle Passagiere zum Ausstieg gebeten wurden, beugte ich mich herunter zu meiner Handtasche. Der junge Mutant neben mir beugte sich zeitgleich nach unten zu seinem Rucksack, sodass unsere Köpfe unsanft zusammenstießen. Reflexartig schaute ich ihn an, während ich meinen schmerzenden Kopf rieb. Dabei sah ich, dass seine Sonnenbrille ein wenig von der Nase gerutscht war. Bevor seine Hand die Sonnenbrille wieder nach oben schieben konnte, sah ich, wie er seine rot umrandeten Augen von der Sonne geblendet zusammenkniff. Die dunklen Ränder unter den Augen verrieten, dass auch er länger nichts getrunken hatte, auch wenn sie bei weitem nicht so ausgeprägt waren, wie derzeit bei Alexander.

Ich wandte mich so schnell es ging von ihm ab, doch ich vernahm ein kaum hörbares Knurren aus seiner Kehle. Mein Puls raste und mein Körper fing augenblicklich an zu zittern. Stocksteif blickte ich aus dem Fenster, bis er aufgestanden und gegangen war.

Ich ließ so viele Passagiere wie möglich vorbei, um sicherzugehen, dass der junge Mutant weit genug weg war. Meine Handtasche fest umklammert, drängte ich mich zwischen zwei Passagiere in den Gang und verließ das Flugzeug. Überall am Flughafen hielt ich Ausschau nach dem jungen Mutanten, doch er war nirgendswo zu sehen. Auch Alexander war nicht in Sichtweite.

43

Ich sagte dem Taxifahrer die Adresse, die Alexander mir per Nachricht geschickt hatte.

„Sie wissen, dass die Fahrt mehrere Stunden dauert?", fragte der Taxifahrer im gebrochenen Englisch. Ich nickte und ließ mich hinten in den Sitz sinken.

Ich muss irgendwann eingeschlafen sein, denn plötzlich schreckte ich hoch, als der Taxifahrer mit viel zu hoher Geschwindigkeit die vielen Schlaglöcher der schlecht asphaltierten Straße umfuhr. Ich kannte die schlechten Fahrkünste der Osteuropäer bereits, sodass sie mich nicht mehr schockierten. Es war mittlerweile dämmrig geworden, man konnte nur noch die Silhouetten des Waldes erkennen. Wir mussten irgendwo im Nirgendwo in einen der riesigen Waldgebiete sein. Schlaftrunken rieb ich mir die Augen. Mein Nacken schmerzte durch die unvorteilhafte Schlafposition. Ich lehnte mich etwas nach vorne, um den Taxifahrer zu fragen, wie lange wir noch fahren würden.

Doch auf einmal schrie der Taxifahrer auf. Der Wagen kam ins Schleudern und knallte gegen etwas, dass sich mitten auf der Straße befand. Tiere waren hier in der Gegend zuhauf, doch dieses Tier musste so groß sein, dass der Fahrer bei dem Aufprall aus dem Sitz geschleudert wurde und mit dem Kopf gegen die Frontscheibe schlug. Ein lauter, dumpfer Knall durchfuhr das ganze Auto, als sich die Vorderschürze des Wagens V-förmig wie eine Ziehharmonika um das Ding auf der Straße herumbog. Ich knallte mit dem Kopf gegen den Vordersitz, während der Sicherheitsgurt verhinderte, dass ich durch das Auto flog.

Mein Körper zitterte unaufhaltsam. Ich wusste sofort, was das bedeutete! Benommen versuchte ich, mich aufzurichten, um nach dem Fahrer zu schauen. In dem Moment wurde die Fahrertür herausgerissen und der große, schwere Taxifahrer mit einer unmenschlichen Geschwindigkeit aus dem Auto gezogen. Der Taxifahrer schrie laut auf und versuchte sich mit aller Kraft am Lenkrad festzuhalten, doch es war zu spät. Seine verzweifelten Schreie ertönten erst von der Straße aus, dann immer entfernter aus dem Wald, bis es plötzlich totenstill war.

Um Gottes willen, ich musste sofort hier weg! Ich löste den Sicherheitsgurt, riss die Hintertür auf und rannte so schnell ich konnte. Die Tritte auf dem Asphalt hallten tief in den Wald hinein. Ich versuchte mein Handy aus der Jackentasche zu ziehen, doch ich lief so schnell, dass ich dabei in ein Schlagloch trat und zu Boden stürzte. Meine Arme und Knie schrammten den Asphalt entlang.

„Aaaaaah, scheiße!", schrie ich vor Schmerz auf, doch sofort rappelte ich mich auf und rannte weiter.

„Alex! Alex, Hilfe!", schrie ich, in Hoffnung, dass er irgendwo in der Nähe war und mich hören konnte. Der Wald trug meine Schreie hinaus in die Dunkelheit.

In diesem Moment fing etwas meine Flucht ab. Ich rannte ungebremst gegen eine schwarze Gestalt und fiel von der Wucht des Aufpralls rückwärts zu Boden. Doch es war nicht Alexander… Oh nein! Es war der junge Mutant aus dem Flieger! Selbst im Dunkeln war das frische Blut, das aus seinem Mund herauslief, zu erkennen. Lange, blutverschmierte Reißzähne ragten hervor, während zwei raubtierartige Augen mich wie ein saftiges Stück Fleisch anvisierten. Mein ganzer Körper bebte vor Angst.

Der junge Mutant ging einen Schritt auf mich zu, hob mich mit einer Hand in die Luft und schleuderte mich in den Wald hinein. Mit voller Wucht prallte ich gegen einen Baum und sackte zu Boden, doch der Mutant packte mich erneut und schmiss mich tiefer in den Wald hinein. Meterweit rutschte ich über den unebenen Waldboden, als ich aufschlug. Baumwurzeln, die aus dem Boden ragten, rissen tiefe Wunden in meine Arme und Beine. Im selben Moment war der Mutant bereits über mir. Sein nach warmen Blut riechender Atem strömte stoßweise in mein Gesicht.

„Ich habe dich gesucht, kleines Fräulein. Hast du Lust auf ein kleines Spiel, bevor ich dir das Leben aus den Adern sauge?", sprach er mit einem osteuropäischen Akzent. Sein widerwärtiges, bestialisches Gesicht grinste mich teuflisch an. „Ich gebe dir fünf Sekunden Vorsprung um zu fliehen, was hältst du davon?"

Ich versuchte mich aufzurichten, doch beim Versuch aufzutreten, fühlte ich, dass ich mir meinen Knöchel und mehrere Rippen gebrochen haben musste. Und es würde einige Minuten dauern, bis sich mein Körper komplett regenerierte. Mir war jedoch sehr wohl bewusst, dass mir diese Zeit nicht mehr blieb. Es war aussichtslos. Trotzdem musste ich irgendwie versuchen Zeit zu schinden. Ich durfte mich meinem Schicksal nicht einfach so ergeben.

„Bitte, hör mir zu! Du kannst mich nicht töten. Ich weiß was du bist und es ist sinnlos… Hör mich an, ich…"

Der Mutant beugte sich herunter und hielt mir mit seiner blutverschmierten Hand den Mund zu. Das warme Blut tropfte von seinen Fingern in meinen Mund hinein. Ich wusste, dass dies das Blut des Taxifahrers war. Mir wurde speiübel. Es war einfach nur grausam. Ich griff nach seiner Hand, um sie von meinem Mund wegzuzerren, um irgendwie zu verhindern, dass das Blut weiterhin in meinen Mund laufen konnte, doch ich hatte nicht den Hauch einer Chance, seine Hand auch nur einen Millimeter zu bewegen. Diese mutierten Bestien waren so unglaublich stark, wenn sie ihre volle Kraft unter Beweis stellten. Wie eine klitzekleine Maus saß ich in den Klauen eines riesigen Bären fest. Aus seinem Handrücken ragten Adern hervor, die unter meiner Berührung stark anfingen zu pulsieren, je mehr ich mich wehrte.

„Ich liebe es, wenn ihr bettelt", lachte der Mutant. *„Bitte lass mich leben, bitte tötet mich nicht*! Aber keine Sorge, so schnell töte ich dich nicht. Das wäre doch viel zu schade." Er legte sein Gesicht an meines und leckte mit seiner widerwärtigen Zunge über meine Wange. „Du bist viel zu hübsch, um dich einfach nur auszusaugen."

Um Himmels willen, nein! Es war ganz offensichtlich, was er mit mir vorhatte. Bitte nicht! Ich riss voller Panik meine Augen weit auf und versuchte zu schreien. Versuchte mich aus seinem Griff zu befreien und nach ihm zu treten, auch wenn ich bereits wusste, wie ausweglos meine Lage war. Doch plötzlich lockerte er seinen Griff. Ich stemmte mich mit aller Kraft auf und rannte los. Doch mein gebrochener Knöchel ließ mich nach einigen Metern zu Boden stürzen. Wieder versuchte ich mich aufzurichten und loszurennen.

„Ja, so ist gut, meine Süße. Lauf! Renn um dein Leben!" Er blieb lachend stehen und schaute mir mit größter Freude zu. Als ich es schaffte, mich erneut aufzurichten und loszurennen, packte er mich am Bein und riss mich zurück. Ich schrie wie am Spieß, als er mit seiner enormen Kraft mein Bein so fest zudrückte, dass mein Knochen wie ein dünner Bleistift durchbrach. Ich schrie erneut aus voller Kehle. Mit einer blitzartigen Bewegung drehte er mich auf den Rücken und legte sich mit seinem gesamten Körper auf mich. Ich konnte seinen ekelhaft stinkenden Schweiß durch meine Kleidung hindurch spüren. Der Geruch von frischem Blut aus seinem Mund drang in meinen Atem. Ich wusste genau, was mir nun blühte. Was dieser kranke, widerwärtige Mutant jetzt mit mir anstellen würde. Tränen füllten meine Augen und rannen schließlich unaufhaltsam über meine vom Waldboden aufgeschürften Wangen. Die zahlreichen Wunden brannten, als die salzigen Tränen hinüberrannen.

Alexander hatte so recht, diese Welt war wirklich das Schlimmste, das einer Frau widerfahren konnte. Aber am schlimmsten war, dass ich als Mensch nicht den Hauch einer Chance hatte, mich zu wehren.

Alles in mir schrie: *Lauf, lauf um dein Leben*, aber sein Körper lag mit all seiner Kraft auf mir drauf. Es war ausweglos. Es gab nichts, was ich tun konnte, nichts was ihn aufhalten würde. Diese Gewissheit war unerträglich. Alexander hatte die Wirklichkeit nie verschönert, hatte bis zum Schluss versucht, mich davor zu bewahren. Nun gab es kein Entkommen mehr.

„Bitte nicht!", schrie ich.

„Ja, komm schon Baby, fleh mich an. Bettele um dein Leben. Ich will hören, was du alles tun würdest, damit ich dich am Leben lasse."

Er packte meine Handgelenke und zog sie über meinen Kopf. Die andere Hand legte er auf mein Bein, das ich mit aller Kraft gegen mein anderes Bein presste, und ließ seine dreckigen Finger langsam nach oben wandern.

„Wie schön du bist… und wie gut du riechst." Er leckte seiner blutverschmierten Zunge meinen Hals entlang. Dann biss er zu. So brutal, wie es nicht einmal Brad getan hatte, bohrten sich seine Reißzähne in mein Fleisch.

44

Bevor ich die rasant schnellen Bewegungen überhaupt wahrnehmen konnte, hörte ich ein bestialisches Brüllen, gefolgt von einem lauten Schlag. Die Hand, die eben noch auf meinen Oberschenkeln lag, war plötzlich nicht mehr auf meiner Haut zu spüren. Dann erkannte ich ihn, sah sein furchteinflößendes Gesicht, das ihn in seiner unaufhaltsamen Wut so brutal und unmenschlich wirken ließ, dass er so gut wie nichts mehr mit dem Alexander zu tun hatte, den ich zuletzt kennenlernen durfte. Tiefschwarze Adern, die sich den Weg durch die ebenso pechschwarzen Augenränder bahnten, pochten im selben Rhythmus seines rasant hervorstoßenden Atems.

Der junge Mutant flog meterweit durch die Luft. Alexander sprang mit einem riesigen Satz hinterher, packte seinen Kopf in der Luft und riss ihn zur Seite. Der leblose Körper schlug mit voller Wucht auf dem Waldboden auf. Alexander landete daneben. Jeder seiner Muskeln zuckte vor Abspannung. Sein Atem ging schwer und aus seiner Kehle drang bei jedem Atemzug ein tiefes Grollen. Gänsehaut überzog mich bei seinem unglaublich angsteinflößenden Anblick. Es war immer noch völlig surreal für mich, dass ebenso diese Persönlichkeit in ihm steckte. Das Monster. Dieses grausame und erbarmungslose Wesen, das brutal und kaltblütig mordete und mit einer Handbewegung ein Leben ausschaltete. In diesem Fall jedoch um mich, den schwachen Menschen, zu beschützen. In jenem Fall, um mich vor dem größten Leid und grausamsten Exempel, das einem widerfahren konnte, zu bewahren.

Dann plötzlich ereilte mich der Schock. Zitternd kauerte ich mich zusammen und umfasste meine Knie mit meinen Armen, als wenn ich immer noch dafür sorgen müsste, dass niemand meine Beine auseinander drücken könne. Alexander legte mir behutsam seine Jacke über die Schultern und hob mich vorsichtig in seine Arme. Schwach schmiegte ich mich an seine Brust. Doch dann stockte er abrupt. Mit leerem Blick starrte er in den Wald hinein. Seine pechschwarzen Adern färbten sich Blutrot und pulsierten so stark, dass seine Augen kaum noch zu erkennen waren. Seine Nüstern blähten sich immer mehr auf, als sein Blick zu meinem blutverschmierten Hals herunterwanderte. Sein ganzer Körper begann wie wild zu zucken, während seine Augen auf der klaffenden Wunde an meinem Hals hafteten. Auf einmal ließ er mich schlagartig los, sodass ich ungebremst auf den Waldboden aufschlug.

Alexanders Blick haftete unverändert an meinem blutigen Hals, der Atem stieß heftiger aus seinen Nüstern. Er hatte sich schon viel zulange nicht satt getrunken, sodass seine Triebe nun Überhand gewannen, um instinktiv sein Überleben zu sichern. Er musste etwas trinken, sofort! Mittlerweile war sein Zustand so kritisch, dass er sich nicht mehr lange unter Kontrolle haben würde. Ich versuchte aufzustehen, doch die vielen Knochenbrüche erschwerten mein Vorhaben. Also richtete ich mich etwas auf und neigte meinen Kopf zur Seite, sodass mein verwundeter Hals frei lag. Alexander hatte mich erneut gerettet, jetzt war es an der Zeit, *ihn* zu retten.

„Trink", flüsterte ich schwach.

Alexander fletschte die Zähne und knurrte laut. Man sah, wie er mit aller Kraft gegen seinen Instinkt ankämpfte, sich nicht sofort auf mich zu stürzen.

„Bitte Alex", flehte ich ihn an.

Schließlich stand er vor mir und kniff angestrengt die Augen zusammen. Sein Atem ging hastig. Dann packte er mich, warf mich über seine Schulter und rannte los.

45

Ich wachte in einem heruntergekommenen Bett auf. Ein unangenehmer Gestank nach Urin drang aus der vergilbten Matratze in meine Nase. Das Holzgestell, aus dem das Bett gemacht war, schien irgendwann einmal eigenhändig zusammengebaut worden zu sein. Überall ragten lange, rostige Nägel aus dem vermoderten Holz.

Wo zum Teufel war ich hier?

Ich versuchte unverletzt aus dem Bett zu steigen, was angesichts der langen herausragenden Nägel eine Kunst war. Beim Auftreten merkte ich sofort, dass die Kochen- und Rippenbrüche bereits vollständig verheilt waren. Gott sei Dank. Als ich mich umschaute, stellte ich fest, dass in dem Raum mehrere Betten standen, eines verrotteter als das andere. Ich schien noch in dem am wenigsten ekelhaften Bett geschlafen zu haben. Ansonsten gab es in dem kleinen Raum nicht viel: Einen mindestens genauso heruntergekommenen Schreibtisch mit irgendwelchen Schreibheften darauf verteilt und einen leeren Kleiderschrank, bei dem die Türen fehlten. Die verdreckten Fensterscheiben ließen das Tageslicht kaum noch herein. Mein Koffer stand vor einem der vier Betten, die hintereinander an den gegenüberliegenden Seiten des Raumes standen. Suchend wanderte mein Blick von einem Bett zum anderen. Wo war Alexander?

Hastig ging ich zu jedem Bett und hob die alten Bettlaken hoch, von Alexander jedoch keine Spur. Für einen kurzen Moment hoffte ich, dass er endlich jagen gegangen war, doch das war mitten am Tag eher unwahrscheinlich. Andererseits war sein Durst mittlerweile so lebensbedrohlich, dass es ihm vielleicht egal war, ob er tagsüber jagen musste.

Ich öffnete eines der Fenster, um mir einen Überblick verschaffen zu können, wo ich mich überhaupt befand. Das Fenster knarrte laut beim Öffnen. Es war noch nicht ganz offen, als mir der Regen ins Gesicht peitschte. Schnell wich ich einen Schritt zurück und schaute heraus. Riesige Tannen umringten das alte weiße Backsteingebäude. Ich schloss das Fenster wieder und beschloss, mir von draußen einen Gesamteindruck zu verschaffen - nachdem ich irgendwo ein Badezimmer gefunden hätte.

Beim Verlassen des Zimmers erstreckte sich ein langer Flur, von dem mehrere Räume abgingen. Der Raum zur rechten Seite des Flures stand offen. Neugierig spähte ich hinein und sah, dass er identisch zu dem Raum war, indem ich geschlafen hatte. Vier heruntergekommene Betten, die auf zwei Seiten des kleinen Raumes aufgeteilt waren, sowie ein Schreibtisch und ein Kleiderschrank, die den Raum komplett ausfüllten. Auch in diesem Raum stand ein Koffer. Es musste Alexanders Koffer sein, soweit ich mich erinnerte.

Dann entdeckte ich ihn. Alexander lag in einem der Betten und schlief. Doch dieses Mal hatte sein sonst so friedfertiger Anblick beim Schlafen wenig Menschliches mehr. Seine Erscheinung war unverändert furchteinflößend und seine Augen ließen keinen Zweifel zu, dass er bisher nicht gejagt hatte. Sein Zustand war wirklich kritisch und er wusste wohl nur zu gut, dass es besser war, letzte Nacht auf Sicherheitsabstand geblieben zu sein und nicht mit mir in einem Zimmer zu nächtigen.

Auf Zehenspitzen schlich ich mich aus dem Zimmer und zog die Tür etwas heran. Raum für Raum suchte ich die Etage nach einem Badezimmer ab. Nach zwei weiteren identischen Räumen fand ich es schließlich. Nach dem schlechten Zustand der Räume, schockierte mich der Anblick des Badezimmers nicht mehr. Alles war völlig verrostet und verdreckt, doch auf dem Rand der Badewanne lagen zwei große, saubere Handtücher. Vermutlich hatte Alexander sie mitgebracht, wohl wissend, wo wir die nächsten Tage nächtigen würden. Ich nahm eines der Handtücher, drehte den Wasserhahn auf und befeuchtete eine kleine Ecke des Handtuches, um den verdreckten Badezimmerspiegel abzuwischen. Als ich mich im Spiegel erkennen konnte, sah ich, dass das vertrocknete Blut noch an meinem Hals und an einzelnen Stellen meines Gesichtes klebte. Dieses Mal hatte Alexander mir das Blut wohl aus Eigenschutz nicht abwaschen können. Ich drehte die Brause der Badewanne auf und war überrascht, als warmes Wasser herausströmte. Nachdem ich die Wanne abgespült hatte, stellte ich mich hinein und duschte mich ab. Nachdem ich im Bad fertig war, fuhr ich mit meiner Erkundungstour fort.

Als ich die riesige alte Eingangstür öffnete, blickte ich in den endlosen Wald, der sich rings um das große alte Haus erstreckte. Weit und breit war kein anderes Haus in Sicht. Lediglich ein kleiner Schotterweg, gerade breit genug für ein Auto, führte vom Haus aus in den Wald hinein. Ich drehte mich zur Eingangstür und entdeckte ein goldenes Schild, das neben der Tür angebracht war. Auf dem Schild war das Wort *orfelinat* eingraviert. Leider wusste ich nicht, was es bedeutete. Der Regen durchnässte meine frisch angezogene Kleidung in Sekunden, also huschte ich schnell wieder ins Haus und ging zurück in das Zimmer, in dem ich die Nacht geschlafen hatte.

Als es dämmrig wurde, beschloss ich meinen Koffer auszupacken und die Kleidung in den Kleiderschrank zu räumen. Doch als ich mich herunterbeugen wollte, um den Koffer auf das Bett zu hieven, spürte ich Alexanders Atem in meinem Nacken. In Anbetracht seines derzeitigen Zustandes fühlte ich mich in seiner unmittelbaren Nähe jedoch äußerst unbehaglich.

„Entschuldige die Unterkunft", sagte er mit ausdrucksloser Stimme, „aber das Haus steht schon seit Jahrzehnten leer, hier solltest du vorerst sicher sein." Ich drehte mich zu ihm und sah in seine durstigen Augen. Sein Anblick war schockierend. Die pechschwarzen Ränder um seine Augen zogen immer tiefere Kreise, seine Haut war kreidebleich und sein Blick… Wie sein Blick bei jeder Bewegung meinen Hals verfolgte, machte mir eine wahnsinnige Angst. Als ob er durch meine Haut hindurch das Blut in meinen Adern pulsieren sah. Wahrscheinlich merkte er es nicht einmal, es musste wie ein Instinkt sein, der sein Überleben sicherte.

„Was ist das hier für ein Haus?", fragte ich.

„Ein leerstehendes Waisenhaus."

Das erklärte die ganzen identisch eingerichteten Zimmer mit den vielen Betten.

„Woher kennst du diesen Ort?"

„Das Waisenhaus stand schon leer, als wir noch Kinder waren. Wir haben hier oft Zeit verbracht."

„Ihr habt als Kinder mitten im Wald gespielt? So weit weg von den anderen Häusern?", fragte ich verwundert.

„Hier in Rumänien wächst man etwas anders auf, als ihr es gewohnt seid. Wir kennen die Wälder wie unsere Westentasche."

So anders war ich gar nicht aufgewachsen, schließlich war ich als Kind auch immer mit Oma und Opa im Wald gewesen. Allerdings habe ich dort nie alleine oder mit anderen Kindern spielen dürfen.

Alex schlug seine Augen nieder.

„Was dir gestern zugestoßen ist, wollte ich dir immer ersparen. Es tut mir unendlich leid, dass ich nicht früher da sein konnte. Ich wollte jagen gehen bevor wir hier ankommen, um dich besser beschützen zu können. Doch ich war genau in dem Moment, als du es am nötigsten hattest, nicht an deiner Seite. Und genau davor hatte ich immer Angst."

„Hör auf!", befahl ich, „du hast mich gerettet, und das nicht zum ersten Mal. Hör bitte auf dir Vorwürfe zu machen. Du kannst mich nicht immer beschützen."

„Aber genau das ist das Problem! Ich verwandele dich aus purem Egoismus, aber überlasse dich deinem Schicksal. Das kann ich nicht verantworten."

Er fing an, sich wie damals bei Christina die Schuld für etwas zu geben, für das er nichts konnte. Dabei waren seine Vorwürfe völlig falsch. *Er* war der Gute. Er wollte immer das richtige tun, sowohl bei Christina, als auch bei mir.

„Alex, was Christina widerfahren ist, ist unfassbar grausam. Aber du rettest mir das Leben, indem du mich verwandelst. Ich lebe doch jetzt schon in eurer Welt, habe aber als Mensch nicht die geringste Chance, mich selber zu schützen. Doch im Moment setzt du dein eigenes Leben aufs Spiel, um mich rund um die Uhr zu beschützen. Schau dich doch an, dir geht es wirklich schlecht. Bitte geh jagen."

„Ich lass dich nicht unnötig alleine", antwortete er.

„Unnötig?! Das soll jawohl ein Witz sein! Was bringt es dir, wenn du am Ende meinetwegen verdurstest?"

Fassungslos drehte ich mich um, um den Koffer auf das Bett zu heben. Alexander beugte sich herunter und griff nach dem Koffer.

„Lass mich dir helfen, du bist zu geschwächt von letzter Nacht", bat er mich, doch ich wollte nicht, dass er mir hilft. Genervt von seiner Sturheit beugte ich mich ebenfalls herunter, um nach dem Koffer zu greifen. Dabei blieb ich mit dem Arm an einem der langen, rostigen Nägel hängen, die aus dem Bettpfosten ragten. Der Nagel bohrte sich in meine Haut und spritzte das Blut aus meinem Arm direkt in Alexanders Gesicht.

Dann ging alles rasend schnell. Ich sah, wie Alexanders Gesicht sich blitzartig verwandelte. In dem Moment packte er mich an der Kehle, schmiss mich zu Boden und fletschte seine messerscharfen Raubzähne direkt über meinem Gesicht. Seine Hand würgte meinen Hals so fest, dass ich dabei war zu ersticken. Alles um mich herum vernebelte sich. Meine Adern pulsierten immer stärker unter seiner Hand, währen ich vergebens versuchte nach Luft zu ringen. Das Ohnmachtsgefühl nahm zu. Völlig starr vor Angst blickte ich mit letzter Kraft in seine kalten Augen und wartete, dass der Schmerz, wenn er zubeißen würde, meinen Körper durchdrang. Doch er biss nicht zu. Stattdessen löste er unter tiefster Anspannung seinen Griff und presste die Zähne fest aufeinander, als wolle er sich selber daran hindern, über mich herzufallen.

Ich schnappte augenblicklich nach Luft und atmete mehrmals tief ein und aus, bevor ich ihm mit zittriger Stimme zuflüsterte: „Trink!"

Mit sich ringend schüttelte er den Kopf.

„Bitte Alex. Du weißt, dass es mich nicht töten kann."

„Dann dauert es noch länger, bis ich dich verwandeln kann", antwortete er unter höchster Anstrengung.

Das war also der Grund, warum er mein Blut nicht trinken wollte? Das war unglaublich selbstlos für einen Mutanten, angesichts seines schrecklichen Zustandes. Doch ich gab nicht auf. Dieses Mal war sein Zustand kritischer als meiner und es galt jetzt *ihm* zu helfen.

„Alex, nach letzter Nacht müssen wir eh länger warten. Mein Zustand hat sich wieder etwas verschlechtert, auch wenn der Mutant nicht viel trinken konnte, weil *du* mir rechtzeitig genug zur Hilfe gekommen bist. Du hast mich erneut gerettet, und nun lass mich dir helfen. Wehre dich nicht mehr dagegen. Bitte, tue es für mich."

Ich sah, wie er noch immer mit sich rang. Aber er musste einfach einsehen, dass es die beste Entscheidung war. Ich schloss die Augen und neigte langsam meinen Kopf zur Seite. Nach einer kurzen Weile nahm Alexander meinen Arm, an dem das Blut aus der Wunde klaffte, und küsste behutsam mein Handgelenk. Seine Lippen strichen sacht meinen Unterarm entlang bis hin zu der Einstichstelle des Nagels. Schließlich drangen seine Zähne so sanft wie nur möglich in meine Haut ein. Mein Körper krümmte sich, doch es war nicht einmal annähernd so schmerzhaft wie bei Brad, geschweige denn wie letzte Nacht.

Nach wenigen Sekunden zog er seine Zähne wieder heraus. Er konnte sich bei weitem noch nicht satt getrunken haben. Anscheinend hatte er nur so viel getrunken, bis der schlimmste Durst gestillt war.

„Ich verspreche dir, das wird nie, nie wieder vorkommen, Mirjam!", sagte er leise, bevor er ohne ein weiteres Wort verschwand.

46

Als ich am nächsten Tag aufwachte, war es bereits mitten am Tag. Kein Wunder, ich war bis tief in die Nacht wach geblieben, in Hoffnung, Alexander würde zurückkommen. Nun hielt ich es nicht mehr aus. Ich sprang aus dem Bett und eilte ins Nebenzimmer. Erleichtert sah ich ihn schlafend in seinem Bett liegen. Seine pechschwarzen Augenringe waren komplett verschwunden, sein Teint wieder strahlend, er sah vollkommen gesund und unglaublich stark aus. Konnte das wirklich nur von dem bisschen Blut kommen? Nein, er musste anschießend jagen gegangen sein, sich endlich wieder satt getrunken haben und war seit Wochen nun endlich wieder bei vollen Kräften. Ich strahlte vor Freude und ignorierte die Tatsache, dass dafür heute Nacht ein Mensch gestorben war.

Freudig hüpfte ich ins Badezimmer. Anschließend fuhr ich mit meiner Erkundungstour fort, schließlich hatte ich bisher nur die eine Seite des Hauses erforscht.

Auf der linken Seite des leerstehenden alten Waisenhauses gingen drei weitere Räume von dem langen Flur ab. Doch es gab keine große Überraschung, zwei Räume glichen den anderen und ein etwas größeres Zimmer schien das ehemalige Aufpasser-Zimmer zu sein, das mit einem großen rustikalen Schreibtisch, aber ansonsten mit einem ebenso heruntergekommenen Bett und Kleiderschrank, ausgestattet war. Eine weitere Tür war mir gestern im Eingangsbereich aufgefallen. Eine dicke Stahltür neben der Treppe, die scheinbar zum Keller des Hauses führte.

Meine Schnüffelei führte mich schließlich zu dieser Stahltür, doch ich hatte kein Glück. Trotz mehrfachem Rütteln an dem Türgriff blieb sie fest verschlossen. Seufzend gab ich auf und überlegte, wo in diesem riesigen Haus wohl der Schlüssel für die Tür aufbewahrt wurde. Zu groß war die Neugierde, was sich hinter der Tür verbarg, die als einzige hier im Haus fest verschlossen war. Vielleicht befand sich der Schlüssel in dem Schreibtisch des Aufpasser-Zimmers? Also gut, suchen wir in einem riesigen alten Haus einen kleinen Schlüssel.

Als ich mich umdrehte, um mich auf die Suche zu machen, stand Alexander vor mir, und dieses Mal fühlte es sich alles andere als unbehaglich an. Sein Blick ruhte auf mir, als ob er die größte Freude hätte, mich anzusehen. Dieses Strahlen, diese Wärme, die ihn nun wieder umgab... Gott, hatte ich es vermisst! Er neigte seinen Kopf nach unten und flüsterte:

„Gibst du mir die Erlaubnis, dich zu berühren?"

Meine Haut kribbelte vor Aufregung. Ich nickte nervös. Alexander stützte seine Hand gegen die verschlossene Kellertür und drückte mich mit seinem Körper vorsichtig gegen den kühlen Stahl. Ein verschmitztes Lächeln umspielte seine Lippen. Wahnsinn, mein Herz schlug Purzelbäume alleine bei seiner Berührung. Eine ganze Weile blickte er mich einfach nur an, bis er mit der anderen Hand sanft über mein Gesicht strich, seinen Kopf langsam zu mir neigte und mich küsste.

Unendlich lange verharrten wir ineinander verschlungen, als hätten wir uns seit Jahren das erste Mal wiedergesehen. Ich war einfach nur völlig überwältigt vor Glück. Alles, was die letzten Tage an Unheil und Leid widerfahren war, spielte in diesem Moment keine Rolle mehr. Es waren nur noch unendliche Glücksgefühle, die meinen ganzen Körper durchströmten. Alexander wollte mich. Er hatte alle Regeln, alle Schwierigkeiten, alle Gefahren ignoriert und stand nun vor mir und küsste mich, gefühlvoll und innig. Dann wurden seine Küsse stürmischer. Alexanders Augen leuchteten vor Begierde. Es war unverkennbar, dass er seine Zuneigung nicht mehr bremsen wollte. Meine Knie wurden unter seiner feurigen Leidenschaft ganz weich. Seine zurückgewonnene Kraft und Stärke verwandelten ihn wieder in den strahlend schönen Mann, der nun mit seiner Hand durch meine Haare fuhr und mich schwindelig küsste. Mein Herz pochte wie wild vor Erregung. Alexander spürte meinen wie verrückt schlagenden Herzschlag an seinem angeschmiegten Körper.

„Da freut sich aber jemand über die Aufhebung seiner eigenen Regel", sagte er verschmitzt, während er mir sein strahlenstes Lächeln schenkte. Gott, war es schön ihn endlich wieder lächeln zu sehen. Ich wiederum schaute verlegen zur Seite.

„Es ist nicht fair, dass du das spüren kannst", murmelte ich. Alexander hob sacht mein Kinn an.

„Es ist das schönste an meinen Fähigkeiten, dass ich deinen Herzschlag so intensiv spüre."

Wieder küsste er mich, doch jetzt war seine Leidenschaft nicht mehr zu bändigen. Und ich war mir noch nie so sicher wie in diesem Moment, dass ich ihn mehr denn je wollte. Ich griff ebenfalls in seine Haare und küsste ihn so stürmisch, dass wir beide nicht mehr in der Lage waren uns zurückzunehmen. Alexander umfasste meine Hüften und hob mich hoch, sodass meine Beine seine Taille umklammerten. Nun wusste ich, was wirkliche Begierde, unvorstellbares Verlangen tatsächlich bedeutete. Mit seinen starken Armen hielt er mich, ohne auch nur eine Sekunde lang von mir abzulassen. In Zeitlupe zog ich sein T-Shirt hoch und berührte dabei jeden einzelnen seiner Bauchmuskeln. Dieser Körper, dieser Mann… Ich wollte ihn, jetzt sofort!

Doch auf einmal riss er den Kopf hoch. Ich sah ihn überrascht an, als er mich sanft, ohne den Blick abzuwenden, absetzte. Dann zog er an dem Griff der Stahltür, die ohne große Bemühungen aus dem Rahmen herausbrach und nun schräg aus den Türangeln hing. Diese unbändige Stärke war einfach immer noch zu unreal für mich. Wozu wollte ich überhaupt nach dem Schlüssel suchen, wenn ich doch einen hervorragenden Türöffner bei mir hatte?

Er verschwand im Dunkeln des Kellerraumes. Vorsichtig blickte ich in den stockdunklen Kellereingang. Eine alte Betontreppe führte hinunter in die Dunkelheit. Unsicher setzte ich einen Schritt vor den anderen. Mit einer Hand tastete ich mich an der Wand entlang. Sie war kalt und feucht. Klasse Miri, lernen wir nicht in jedem Horrorfilm, dass man nie in einen stockdunklen, gruseligen Keller gehen sollte? Wenn du jetzt weitergehst, wirst du bestimmt von psychopatischen Killern abgeschlachtet! Doch Alexander war dort unten, also überwiegte meine Neugierde und Sorge um Alexander und ich wagte mich, entgegen meines Instinktes, der laut schrie *„geh nicht in den gruseligen Keller, lauf sofort weg!"*, hinunter in die Dunkelheit.

Unten angekommen ging ein schmaler Flur entlang, der scheinbar unter dem ganzen Haus entlangführte. Ganz hinten am Ende des Flures stand eine Tür offen, aus der Licht herausschien. Ich rannte hin und blieb erschrocken in der Türschwelle stehen. Alexander hielt zähnefletschend einen Mann am Kragen seiner Jacke in die Luft. Das Erscheinungsbild des Ende 30-jährigen war in einem desaströsen Zustand. Einige Strähnen seines langen, rotblonden Bartes klebten zusammen. Seine langen Haare sahen aus, als hätten sie seit einigen Jahren keine Bürste mehr gesehen, während seine Jacke und Hose von Flecken und Rissen übersät war. Doch etwas sehr merkwürdiges stach mir sofort ins Auge: zwei kreisrunde Einstiche am Hals, die eine vertrocknete Kruste gebildet hatten.

„Geh raus!", befahl Alexander forsch, doch ich ignorierte ihn.

„Warst *du* das?", fragte ich und deutete auf die Einstiche an seinem Hals.

„Riechst du das nicht? Das Blut würde ich im Leben nicht trinken", antwortete er angeekelt. Schon im Flur des Kellers konnte man die Alkoholfahne des Mannes deutlich wahrnehmen.

„Musst du ihn jetzt töten?" Ich wollte nicht bedrückt klingen, schließlich würde ich bald selber am laufenden Band Menschen töten müssen, doch ich konnte den mitleidigen Unterton in meiner Stimme einfach nicht verbergen.

„Geh besser raus!", befahl er erneut, doch stattdessen trat ich einen Schritt in den Raum hinein. Der Mann schien hier unten zu leben, jedenfalls lag auf dem Boden eine total verdreckte Matratze, auf dem neben ein paar wenigen Klamotten diverse leere und halb volle Whiskey-Flaschen lagen. Manche der Flaschen waren von der Matratze auf den harten Betonboden gerollt, deren Inhalt sich nun langsam im Raum ausbreitete. Der Anblick dieser Behausung war einfach nur erbärmlich. Lediglich ein alter brauner Sessel, der in der Ecke neben der Matratze stand, sah einigermaßen sauber aus.

„Aber willst du ihn nicht vorher fragen, was passiert ist? Schließlich lebt er noch, nachdem er eindeutig von einem von euch gebissen wurde. Bist du denn kein bisschen neugierig?"

Alexander überlegte kurz, dann setzte er den Mann unsanft auf der Matratze ab. Einige Whiskey-Flaschen rollten auf der Matratze hin und her.

„Ich glaube nicht, dass das in seinem Zustand etwas bringt", zweifelte er.

„Darf ich es versuchen?"

Alexander setzte sich auf den braunen Sessel und machte augenrollend eine Handbewegung in seine Richtung. Ich kniete mich vor die siffige Matratze.

„Können Sie mich verstehen?"

Schwerfällig drehte sich der besoffene Mann zu mir und lächelte mich an. Sein Atem stank bestialisch nach Alkohol. Mit einem Finger stupste er gegen meine Nasenspitze.

„Sotia excitat."

Alexander fletschte wütend die Zähne. Ich drehte mich zu Alexander.

„Was hat er gesagt?"

„Nettes Mädchen", zischte er.

„Er lügt!" Der Mann streckte einen Zeigefinger in die Luft und grinste mich an. „Es heißt geiles Weib!", lallte er im gebrochenen Englisch. Ich warf Alexander einen vorwurfsvollen Blick zu. Von wegen keine Lügen mehr. Dieser zuckte unschuldig mit den Schultern.

„Was haben Sie da?", fragte ich den Mann, während ich mit meinem Finger an meinen Hals tippte. Er legte seinen Zeigefinger auf den Mund.

„Schhhhhh… Das ist ein Geheimnis."

„Ein Geheimnis?", wiederholte ich, „warum dürfen Sie nicht darüber sprechen?"

„Weil ich dann am Leben bleiben darf."

Alexander und ich warfen uns einen überraschten Blick zu. Nun lehnte auch Alexander sich interessiert nach vorne.

„Wer hat dir das versprochen? Ein Mensch?", fragte ich weiter.

„Er ist mein Freund", antwortete der Mann.

„Können Sie beschreiben, wie Ihr Freund aussieht? Ist er so jemand wie er?" Ich deutete auf Alexander. Der Mann richtete sich etwas auf und schaute Alexander an.

„Haar genauso. Und du", er zeigte mit dem Finger auf Alexander, „du siehst aus wie mein aller bester Freund."

Er ließ sich zurück auf die Matratze fallen, bevor er fortfuhr, „doch der ist lange tot." Seine Betroffenheit darüber war unverkennbar.

„Das tut mir leid", sagte ich leise.

„Und mir erst", sagte er niedergeschlagen, „Alex fehlt uns allen hier."

ALEX? Das war doch nicht möglich! Augenblicklich drehte ich mich zu Alexander, der den Mann mit weit aufgerissenen Augen anschaute.

„Adrian", flüsterte Alexander wie versteinert. Der Mann richtete sich wieder auf und deutete erneut mit dem Zeigefinger auf Alexander.

„Das... ist mein Name." Wieder ließ er sich nach hinten fallen und schloss lachend die Augen. Keine Minute später rollte er sich zur Seite und viel in einen komatösen Schlaf.

Alexander schaute Adrian minutenlang an, ohne ein Wort zu sagen. Man konnte ihm ansehen, dass er gedanklich in seiner Kindheit als Mensch versunken war. Seinen besten Freund nach 20 Jahren in solch einem Zustand wiederzusehen, obwohl dieser Alexander nie hätte zu Gesicht bekommen dürfen, musste eine wahre Tragödie für Alexander sein. Was wohl gerade in seinem Kopf vorging? In welchen tief verborgenen Kindheitserinnerungen er gerade schwelgte?

„Stimmt es, was er sagt? Ist er dein bester Freund?", fragte ich schließlich. Alexander klang besorgt, als er antwortete.

„Er war wie mein zweiter Bruder. Seine Eltern waren gestorben, als er noch ein Kind war. Meine Mutter und mein Vater, die mit seinen Eltern sehr gut befreundet waren, nahmen Adrian bei uns auf. Wir waren jeden Tag zusammen, sind los die Wälder erkunden. Das Haus hier war das Versteck von meinem Bruder Felix, Adrian und mir. Wir haben alles hier gemacht, als Kinder Verstecken gespielt, als Jugendliche das erste Mädchen mit hierher genommen, heimlich Alkohol getrunken... Alle Erfahrungen haben wir hier geteilt. Wenn mein Vater, mein Bruder und ich auf der Jagd waren, leistete Adrian meiner Mutter Gesellschaft. Sie hat ihn immer wie ihren eigenen Sohn geliebt. Für mich war er mehr wie ein Bruder als Felix. Es ist unfassbar, ihn nach so langer Zeit in diesem Zustand zu sehen. Gott, Adrian, was ist bloß aus dir geworden?"

Alexander legte entsetzt seine Hand auf den Mund.

„Aber dann wirst du ihn doch jetzt nicht mehr umbringen, oder?" Ich warf ihm einen hoffnungsvollen Blick zu.

„Miri, wir können ihn nicht am Leben lassen. Ich kann euch nicht beide beschützen."

„Dann verwandle ihn", bat ich ihn. Alexander deutete mit einer Handbewegung in seine Richtung. „Guck ihn dir doch an. Sein Gesundheitszustand ist verheerend, das würde er niemals überleben."

Bei dem Gedanken, den besten Freund von Alexander töten zu müssen, wurde mir ganz übel. Das konnte nicht die einzige Lösung sein. Das durfte es einfach nicht!

„Dann lass ihn einfach hier unten am Leben. Scheinbar tut es jemand anderes von euch auch, also ist es nicht unser

Problem. Wir tun einfach so, als hätten wir ihn nie gefunden."

47

Auf einmal schaute Alexander wie vom Schlag getroffen Richtung Kellereingang. Was war plötzlich los? Was sah er?

„Nein! Nein! Das ist einfach nicht möglich! Niemand hätte uns hier finden dürfen!"

Blitzartig packte er mich und rannte los, doch zwei große Gestalten standen wie aus dem Nichts im Türrahmen und versperrten uns den Weg. Christina trat grinsend hinter den beiden Gestalten hervor. Den einen erkannte ich, es war Patrick. Doch den anderen kräftigen Mutanten hatte ich noch nie zuvor gesehen.

Ich erstarrte. Alexander regte sich ebenso wenig. Angespannt presste er die Lippen fest aufeinander. Sein besorgter Ausdruck bereitete mir eine wahnsinnige Angst. Es war der Ausdruck von Hoffnungslosigkeit... Meine Körper begann so stark zu zittern, dass ich mich kaum auf den Beinen halten konnte. Es lag eine unerträgliche Anspannung in der Luft. Mir war klar, dass diese Situation ausweglos war. Ich versuchte, die Übelkeit, die meinen Hals hinaufwanderte, hinunterzuwürgen. Vergebens... So fühlte es sich also an, wenn man wusste, dass nicht nur das eigene Ende, sondern ebenso das Ende eines geliebten Menschen bevorstand. Es war das schlimmste Gefühl, dass man jemals ertragen musste. Ich warf Alexander einen kurzen Blick zu, um mir ein letztes Mal sein Gesicht genau einprägen zu können. Meine Lippen zitterten, als die Tränen in meinen Augen seine Silhouette verschwommen werden ließ.

Gespielt entrüstet schüttelte Christina den Kopf, als sie auf Alexander zuging.

„Alex, Alex. Wie du dir sicherlich vorstellen kannst, bin ich ein wenig verstimmt." Sie verschränkte die Arme hinter dem Rücken, während sie vor ihm auf und abging. „Nicht nur, dass du mein neues Spielzeug kaputt gemacht hast, jetzt muss ich zu allem Übel auch noch feststellen, dass du dich nicht an unsere Abmachung gehalten hast." Sie warf mir einen kurzen verachtenden Blick zu. Alexander fletschte die Zähne.

„Wie zu Teufel hast du uns gefunden?"

„Schatz, du weißt, ich habe überall meine Quellen."

„Diesen Ort hättest nicht einmal *du* finden dürfen. Niemals."

Christina warf triumphierend die Hände in Luft.

„Et voila, und doch bin ich hier."

„Du weißt genau, dass ich sie noch nicht verwandeln konnte, weil du dich einen Scheißdreck um dein kleines Spielzeug gekümmert hast und ihn völlig auf sich alleine gestellt zurückgelassen hast."

Christina zuckte mit den Schultern.

„Nicht mein Problem. Ich habe dir eine Frist gesetzt und du hast sie missachtet. Außerdem galt die Frist ihrem Tod und nicht ihrer Verwandlung. Und so langsam geht mir dein Getue um dieses Mädchen gewaltig auf die Nerven!"

„Das ist nämlich das eigentliche Problem das du hast, nicht wahr?! Sie ist eine ernstzunehmende Konkurrenz für die *ach so perfekte Christina*!"

Christinas Miene verfinsterte sich.

Konnte das wirklich wahr sein? Sah sie in mir eine Bedrohung? Schwer vorstellbar, wenn man sich Christina ansah. Diese schöne, starke, unglaublich einschüchternde Frau. Ich würde mich im Leben nicht mit ihr messen können. Doch scheinbar war an Alexanders Behauptung etwas dran, denn Christina schaute missbilligend an mir herunter, während sie einen Schritt auf mich zuging. Alexander stellte sich schützend vor mich.

„Und du, Alex? Hast nun sogar zwei kleine Menschen, die du am Leben lässt? Oder wer ist dein neuer Freund dort hinten?" Sie lachte gekünstelt, während sie in Adrians Richtung schaute. „Hast du jetzt zwei Menschlinge, die du nicht verwandeln willst? Entschuldige bitte, verwandeln *kannst...*" Wieder lachte sie laut auf. „Spielst wohl immer noch deine Spielchen mit dem Mädchen? Was hast du ihr dieses Mal vorgelogen, damit du sie nicht verwandeln musstest? Oder gaukelst du ihr immer noch diese Liebes-Kiste vor?"

„Ich bring dich um!"

In diesem Moment verlor Alexander die Beherrschung. Er machte einen Satz nach vorne und packte Christina mit beiden Händen an der Kehle. Seine Hände schnürten ihren Hals immer fester zu. Doch sofort sprangen die anderen beiden Mutanten hervor und packten Alexanders Arme.

„Du bist krank, Christina!"

„Christina, was soll das?", brüllte ich und ging einen Schritt auf sie zu.

„Miri, nicht!", schrie Alexander besorgt.

Christina neigte ihren Kopf und lächelte mich diabolisch an. Dann packte sie mein Kinn und zog mich zu sich heran. Ihr Griff war so fest, dass es sich anfühlte, als würde sie meinen Kiefer zerdrücken.

„Miri, meine Liebe. Bist du wirklich so dumm? Hat dir der süße Alex so den Kopf verdreht? Er ist auch ein hübsches Kerlchen, unser Alex, nicht wahr? Komm Süße, erzähl mir, was hat er dir dieses Mal vorgemacht?"

Ich packte ihren Arm und versuchte ihren viel zu festen Griff zu lösen. Sie spielte mit und löste ihre Hand von meinem Kinn.

„Komm schon, Liebes, ich möchte es wissen." Sie ging auf Alexander zu und strich ihm mit zwei Fingern über die Brust, während dieser vergebens versuchte, sich aus den Griffen der beiden Mutanten zu befreien. „Hat er dir versprochen, dass er dich für immer beschützen wird?"

Alexander schaute sie angewidert an.

„Fahr zur Hölle, Christina!"

Christina wand ihren Blick nicht von Alexander ab, als sie fortfuhr.

„Woher ich weiß, dass er dir das versprochen hat? Weil er es *mir* damals versprochen hat!"

Alexander versuchte, sich erneut aus den Griffen der Mutanten loszureißen, doch es war aussichtslos.

„Du bist ein verdammtes Miststück! Ich habe alles versucht, um dich zu beschützen!"

„Hast es aber nicht geschafft! Oder wo warst du, als mein Leben zerbrochen ist? Wo bist du heute, Alex?!"

„Christina, du hast doch selber gesagt, dass er nichts dafürkonnte, was dir angetan wurde", versuchte ich einzulenken. Sie drehte sich grinsend zu mir um.

„Nein, Liebes, du verstehst nicht. Ich mache ihm keinen Vorwurf für das, was geschehen ist. Ich mache ihm einen Vorwurf, dass er *jetzt* nicht mehr bei mir ist."

Alexander hatte recht. Sie kochte innerlich vor Hass, dass ich in sein Leben getreten war. Sie war tatsächlich eifersüchtig auf mich. Auf *mich*! Christina richtete ihren Blick wieder auf Alexander, während sie einen Schritt auf ihn zuging und ihm langsam über die Wange strich. Um seine Augen bildeten sich pulsierende Adern, als sie ihn berührte.

„Du hast mir damals das Leben gerettet, als du mich verwandelt hast. Das werde ich dir nie vergessen. Deswegen gebe ich dir jetzt eine letzte Chance das ganze Spielchen aufzuklären und sie endgültig aus dem Weg zu räumen. Damit alles wieder so wird wie früher."

Für einen Moment herrschte totenstille. Dann plötzlich grinste Alexander sie liebevoll an.

Was passierte gerade? Warum grinste Alexander so? Oh nein, das durfte doch nicht… Hatte Christina etwa recht? Hatte Alexander nur wieder mit mir gespielt? Was ist, wenn er doch noch Gefühle für Christina hatte? War das ganze wieder nur ein Spiel? Ich spürte, wie mein Magen sich umdrehte. Nein! Nein, das war einfach unmöglich. Er hätte mich nie vor Brad retten müssen, er hatte den Schlussstrich zu dem Zeitpunkt doch schon lange gezogen. Trotzdem ist er damals zurückgekommen, um mich zu retten. Das passte alles nicht zusammen. Aber warum grinst er sie so an? Warum widersprach er ihr nicht? Alexander hatte mich vor Christinas Lügen und Manipulationen gewarnt. Er hatte kommen sehen, dass sie alles sagen würde, um mich irrezuführen. Ich durfte mich keinesfalls von Christina verunsichern lassen. Ich musste Alexander einfach vertrauen. *Alexander, was hast du nur vor?*

Natürlich! Nun endlich verstand ich seine Reaktion. Es war die einzige Chance, sein Leben zu retten. Er musste ihr nun gehorchen, um am Leben zu bleiben!

Christina zog Alexanders Kopf siegreich an sich heran, um ihn zu küssen. Wie erstarrt verfolgte ich ihren Bewegungen. Alexander wehrte sich nicht. Stattdessen wartete er grinsend ab, bis ihre Lippen seine fast erreichten. Ich atmete aufgebend aus. Er hatte sich entscheiden. Er nahm Christinas Angebot an, um hier lebend rauszukommen. Opferte mich, da es sowieso kein Entkommen für uns beide gab. Auch wenn ich sein Handeln verstand, tat es trotzdem unendlich weh.

Alexander schenkte ihr ein Lächeln.

„Du möchtest hören, dass du immer noch die einzige für mich bist, weil du es nicht ertragen kannst, mich mit einer anderen zu sehen, nicht wahr?"

Christina hauchte ketzerisch: „Ich bin die einzige Königin hier. Sag es, Alex. Sag, dass du mich immer noch liebst!"

Alexander neigte sich zu ihr herunter, blickte ihr tief in die Augen und flüsterte:

„Ich liebe dich... MIRI..."

Was? Mein Atem stockte. Völlig überwältigt strahlte ich ihn an. Seine Augen funkelten, als er Christina hämisch anblickte. Alexander hatte mit Christina gespielt, hatte sie zutiefst gedemütigt und mit ihrer eigenen manipulativen und boshaften Masche getäuscht, dass sie mir für den Bruchteil einer Sekunde sogar leidtat. Ich wusste, wie sie sich fühlen musste, ich kannte diese Seite an ihm nur zu gut. Und das, obwohl er wusste, dass dies auch seinen sicheren Tod bedeutete. Er wählte lieber den Weg mit mir zusammen in den Tod, statt seine eigene Haut zu retten…

„AHHHHHHHHH… DU… DU…" Christinas ganzer Körper bebte, während ihr Gesicht sich in die mutierte Bestie verwandelte und sie aus voller Kehle brüllte:

„ES IST AN DER ZEIT FÜR EUCH ZU STERBEN!"

Als wenn die beiden Mutanten ihr Stichwort bekommen hätten, griffen sie Alexander an, während Christina sich zeitgleich auf mich stürzte. Sie riss mich zu Boden, sodass ich über den mit Alkohol versifften Betonboden bis zum anderen Ende des Raumes geschleudert wurde. Christina griff in ihre hintere Hosentasche und holte eine kleine schwarze Pistole hervor. Sie packte mich, nahm meine Hand und umklammerte sie um den Abzug. Ihre Hand legte sie darüber und führte die Pistole an meine Schläfe. Mit aller Kraft versuchte ich mich aus ihrem Griff zu befreien, doch ich hatte nicht den Hauch einer Chance.

„NEIN!", hörte ich Alexander schreien, als er sah, wie die letzten Sekunden meines Lebens verstrichen. Er schaffte es, sich von den beiden Mutanten loszureißen und stürmte auf Christina los, doch der fremde Mutant sprang hinterher und packte ihn am Oberkörper. Patrick sprang auf Alexander und nahm seinen Kopf in beide Hände.

„Halt! Tötet ihn erst, wenn ich sie erledigt habe!", rief Christina den beiden Mutanten zu, „er soll büßen für das, was er mir angetan hat! Er soll mit ansehen müssen, wie sie sich die Kugel durch den Kopf jagt."

Sie führte meinen Finger zum Abzug. Es klang vielleicht verrückt, aber wenigstens würde ich mit der Gewissheit sterben, dass Alexander mich wirklich liebte.

„Du bist eine kranke Psychopatin", flüsterte ich Christina voller Abneigung zu.

„Oh, mich rührt es, dass du deine letzten Worte an mich richtest. Und jetzt STIRB ENDLICH!" Sie presste die Pistole fester an meine Schläfe.

Meine letzten Gedanken widmete ich meinen Eltern, die immer für mich da gewesen waren. Ich liebte sie abgöttisch. Wie würden sie damit umgehen, dass ich vor ihnen sterben musste. Ist es nicht das schlimmste was Eltern passieren kann, den Tod ihres eigenen Kindes zu überleben? Würden sie überhaupt jemals erfahren, wie und wo ich gestorben war? Oder würden sie für immer im Ungewissen bleiben, was mit mir passiert ist? Jedoch wäre die Situation dieselbe gewesen, wenn Alexander oder Christina mich bereits verwandelt hätten. Auch dann hätten sie mich nie wieder gesehen...

Dann dachte ich an Alexander. Wie er in mein Leben getreten war. Auf was für eine unfassbar skurrile Weise sich unsere Wege gekreuzt hatten. Was für ein Auf und Ab der Gefühle ich seinetwegen die letzten Wochen erlebt hatte, das erste Mal in meinem Leben am eigenen Leib erfahren durfte, wie sehr man für eine andere Person fühlen kann, wie schmerzhaft und wunderschön zugleich solche Gefühle sein können. Ich liebte Alex. Das war das letzte was ich fühlte, als ich hörte, wie Christina den Hahn herunterdrückte und es leise klickte, bevor sie gleich mit meinen Fingern den Abzug betätigen würde.

48

„Das funktioniert so nicht", erklang eine tiefe, ruhige Stimme aus Richtung des Einganges.

Alle drehten sich zur Tür, in der ein großer, Mitte 30-jähriger, dunkelhaariger und unverschämt gutaussehender Mann mit stahlblauen Augen und verschränkten Armen an dem Türrahmen lehnte. Sein schwarzes Haar war penibel zurechtgemacht, die Ärmel des hellblauen Hemdes, das mit seinen Augen um die Wette strahlte, in gekonnter Genauigkeit hochgekrempelt. Er schien mindestens so groß wie Alexander zu sein, jedoch glich seine Figur eher dem enorm kräftigen Patrick. Seine Ausstrahlung war überaus einschüchternd, er strahlte eine unfassbare Kraft und unglaubliches Selbstbewusstsein aus. Selbst für einen ihrer Spezies. Wie war es nur möglich, dass jemand einen solch enormen Einfluss ausübte, dass selbst Christinas Hand über meiner anfing zu zittern. Wer war dieser respekteinflößende Fremde, der anstatt von Christinas Bodyguards kurzerhand umgelegt zu werden, mit seinem bloßen Auftreten dafür sorgte, dass diese augenblicklich von Alexander abließen und unterwürfig einen Schritt zurücktraten?

Der Fremde grinste Christina überheblich an.

„Deswegen wollest du also wissen wo sich Alex aufhält, du kleines Biest."

Er kannte Alexanders Namen? Und woher wusste er bitte, wo Christina nach ihm suchen musste? Schnell blickte ich zu Alexander. Der schien den Unbekannten gut zu kennen, war aber weiß Gott nicht erfreut über dessen

Anblick. Im Gegenteil, in seinen Augen spiegelte sich eine Mischung aus Entsetzen, Wut und Fassungslosigkeit wieder. Was war hier bloß los? Wer war der schöne Unbekannte, der Alexander so in Fassungslosigkeit versetzte?

„Mein Liebster!" Christina sprang nervös auf und hüpfte auf den Mann zu. Dieser blieb jedoch unbeeindruckt von ihrer Euphorie. Sie sprang ihm um den Hals und küsste ihn mehrfach auf die Wange. Als er keineswegs auf ihre Annoncen reagierte, sprang sie an ihm hoch, schlang ihre Beine fest um ihn und küsste ihm immer wieder den Nacken. Wollte sie uns nicht eben noch umbringen, weil Alex *mich* wollte und nicht sie? Und nun sprang sie einen anderen Mann um den Hals, als wäre er der Mann ihrer Träume? Was für ein krankes Spiel spielte Christina nun schon wieder? Alexanders Augen sprühten vor Hass. Doch warum machte ihn dieser Anblick so rasend?

Auf einmal drehte sich Adrian zu mir, grinste mich an und legte den Zeigefinger auf seinen Mund.

„Schhhhhhh."

Christina löste sich von den innigen Küssen und fragte den Unbekannten verwundert:

„Warum funktioniert das so nicht, mein Liebster? Ich habe doch ihre Hand…"

„Sie muss es wollen!", unterbrach der Fremde sie.

„Wie, sie muss es wollen?"

„Du kannst sie nur töten, wenn sie sterben *will*. Sonst hat es keine Wirkung. Sie kann sich nur selber umbringen, wenn sie sterben will, oder eines natürlichen Todes sterben."

Er hob Christina herunter und ließ sie im Türrahmen stehen, als er geschmeidig wie eine Raubkatze auf Alexander zuging. Beim Vorbeigehen packte er ohne jede Anstrengung den Kopf des fremden Mutanten, der sich schützend hinter Alexander gestellt hatte, und riss ihn herum. Leblos fiel sein Körper zu Boden. Ach du meine Güte! Was hatte dieser Mann bloß für eine unvorstellbare Kraft? Patrick starrte den Fremden angsterfüllt an, wohl wissend, dass ihm nun das gleiche Schicksal blühte. Schließlich rannte Patrick auf ihn zu und versuchte ihn zu packen, doch der Fremde drehte sich mit einer so schnellen Bewegung zur Seite, wie ich es selbst von keinem Mutanten zuvor gesehen hatte. Patrick griff ins Leere und schaute sich ungläubig um, während der Unbekannte blitzartig hinter Patrick auftauchte und seinen Kopf nach hinten riss, bis es laut knackte. Auch Patrick fiel leblos zu Boden. Das durfte doch nicht wahr sein! Wie unglaublich stark und schnell war dieser Mutant?

Um Alexanders Augen stachen Adern hervor, die wie wild pulsierten, als der Unbekannte ihm die Hand anbot, um ihm aufzuhelfen. Alexander richtete sich jedoch auf, ohne dessen Hilfe anzunehmen.

„Ich hatte mir eine andere Reaktion erhofft, wenn du mich wiedersiehst, Alex.", begann der Fremde.

„Und ich hatte mir erhofft, dich tot anstatt als einen von uns zu sehen!", entgegnete Alexander kalt. Schön zu hören, dass er dieses Schicksal nicht nur mir wünschte. Der Unbekannte lachte überheblich.

„Warum? Hast du etwa Angst, dass die Frauen auch in *dieser* Welt nur mir zu Füßen liegen, Bruderherz?"

BRUDERHERZ?! Das durfte doch nicht wahr sein! Erst jetzt begriff ich, wer er war. Der unbekannte schöne Mutant war kein geringerer als Felix. Alexanders älterer Bruder, von dem Alexander seit zehn Jahren dachte, er sei tot.

Die beiden Brüder schauten sich an. Es war ein fast unwirkliches Bild diese beiden unnatürlich schönen Mutanten-Brüder gegenüberstehen zu sehen. Eine ganze Weile trafen die feurig aufblitzenden, stahlblauen Augen auf die Verachtung versprühenden braunen Augen seines kleinen Bruders. Aber was bitte hatte Christina mit Felix zu tun? Und warum wollte sie immer noch Alex, wenn sie doch augenscheinlich Felix anhimmelte? War sie so krank, dass sie wirklich jeden Mann für sich haben wollte? Durfte es keine Frau neben ihr geben, die in ihren Augen eine Konkurrenz darstellte? Ich dachte an Monique, dachte daran wie sehr sie Christina hasste und sie um jeden Preis umbringen wollte. Damals dachte ich, Monique sei die Verrückte von beiden. Heute wusste ich es besser. Wer weiß, was Christina ihr über die Jahre schon alles angetan hatte. Und ich hatte ihren Sohn erschossen, um Christina zu retten… Ein eiskalter Schauer lief mir den Rücken herunter.

Christina klatschte wie ein kleines Kind in die Hände. Scheinbar galt ihr wieder zu wenig Aufmerksamkeit.

„Ich bin so aufgeregt. Genauso habe ich mir euer Wiedersehen vorgestellt. Schwups, da ist er wieder, der verlorene Bruder. Jahrelang totgedacht und plötzlich taucht er wie aus dem nichts auf. Ist das nicht herrlich,

Alex?" Sie hüpfte auf Felix zu und fiel ihm von hinten um den Hals. Felix schenkte ihr jedoch keine Aufmerksamkeit.

Alexander blickte Christina voller Abscheu an.

„Wann?", fragte er Christina, während seine Fäuste sich unter stark pochenden Adern ballten. Sie klopfte nachdenklich mit dem Zeigefinger an ihre Wange.

„Hm, ich weiß gar nicht mehr genau…"

„WANN?", brüllte Alexander so laut, dass Christina vor Schreck zusammenzuckte.

„Vor zehn Jahren", flüsterte sie und hielt sich danach den Mund zu, als hätte sie etwas Verbotenes gesagt.

„Das ist nicht dein Ernst, Christina! DAS HAST DU NICHT GETAN!"

Christina versteckte sich wie ein kleines Kind hinter Felix.

„Naja, du hast mich in meiner schwersten Zeit einfach abserviert, da wollte ich es dir nur noch heimzahlen und deinen *ach so geliebten* Bruder töten. Aber du hast mir verschwiegen, wie unglaublich heiß dein Bruder ist. Als ich ihn schließlich beim Jagen im Wald entdeckte, musste ich ihn einfach verwandeln. Ich wusste, du würdest mich dafür umbringen, dass ich ihn zu einem von uns gemacht habe, obwohl er als Mensch ein so unfassbar tolles Leben hatte, bla bla bla… Deswegen habe ich es geheim gehalten. Schau ihn dir an, ist er nicht unbeschreiblich schön." Sie strich ihm von hinten sanft über die Wange. „Aber euer Anstand und Zusammenhalt liegt offensichtlich in der Familie, sonst wäre er jetzt nicht hier, um zu verhindern, dass ich dich töten lasse, mein lieber

Alex." Ihre Miene verhärtete sich, als ihre Hände an Felix Hals entlang glitten. Auf einmal drückte sie beide Hände mit aller Kraft zu und versuchte, Felix die Luft abzuschnüren. Doch Felix packte ihre Hände ohne große Anstrengung und zog sie nach oben, sodass Christinas Füsse den Boden nicht mehr berührten.

„Nur ein kleiner Scherz", lachte sie angespannt. Felix setzte sie unbeeindruckt ab. Scheinbar wusste er bereits sehr gut um Christinas Verrücktheit. Alexander bebte immer mehr vor Hass.

„Dieses Mal bist du zu weit gegangen, Christina. Das werde ich dir niemals verzeihen. Du hast meinen Bruder verwandelt, um es mir heimzuzahlen, dass ich dich verlassen habe, und es mir zehn Jahre lang verschwiegen! Selbst dir hätte ich so etwas niemals zugetraut. DU BIST TOT, CHRISTINA!"

Alexander rannte auf Christina zu, doch Felix stellte sich schützend zwischen die beiden.

„Beruhige dich, Alex. Ich bin ihr wirklich dankbar, dass sie mich verwandelt hat. Ich liebe dieses Leben, das sie mir geschenkt hat. Sie hat mir alles beigebracht, eure tolle Welt mit all den Möglichkeiten gezeigt. Dafür bin ich ihr etwas schuldig."

„Du weißt seit zehn Jahren, was ich bin. Du weißt, dass ich seit meinem Dasein als Mutation darunter leide, dass ich meine Familie nicht mehr sehen kann. Und du bist in der ganzen Zeit nicht einmal auf die Idee gekommen, mir zu sagen, dass du lebst?!"

Ich konnte Alexander ansehen wie er mit sich rang. Wie seine Wut und Enttäuschung stärker waren, als jegliche

Freude darüber, dass sein Bruder in diesem Moment lebend vor ihm stand. Felix hob seine Hände und machte eine schützende Bewegung in Alexanders Richtung.

„Wir sollten uns irgendwann in Ruhe unterhalten, Bruderherz."

„Ich denke, es gibt nichts mehr zu sagen. Du solltest jetzt gehen. Und nimm deine kranke Freundin besser mit, wenn du nicht willst, dass ich sie hier und jetzt in Stücke reiße."

„Ich hoffe, dass du mich irgendwann anhörst, Bruder. Und vielleicht wirst du auch nachvollziehen können, dass ich sie jetzt mitnehmen werde", entgegnete Felix. Doch Alexander schaute ihn angewidert an.

„Ihr beiden gebt wirklich ein perfektes Paar ab. Hast du eigentlich die leiseste Ahnung, was sie hier wollte?!"

Hastig tippte Christina Felix auf die Schulter.

„Äääh… Komm Liebling, wir gehen. Aber vorher solltest du dich noch darum kümmern." Sie zeigte auf Adrian, der sich mittlerweile aufgerichtet hatte, um dem ganzen Geschehen interessiert zu folgen. Als Felix auf ihn zuging, legte Adrian sich hin und zog seine Bettdecke übers Gesicht. Alexander schloss niedergeschlagen die Augen und drehte seinen Kopf vom Geschehen weg. Eine unerträgliche Vorstellung, seinen besten Freund, den er gerade erst wiedergefunden hatte, nun auf diese tragische Weise gleich wieder zu verlieren. Ausdruckslos zog Felix die Decke weg, nahm Adrians Kopf in beide Hände und blickte ihn - fast unmerklich - den Bruchteil einer Sekunde lang an. Dann drehte er seinen Kopf zur Seite.

„Du solltest dein Problem auch schnell aus der Welt schaffen und sie verwandeln, Alex", sagte Felix und nickte in meine Richtung, bevor er mit Christina verschwand.

Sekunden verstrichen, in denen wir beide erst einmal sacken ließen, was gerade alles geschehen war. Alexander und ich waren schon so gut wie tot, bis plötzlich Alex älterer totgedachter Bruder aufgetaucht ist, um uns zu retten. Und Alex bester Freund, den er nach 20 Jahren endlich wiedergefunden hatte, war einfach so ausgeschaltet worden, nur weil er zur falschen Zeit am falschen Ort war. Wie ich damals.

Nun endlich rannte ich auf Alexander zu und ließ mich erleichtert in seine Arme fallen. Jegliche Furcht fiel in dem Moment ab, als Alexander mich fest im Arm hielt und wir eine ganze Weile regungslos ineinander verschlungen verharrten. Ich presste mich eng an seine Brust, während er sacht mein Haar küsste. Wieder und wieder rotierten seine Worte in meinem Kopf umher. *Ich liebe dich... Miri.* Dieser Satz ließ all die Geschehnisse der letzten Wochen, alle Bedrohungen und ausweglosen Gefahren im Sande versieben und mein Herz Purzelbäume schlagen.

„Ich liebe dich", flüsterte ich. Alexander hob mein Kinn an.

„Ich liebe dich auch."

49

„Kannst du ihn noch verwandeln?", fragte ich, als ich merkte, wie sein Blick zu Adrian herüberwanderte.

„In seinem Zustand? Niemals." Man konnte die Enttäuschung in seiner Stimme mitschwingen hören. Wie würde es wohl sein, wenn die Menschen, die ich liebte, herausbekämen, dass ich ein Mutant bin? Würde ich jemals für einen geliebten Menschen den Tod wählen können? Oder würde ich versuchen, jeden einzelnen von ihnen zu verwandeln? Wohl Zweiteres, unabhängig davon wie das Leben als Mutant anschließend auch sein mochte. Ich ging zu dem leblosen Körper, der mit ausgetreckten Armen und Beinen auf der Matratze lag. Mit seinen geschlossenen Augen wollte ich am liebsten glauben, dass er nur schläft und gleich wieder aufwacht. Ich kniete mich vor die Matratze, um die halbleere Flasche, die direkt neben seinem Kopf auslief und sein Gesicht in eine Alkohol-Pfütze tauchte, aufzuheben. Dieser Anblick war keinem Toten würdig, schon gar nicht Alexanders besten Freund. Ich hob die leere Flasche auf, als Adrians Lippen sich plötzlich bewegten.

„Shhhhhhh", zischte es kaum hörbar aus seinem Mund.

„SCHEIßE!", schrie ich, während ich vor lauter Schreck nach hinten kippte. Alexander stand augenblicklich neben mir und half mir hoch.

„Was ist los?"

„Er, er ist nicht tot", stammelte ich.

Alexander schaute mich an, als sei ich völlig verrückt geworden. Doch dann schloss er die Augen und konzentrierte sich auf seine geschärften Sinne. Stirnrunzelnd blickte er auf Adrian, der regungslos in seiner Stellung verharrte.

„Du hast recht."

„Das ist unmöglich, wir haben doch beide gesehen, was für eine unglaublich Kraft Felix hat. Er hat problemlos Patrick und den anderen Mutanten ausgeschaltet. Felix ist der stärkste Mutant, den ich je gesehen habe. Wäre ihm wirklich bei einem völlig geschwächten, total besoffenen Menschen so ein Fehler unterlaufen? Schwer zu glauben. Vielleicht ist Felix wirklich einer der Guten, Alex. Er hat uns beiden das Leben gerettet und Adrian verschont."

„Ich weiß, worauf du hinauswillst, aber das zieht bei mir nicht", entgegnete Alexander vergrätzt.

„Es ist die einzig logische Erklärung, Alex. Dein Bruder hat Adrian absichtlich am Leben gelassen und vor Christina nur so getan, als würde er ihn töten. Die Frage ist nur, warum? Vielleicht solltest du ihn doch anhören, was er dir zu sagen hat."

Alexander wollte ganz eindeutig nicht mehr über seinen Bruder sprechen. Das Kapitel Felix sollte für ihn abgeschlossen sein, genauso wie das Kapitel Christina. Zu groß war die Enttäuschung darüber, dass Felix offensichtlich zehn Jahre lang über Alexander Bescheid wusste, ohne in Betracht zu ziehen, ihn aufzusuchen und ihm zu sagen, dass er noch am Leben war. Ich konnte nicht ganz nachvollziehen, wie man solch eine Abneigung gegen seinen eigenen Bruder hegen konnte, von dem man mehr als zehn Jahre lang gedacht hatte, dass er tot sei. Sollte man ihm nicht wenigstens die Chance geben, sich zu erklären, nachdem er uns gerade das Leben gerettet hatte? Irgendetwas stimmte da nicht. Es musste eine Vorgeschichte geben, die es noch herauszufinden galt. Doch jetzt war eindeutig nicht der richtige Zeitpunkt.

„Wir müssen Adrian hoch in ein sauberes Bett tragen. Hier unten in diesem Drecksloch kann er nicht bleiben", sagte ich.

Alexander hob den regungslosen Körper hoch, trug ihn den dunklen Kellerflur entlang nach oben ins Badezimmer, legte ihn in der Badewanne ab, zog ihn aus und spritzte ihn mit der Brause ab. Adrian schrie vor Schreck auf, als das Wasser in sein Gesicht spritzte. Anschließend steckte Alexander ihn in ein frisches T-Shirt und eine kurze Hose aus seinem Koffer und legte ihn in eines der Betten. Ich stapfte wortlos hinterher und beobachtete das Geschehen. Auch wenn Alexander bemüht war, keine Emotionen zu zeigen, sah ich ihm die Erleichterung an, dass sein bester Freund noch lebte.

„Wann wirst du ihn verwandeln können?", fragte ich, nachdem Alexander ihn zugedeckt hatte. Von einer Sekunde auf die andere verfinsterte sich seine Miene. Pulsierende Adern traten um Alexanders Augen hervor, als er seinen Kopf zum Fenster drehte.

„Das lass doch deinen neuen Freund entscheiden.", sagte er bissig. Ich runzelte unverständlich die Stirn.

„Wovon redest du bitte?"

Alexander wandte seinen Blick nicht vom Fenster ab.

„Ich muss hier weg."

Meinte er das wirklich ernst, jetzt zu gehen und mich hier völlig wehrlos zurückzulassen, während Christina noch irgendwo in der Gegend herumirrte?

„Kannst du mir bitte erklären, was du plötzlich hast? Warum musst du aus heiterem Himmel weg? Ist es wirklich eine gute Idee, mich und Adrian jetzt hier alleine zu lassen?"

„Du siehst doch immer das Gute in allen. Dann wird *er* ja sicherlich auf euch aufpassen! Ich habe aber weiß Gott kein Interesse mit ihm zu reden!"

Völlig entgeistert blickte ich ihm hinterher, als er ohne eine weitere Erklärung den Raum verließ. Doch anhand seiner übertriebenen Reaktion konnte es sich eigentlich nur um eine Person handeln. Und da stand er auch schon am Fensterrahmen lehnend und grinste mich an.

„Er ist geflüchtet, um mir aus dem Weg zu gehen, nicht wahr?", fragte Felix. Ich nickte lediglich. Felix warf einen Blick auf Adrian, der sich laut schnarchend unter die Bettdeckte gekauert hatte.

„Nanu, sollte der Gute nicht lange tot sein? Da muss mir wohl ein Fauxpax unterlaufen sein." Mit einem schelmischen Ausdruck in seinem Gesicht ging er auf mich zu. Seine bloße Erscheinung schüchterte mich schon ein, das Näherkommen machte das Ganze nicht gerade einfacher.

„Warum hast du ihn am Leben gelassen? Verstößt du damit nicht gegen eure höchste Regel?", fragte ich neugierig. Felix stellte sich provokant viel zu dicht vor mich, während er lüstern an mir herunterschaute.

„Ich befolge keine Regeln."

Au weia, die Andeutung verstand sogar ich, der dumme, naive Mensch. Er führte ganz eindeutig etwas im Schilde. Nur was? Ich wich einen Schritt zurück, auch wenn ich davon ausging, dass ich nichts vor ihm zu befürchten hatte. Mein Körper reagierte bisher in keinsterlei Weise mit Gänsehaut oder Zittern, wenn er in meiner Nähe war. Und das war doch der eindeutige Beweis, dass Felix im Herzen gut war, oder?

„Du warst derjenige, der von Adrian getrunken hat, nicht wahr? Er hat Einstichwunden am Hals."

Felix bewegte sich einen kleinen Schritt auf mich zu, um den Abstand zwischen uns wieder zu verringern. Er wusste ganz genau, wie unbehaglich ich mich dabei fühlte, und das schien ihm einen wahnsinnigen Spaß zu bereiten.

„Sein Blut ist perfekt. Jedes Mal wenn ich von ihm trinke, bekomme ich einen kostenlosen Rausch." Genüsslich leckte er sich bei dem Gedanken daran über die Lippen. Wieder überkam mich dieses unbehagliche Gefühl. Dieser viel zu geringe Abstand zwischen uns, dieser lüsterne Blick, der pausenlos an mir herunterschweifte... Hatte Alexander recht? War ich mal wieder zu naiv und sah nur das Gute in den Leuten? Ob Alexander wohl in der Nähe war, falls Felix nicht der nette Bruder war, für den ich ihn hielt? Ich musste herausfinden, wie Felix wirklich tickte. Auf welcher Seite er eigentlich stand.

„Aber du lässt ihn am Leben, weil er quasi zu deiner Familie gehört? So wie du Alexander, und damit auch mich gerettet hast?", schlussfolgerte ich.

„Wer weiß. Vielleicht mochte ich auch nur die beiden Gefährten an Christinas Seite nicht. Vielleicht möchte ich ja auch, dass Alexander noch ein Weilchen lebt, damit ich derjenige bin, der ihn irgendwann töten kann."

Doch so schnell gab ich nicht auf.

„Das würde noch lange nicht erklären, warum du Adrian am Leben gelassen hast."

„Wie gesagt, ein Fauxpax. Aber ich kann meinen Fehler jetzt korrigieren, wenn du möchtest." Er ging langsam auf das Bett zu, in dem Adrian schlief.

„Nein!", rief ich reflexartig und ging Felix einen Schritt hinterher. Dieser drehte sich breit grinsend zu mir um und kam mit seiner galanten Art erneut so dicht, dass wir uns wieder fast berührten. Das alles gefiel mir gar nicht. Wenn Alexander in der Nähe war und alles verfolgte, würde es gleich mächtig knallen. Aber Moment mal, vielleicht provozierte Felix auch genau das. Wenn Alexander ihm aus dem Weg ging, würde Felix einen Weg finden, damit er ihn anhörte. Ja, natürlich! Es war offensichtlich! Felix wird ihn so lange provozieren, bis Alexander ihm Gehör schenkt. Und ich war in diesem Moment das perfekte Druckmittel.

„Vielleicht wollte ich ja gar nicht meinen Bruder retten, sondern dich. Du bist schön, kleine Lady. Du wirst dadurch ein verdammt beschissenes Leben haben als eine von uns."

Oje, Miri, lass dir schnell etwas einfallen, bevor Alexander seinen Bruder gleich in Stücke reißt.

„Ich… ich denke, du bist mit Christina zusammen?", stammelte ich. Felix lachte herablassend.

„Glaubst du, ich weiß nicht wie Christina drauf ist? Denkst du wirklich, ich binde mich an so eine Verrückte? Sie ist für mich nur Mittel zum Zweck. Sie sucht Schutz und ich suche meinen Spaß."

„Das bedeutet, du weißt, dass sie hier war, um mich zu töten? Dir ist also bewusst, dass sie immer noch hinter deinem Bruder her ist?"

Felix schüttelte belustigt den Kopf.

„Christina weiß nicht, was Liebe wirklich bedeutet. Sie sieht nur, dass derjenige, der wahrscheinlich als einziger wirklich etwas für sie empfunden hat, ihr das Leben gerettet und sie als einziges Wesen auf diesem Planeten nicht für seine Zwecke ausgenutzt hat, nun in eine andere Frau verliebt ist. Eifersucht ruft in jedem das schlimmste hervor, nicht wahr? Ihr wird gerade bewusst, was sie eigentlich verliert, wenn Alexander jetzt nur noch dich beschützt."

„Wie meinst du das?", fragte ich.

„Jeder unserer Spezies weiß, dass Christina immer unter Alexanders besonderen Schutz stand. Nachdem Alexander sie verwandelt hat, hat er sich immer verantwortlich für sie gefühlt. Und jeder von den Mutanten weiß, wie stark Alexander ist. Doch Christina ist nicht besonders schlau. Sie machte sich zu viele Feinde und verdirbt sich alles mit ihrer Eifersucht. Ihr Leben lang hat sie die Frauen attackiert, die hinter meinem Bruder her waren. Bei dir verstehe ich sogar ihre Besorgnis. So wie er dich anschaut... Das muss sie rasend machen."

Er nahm eine Locke, die über meine Schulter nach vorne fiel, und drehte sie in Zeitlupe um seinen Finger. Aus meinem unbehaglichen Gefühl wurde langsam ein leichter Anflug von Panik. Wie weit würde er gehen, um zu provozieren, dass Alexander hereinplatzte? Und wie lange würde sich Alexander das Schauspiel noch mit anschauen? Ich schob seinen Arm vorsichtig von meiner Haarsträhne weg, doch als sich unsere Haut berührte, schürzte er die Lippen und schenkte er mir ein verführerisches Lächeln. Verdammt, ich musste ihn irgendwie auf andere Gedanken bringen.

„Wird Christina jemals aufgeben, mich umzubringen?"

Wieder lachte Felix.

„Warum sollte sie? Sie hat doch nichts Anderes im Leben. Willst du ihr diesen Spaß wirklich nehmen?"

Was ist, wenn Felix recht hatte und dies nur der Anfang von Christinas Spiel war? Was würde Christina noch alles einfallen, um mich aus dem Weg zu räumen? Meine Hände fingen bei dem Gedanken an zu zittern. Felix bemerkte dies und legte seine Hände behutsam um meine. Dieses Mal wehrte ich mich nicht. Ich ließ seine Berührung zu. Die Angst wegen Christina ließ mir keine Ruhe. Felix nutze die Gelegenheit, führte meine Hand sacht an seine Lippen und küsste meine Handfläche.

„Keine Sorge, ich bin ja da."

In dem Moment kam ich wieder zur Besinnung. Wütend entriss ich mich seinem Griff.

„Ich habe bereits jemanden, der mich beschützt!"

Doch Felix lachte nur.

„Was meinst du, wie sie dich aus dem Weg schaffen wird, jetzt wo sie weiß, dass du sterben wollen *musst*?"

Ach du meine Güte! Er hatte vollkommen recht. Sie würde Alexander etwas antun... Damit ich mich umbringe, um ihn zu retten! Und es würde zu hundert Prozent funktionieren. Es war der perfekte Plan. Hysterisch lief ich ihn Richtung Fenster.

„Alex! Er ist in Gefahr! Wir müssen ihn finden."

„Keine Sorge Liebes, er ist nicht weit weg."

Langsam beruhigte sich mein Puls wieder. In dem Moment war es mir egal, dass ich recht behalten sollte, was Felix anging. Er provozierte mit seiner anzüglichen Art bewusst Alexanders Antreffen. Doch mir ging nur eines durch den Kopf: Alexander war das Druckmittel für Christina, um mich zu beseitigen. Das durfte ich auf keinen Fall zulassen! Irgendwie musste ich es schaffen, Felix auf unsere Seite zu ziehen, um für Christinas nächsten Besuch gewappnet zu sein.

„Wirst du an unserer Seite kämpfen, wenn es soweit ist? Kann ich dir vertrauen?"

Wieder grinste Felix, während er im Begriff war zu gehen.

„Traue niemals einem Mutanten, Liebes."

Das war durchaus nicht die Antwort, die ich hören wollte.

„Und im Übrigen", fügte er noch hinzu, „was ich meinem Bruder geraten habe, war ein ernst gemeinter Rat. Er sollte dich schnellstmöglich verwandeln, damit du überhaupt eine Chance hast, dich zu wehren. Am schlausten wäre es allerdings, du ersparst ihm ein Leben in Abhängigkeit, dich vor allen Mutanten dieser Welt beschützen zu müssen, und gleichzeitig in ständiger Gefahr zu leben, jederzeit Opfer von Christinas kranken Eifersuchts-Attacken zu werden, und beendest dein Leben ihm zuliebe."

Direkt hinter mir erklang urplötzlich ein tiefes Grollen und Alexanders bebende Stimme.

„Verschwinde, SOFORT!"

Felix hingegen deutete triumphierend eine Verbeugung an.

„Bruderherz. Was für eine Ehre, dass du doch noch hereinschaust. Deine kleine Menschen-Freundin und ich unterhalten uns ganz hervorragend miteinander."

„Ich sagte SOFORT!"

Felix hob seine Hände ergebend vor seiner Brust.

„Ich möchte, dass wir uns wieder annähern, Alex. Ich möchte, dass du mir die Chance gibst, mich mit dir auszusöhnen."

„VERSCHWINDE!" Alexander fletschte wutentfacht die Zähne.

„Ich merke schon, du bist nicht in der richtigen Stimmung, um ein Pläuschchen mit mir zu halten. Aber du wirst eh nicht darum herumkommen, denn deine kleine Freundin hat recht, du wirst mich gegen Christina brauchen. Also Bruderherz, bis bald."

Er zwinkerte mir zu, bevor er verschwand.

50

Felix Worte brannten sich in meinen Kopf fest. Alles, was er sagte, stimmte. Ich war eine einzige Gefahr für Alexander. Christina würde mit Sicherheit wieder mit Verstärkung auftauchen und drohen, Alexander zu töten. Und selbst wenn wir da irgendwie lebend rauskämen, würde sein Leben von nun an daraus bestehen, mich vor allem und jedem zu beschützen. Ich war eine einzige Plage. Wäre ich nicht mehr am Leben, könnte Alexander sein Leben problemlos weiterführen. Mit Tränen in den Augen drehte ich mich zu Alexander und drückte meinen Körper fest an ihn. Alexander hielt mich in seinen Armen und küsste sanft meine Stirn. Als er bemerkte, dass mir eine Träne über die Wange lief und sein Shirt durchnässte, schaute er mich eindringlich an.

„Miri, bitte glaube ihm nicht. Das wollte er doch nur erreichen."

„Aber er hat doch vollkommen recht! *Du* hattest von Anfang an vollkommen recht, dass du mich niemals verwandeln wolltest! Wir sind alle besser dran, wenn ich nicht mehr lebe!"

„Hör auf! Bitte…", sagte er flehend.

„Christina wird zurückkommen und dich töten, wenn ich mich nicht umbringe. Das kann ich auf keinen Fall zulassen. Eher werde ich sterben, bevor dir etwas zustößt."

Alexander nahm meinen Kopf in seine Hände und blickte mir tief in die Augen.

„Miri, hör mir zu! So etwas möchte ich nie, nie wieder von dir hören! Mir wird nichts zustoßen, und dir erst recht nicht, hast du mich verstanden?!"

Doch es beruhigte mich bei weitem nicht. Felix mochte sein, wie er ist, aber das war eine Warnung. Er wusste um die Gefahr, die auf uns zukam. Wer weiß, ob er im Ernstfall wirklich an unserer Seite kämpfen würde. Und ob das überhaupt ausreichen würde, nachdem Christina dieses Mal bereits mit zwei Bodyguards vor der Tür stand. Besorgt blickte ich auf den schlafenden Adrian.

„Wir brauchen Felix an unserer Seite. Und wir müssen Adrian so schnell wie möglich verwandeln." Ich löste mich aus Alexanders Umarmung und lief nervös auf und ab. Alexander fing mich ab, zog mich an sich heran und nahm mich liebevoll in seine Arme.

„Ich liebe dich, Miri."

Sofort beruhigte ich mich und ließ mich vollkommen in seine Umarmung versinken.

„Ich liebe dich auch", flüsterte ich und strahlte ihn vor Glück an. Alexander legte seine Lippen auf meine und küsste mich. Da war es wieder, dieses Kribbeln, dass alles um mich herum vergessen ließ.

„Das ist alles was für mich zählt, Miri. Ein Leben mit dir an meiner Seite. Für immer."

Alexander nahm seinen Arm, in den er vorsichtig mit seinem Eckzahn eine kleine Wunde hineinritzte, bevor er die blutende Wunde an meinen Mund heranführte.

Ende